とある飛空士への追憶

犬村小六

小学館

とある飛空士への追憶

序章

たとえば今日みたいに、一日の稼ぎを腕ずくで取り上げられ、ぼこぼこに殴られて腫れあがった顔を路脇の水たまりに突っ込んでいるとき。ぼくは白いワンピースを身につけたひとりの女の子を思い出すことにしている。

ひまわりの園を背景にして、白銀の髪をなびかせ、髪と同じ色の瞳をぼくへむけて、その子は言う。

――悲しいときは、空を見上げるんだよ。

――光がいっぱいおりてきて、涙を止めてくれるの。

その子が指さす空を、ぼくも見上げる。入道雲のもっと上、澄んだ夏空からたくさんの光が降り注いでくる。ぼくが涙をぬぐうと、その子はひまわりのような笑みを浮かべ、背伸びをして、きれいな服が汚れるのも構わずにぼくを抱きしめてくれる。ぼくは意味もわからず泣きたくなる。ぬくもりといい匂いが女の子から伝わってくる。ぼくの知らない感情がこころの奥からやってきて、痛みや悲しみ、みじめさをぬぐいさってくれる――。

凍りかけた水たまりから顔をあげて、袖口で額をぬぐった。混じり合った泥と血が、ほつれだらけの布地にべっとり付いていた。頭をさわってみると、大きなコブがふたつできていた。

さっきぼくを襲ったのは路上生活を送るレヴァーム人の孤児グループだ。ぼくのことを天《あま》ツ人《じん》だと勘違いしていきなり殴りかかってきた。相手は六人。かなうはずがない。今日一日、鉄屑拾いをして稼いだお金を全部巻き上げられてしまった。

孤児グループから襲撃を受けるのははじめてではない。リオ・デ・エステの貧民窟、ここアマドラ地区では暴力沙汰など日常茶飯事、鶏の鳴き声と同じで誰も注意など払わない。ただ天ツ人の母親とレヴァーム人の父親を持つぼくの場合、天ツ人の孤児たちからも襲われるからたまらない。母親が酔漢に刺されて死んで以来の約一年、ぼくはどちらのグループにも所属することができず、親も友達もいないまま、ひとりでこのスラム街を生きている。

ベスタド――。

この街ではぼくのようなふたつの祖国を持つ人間はそう呼ばれて嫌われる。サン・マルティリアのようなふたつの勢力が入り交じる植民地において、社会情勢次第でどちらの国にも所属できるベスタドは「信用できない人間」の代名詞。だが本当のところ、ベスタドはどちらの側からも排斥されるから利点などひとつもなく、あるのは侮蔑軽蔑と終わらない迫害だけ。だからぼくは死ぬまでこうやって踏まれつづけるしかない。

痛む頭を片手で押さえて、空きっ腹を抱え、凍てついた大気に身震いしながら、ぼくは今夜の寝床を探して街をさまよう。ときどき、けんけんと咳が出る。肺の奥のほうからやってくる、金属臭のある咳だ。

石敷きの狭い街路には腐った野菜や家屋のゴミ、馬糞、馬尿が散乱している。生まれてこのかた風呂に入ったことのない人間たちが、これまで一度も洗濯したことのない服を着込んでジンを片手に行き交い、生まれてこれまで一度も歯磨きしたことのない酒臭い口を大きくひらいて粗野な言葉を投げつけあう。さまざまな体臭が立ちこめる路上へ、時折天空から真っ黒な物質が舞い降りてきて飛沫《しぶき》をあげる。これは民家の窓から投げ捨てられる汚物桶の中身だ。不幸にして直撃をくらうと真冬であれど水浴びをしなければならなくなるから大変だ。ぼくはできるだけ建物側を歩かないようにしながら、十二月の空を見上げる。

建築物に切り取られた狭い空は一面の灰色だった。

日の光をずいぶん見ていない。

冬になると民家が一斉に石炭ストーブを焚《た》くせいで、街全体に薄墨色のもやが常時覆い被さっている。当然、空気中に煤《すす》が多く含まれる。ぼくの咳もおそらく、この街の大気と無関係ではないだろう。

最後に食べ物を口に運んだのは三日前だ。身体の末端が凍てついているのがわかる。辛くて悲しくて涙が出そうになる。けれどあの素敵な女の子に教わったとおり、空を見上げて涙をこらえる。

けれど、この町にはあのときみたいな光も降り注いでこない。

なにごとにも限界というものはある。

ぼくは足を前へ送ることをやめた。

路脇にへたりこみ、冷たくて汚い街路に身体を横たえた。

この街をベスタドひとりで生きていくなんて無理だ。天ツ人とレヴァーム人が仲良くなることなんて未来永劫《えいごう》絶対にない。だからふたつの血を併せ持つぼくの行き場はどこにもない。安息の地があるとすればこの地上ではなく、雲のむこう、空のうえだけだ。

ここで眠ろう。

あの女の子のことを考えながら目を閉じよう。そうしたら明日の朝には凍てついた孤児の死体の一丁上がりだ。路上清掃人が迷惑そうに血の通わないぼくの片手を摑《つか》み上げ、犬猫や烏《からす》の死骸と一緒にごみの山へ放り込み、町はずれの焼却炉で焼き払ってくれるはず。それでいい。生きるなんて悲しくて苦しくてそのうえ意味もない作業だ。それならぼくはさっさとゼロになってしまいたい。

そう決意したぼくの耳を、突然、遠い雷音が打った。

低く重く大気を揺さぶり、ぼくのお腹にまで震動が伝う。

すぐに雷でないことに気づき、ぼくは仰向けになって一直線に曇り空を見上げた。

あたかも嵐の海面を天空に逆さまに貼り付けたごとく、薄墨色の雲たちが沸き返り、さざめき、うねっていた。

ばばば、ばばば、と巨大な蜂の羽音みたいな音が雲のむこうから降り下りてくる。

街に蓋《ふた》をしていた分厚い雲が絹みたいに引きちぎられていく。

裂け目から陽光が差し込んでくる。それはいくつもの光の束になって、暗い空を斜めに切り取り、薄汚れた街路を金色に染めた。あの女の子が言った通り、涙をこらえて見上げた空から黄金の光が眩《まばゆ》すぎるほど降り注いでくる。

そして――雲をかきわけ、芋虫型の飛空戦艦が降下してきた。全長二百三十メートル、排水量六万トンを超える大型艦艇だ。ずんぐりと湾曲した胴体の下部には六つの巨大な揚力装置が取り付けられており、これがすさまじい音を立てて雲の海を引き裂いている。あたかも空を従えているかのような威圧感。両舷からは半円形の砲台がいくつも張り出し、そこに搭載された大口径の砲門が空域全体を監視している。

おおお、と道行く人たちが歓声をあげる。レヴァーム人は誇らしげに、天ッ人は悔しそうに唇を噛《か》みしめて、みながみな足を止め、喉仏をさらけ出して天空の使者のごとき飛空戦艦の威容を見上げた。

六万トンもの鉄塊が悠然と空を飛行するさまはいつ何度見ても畏敬の念を禁じえない。浮游岩という特殊な岩石素材と水素電池の超々発電力が可能とする業《わざ》だ。死にかけのぼくですら、路上に横たわったまま、どこかうっとりしたものが胸のうちによぎる。この世の最後に見る光景としては悪くない。

揚力装置が唸《うな》りをあげ、飛空戦艦はアマドラ地区を睥睨《へいげい》しながら艦首を東へむけた。天《あま》ツ上《かみ》との国境付近を航行して挑発するつもりだろうか。レヴァーム皇家は空軍力にものをいわせて、さらなる天ツ上領土の切り取りを狙っているという。このところ頻繁に、こうして飛空艇艦隊の示威行動を見かける機会が増えてきている。

すさまじい鳴動の尾を曳《ひ》きながら、氷の海原を行くかのように前方の雲を押しのけ、飛空戦艦はぼくの視界から去っていく。空はすっかり晴れ間のほうが多くなり、透きとおった十二月の日射しが路上を明るい色に染め上げていた。

プロペラ戦闘機「アイレス」が十数機、戦艦の周囲を群れ飛んでいた。揚力装置の音にかきけされてプロペラ音は届かないが、真新しい機体がきらきらと日の光を弾き、両翼をぴんと張った優雅な姿勢で青空を航過してゆく。

仰向けに横たわったまま、ぼくはじっといかめしい戦艦と戦闘機たちを見上げていた。

空ってきれいだな。そのときなぜかそう思った。

唾を吐きながら道をゆく人間も、腐敗臭のする野菜市場も、呼び売り商人のがなりたてる声も、皮膚病持ちの野良犬も、汚くて臭くてうるさいものがなにもない、誰もいない、どこまでもまっさらに透きとおったあの空はとてもきれいだ。

あんなきれいなところを自由に飛べるなんて、とてもうらやましい。

ぼくのまなじりから一滴だけ、涙が伝った。

ぼくは空へむかい手を差し伸べた。どこにも届かない。なにも摑めない。アイレスの群れはこれから死んでいこうとする飢えた孤児になど構うことなく、悠然と飛翔して蒼穹《そうきゅう》の彼方へ消えゆこうとしている。

あのきれいな空で生きたい。

こんな薄汚れた地上ではなく、一点の濁りもないあの純潔な青のただなかへ溶け込むようにして生きていけたら。

階級も貧乏も嘲《あざけ》りも蔑《さげす》みもない、あの永続無限の空で生きられるなら、ぼくは他になにもいらない。

なけなしの力を振り絞って、空へむかい片手を突き上げながら、ぼくはそんな声にならない叫びをあげた。神さまはこれまでぼくにひどい仕打ちしかしてこなかったのだから、そのくらいの望みは叶えてくれてもいいじゃないかと思った。

そして――。

気がついたら、どこにも届かない、なにも摑めないはずのぼくの手を取る人がいた。

口ひげをたたえたその初老の男性は、ぼくをうえから覗き込むようにして微笑んでいた。

アルディスタ正教会の真っ黒な神父服がぼくの目に入った。

「死ぬのはいやかね」

ぼくのこころを読んでいるかのように、神父は穏やかな声でそう言った。

一

まだサン・マルティィリアという名前を付けられる以前、つまりいまから六十年前、この地域一帯は「常日野《つねびの》」と呼ばれていた。

天ツ上の言葉で「いつも晴れた平野」という意味だ。その名のとおりの素朴な平地で、レヴァーム人がはるばる中央海を越えて入植してくるまでは貧しい漁村がぽつぽつ点在するだけだった。

中央海を隔て、西方大陸を支配する神聖レヴァーム皇国と、東方大陸を支配する帝政天ツ上。ふたつの大国の文化・芸術・学問が、ここサン・マルティィリア――天ツ上領内における浮き島のごときレヴァーム領土――にて混じり合い、大陸間貿易の拠点リオ・デ・エステにおいて独自の折衷《せっちゅう》様式を生み出していた。

「ですから、天ツ人とレヴァーム人が入り交じるこの街の景観は本国の方から見ますと奇妙に映ることもあるのです。ドミンゴ大佐はその意味で仰ったのです」

馬車のなか、えんじ色の地味なドレスに身を包んだ家庭教師がそう言った。道の舗装が悪いせいでときどき舌を噛みそうになりながら、冷たく尖った言葉を対面の少女へ放つ。

無表情を崩さずにその言葉を受け流すと、ファナ・デル・モラルは家庭教師から目をそむけ、馬車の窓を通して暮れなずむリオ・デ・エステの街並みへ目を移した。

藍色がかった七月の空のした、落ちかけた日の光の真鍮《しんちゅう》色に照らされて、荘重な石造りの街並みが大通りの両脇に延々と居並んでいる。

この地で生まれ育ったファナにはこれが当たり前の景観なのだが、とあるレヴァーム人はリオ・デ・エステを「玩具の街」と評した。本物ではない、模造品だと言いたいらしい。

そびえたつ白い石壁が夕日を弾き、黄金色の照り返しをみせる。いずれの建物も立派なものだが、どこか道行くものを威圧するような冷たさも感じる。

見上げると帽子が後ろに落ちるほど高い尖塔《せんとう》、壁面を真っ白な化粧漆喰《しっくい》で覆った信託銀行、建物の前面を円柱《コラム》の並びで支えたいかめしい戦勝記念館、煉瓦《れんが》組みの市庁舎、その隣でこれでもかと荘厳華麗な装飾を施した大衆劇場、その他さまざまな意匠を凝らした建築物が馬車の行く先で甍《いらか》を競う。

そのすぐ手前の路上には行商人が牽《ひ》くみすぼらしい蕎麦の屋台、へたりこんだ酔っぱらい、野良犬、野良猫、鳥の死骸、それにうらめしそうに馬車を見つめる天ツ人の物乞《ものご》い、ぼろをまとった孤児、初老の娼婦。彼ら日陰ものの存在が、この地がかつて天ツ人のものだったことを思い出させる。

開戦前はこの時間でもまともな衣服を着たレヴァーム人が闊歩《かっぽ》していたこの通りだが、いまは日が暮れかけると何処《どこ》からか貧しい天ツ人が出張ってきてあちこちに溜まりはじめる。中流以上のレヴァーム人が路上を歩いたなら身ぐるみ剝《は》がされそうな気配だ。かつての華やかさの名残がところどころに垣間見られるものの、全体を覆っている雰囲気は重く苦しく沈滞している。道ばたに座り込んだり横になったりしている人々のなかには、レヴァーム人のすがたも見て取れる。これまでこの地に投下されていたレヴァーム系資本が続々と撤収されたために職を失った人々だ。

澱《よど》みの元凶は現在の芳しくない戦況である。

ほんの半年前まで天ツ上の喉元に突きつけた短剣の役目を果たしていたこの街は、いまや敵地のただなかに取り残され、逃げ場もないまま滅びを待つばかりの離れ小島だった。

天ツ上海軍航空隊は中央海におけるレヴァーム陣営の連絡航空路を断ち切り、サン・マルティリア上空の制空権を巡ってレヴァーム空軍東方派遣師団と日々一進一退の攻防を繰りひろげている。この戦いに東方派遣師団が敗れれば、この街のレヴァーム人たちは逃げ場所のない文字どおりのふくろのねずみとなる。

ファナは目線をうえに持ち上げた。

建物の輪郭に切り取られた薄暮の空があった。

輸送用飛空艇が空の低いところを二隻並んで航過してゆく。銀灰色のその機体に夕日が映える。国境へむかっているのだろう。あのなかに詰まっている兵士たちは帰ってこられるだろうか。

現在、国境付近には天ツ上陸軍四個師団が駐屯している。サン・マルティリアの制空権がレヴァーム空軍の手を離れたとき、天ツ上帝の号令一下、総勢十二万の地上兵が航空隊と連繫して押し寄せてくるはずだ。それがサン・マルティリア五十五年の歴史の終幕となる。

「聞いておられますか、お嬢様」

言葉を受けて、ファナの翳《かげ》りのある横顔が、つ、と家庭教師のほうへむいた。

「申し訳ありません」

ファナの表情にはなんの感情も浮かんでいない。申し訳なさそうなわけでも、虚勢をはるわけでもない。あたかも壁にむかって話すような物言いだった。

家庭教師は眼を閉じて、眼鏡のつるを再び人差し指で押し上げた。

大貴族令嬢の骨の髄に公式の場における礼儀作法を叩き込むことを生業《なりわい》にして三十年。女の細腕一本で、これまで幾多の出来損ない、いや、元気の良さと頭の出来が悪い方向へ嚙み合ってしまった子どもたちを矯正し、宮廷晩餐会《ばんさんかい》に出席しても通用するほどに調教してきた。

思わず首を締め上げたくなるほど愚かな子ども、いや、集中力と精神力と向上意欲に少なくない問題を抱える個性的な子どももなかにはいたが、そういう連中に礼儀作法を教え込む困難についていつか本を書こうとも思っているが、それでも最後には必ず依頼主の満足を勝ち得てきた。

だがしかし、いま目の前の座席に腰掛けるファナ・デル・モラルは教師生活三十年において最大の大物であり、かつ難物だった。

年齢は十八歳。生家はいわずと知れたデル・モラル家。サン・マルティリアを統治しているディエゴ・デル・モラル公爵のひとり娘である。

そして——未来のレヴァーム皇妃。

皇王の妻になることをさだめられた少女。

既に現在のレヴァーム皇子、カルロ・レヴァームと婚約を交わしており、半年後に西方大陸に渡って挙式する予定。

派手好きの皇王フィガロ・レヴァームは過去のいかなる結婚式よりも豪勢なものにするために、いまから大勢の芸術家、演出家、建築家たちを雇って壮挙の準備をしているとのこと。美丈夫な皇子とこの麗しい貴族令嬢が豪華絢爛《けんらん》な式場にて結ばれたなら、国中が祝福と歓喜に沸き返るだろう。沈滞した戦況がもたらす暗い雰囲気を払拭するためにも素晴らしい式にしなければならない。だから家庭教師の役割は重大である。

教師は改めて、託された教え子の容姿に目をやった。

下ろすと腰に届くほど長い銀の髪を結い上げて、珊瑚《さんご》の髪留めで飾り、そのしたに髪よりも少し明るい白銀色の瞳がある。

長い銀の睫毛《まつげ》の翳りがかかったその瞳には、星が遷移したような光が映り込んでいて、そこへさまざまな不思議な彩りが入れ替わり立ち替わり浮かんでくる。

気を抜けばファナの瞳に吸い込まれそうになる。それほどなにか深いものがそこにある。指先で触れただけでぱきりと音を立てて割れてしまいそうな、初春に氷結した湖面のような、脆《もろ》くはかない佇まいだ。

それにファナが身につけているものの豪勢なこと。

五十年前に皇都エスメラルダ＝リオ・デ・エステ間に連絡航空路を切りひらき、大型飛空艇による大陸間貿易を確立して、小国を運営できるほどの財産を築き上げたデル・モラル家令嬢であれば高価な装身具を身にまとって当たり前だが、それにしてもディエゴ公爵が愛娘を飾り立てるためにつぎ込んだ額は常軌を逸している。

わずか二代で財をなしたデル・モラル家はレヴァーム宮廷社会における新参者だ。皇家の周縁に綺羅星《きらぼし》のごとく居並ぶ諸侯のなかに紛れるとやはり歴史と血縁において劣る。ファナを是が非でも歴史ある名門の御曹司に嫁がせ、強固な血縁で結ばれることでデル・モラル家の基盤を盤石のものにしたい。そういうディエゴ公爵の意図のもと、生まれ持った外見がさらに地上の選りすぐった宝石や貴金属で飾り立てられ、とある詩人が「光芒《こうぼう》五里に及ぶ」と歌ったというファナの美貌が完成した。

肉体にも装束にも圧倒的なまでの美をまとい、ファナは名門の御曹司どころかカルロ・レヴァーム皇子のこころを射止めてしまった。皇子本人から熱望されての婚約である。ディエゴ公爵の投資が報われたかたちだ。皇家と血縁を結ぶことで、デル・モラル家はさらなる繁栄を約束された。皇家と民間とのつなぎ役ということで、さまざまの企業や諸侯から公然と賄賂が送られてくる。

あとは婚姻後に問題が起こらぬよう、ファナに正規の宮廷作法を仕込むだけだ。

大貴族の馬鹿娘、いや、世間一般の常識に疎《うと》くなりがちな深窓の令嬢たちにかかわりあって三十年、ベテラン家庭教師の出番である。

このまま口を半開きにしてファナに見惚《みほ》れていても仕事にならない。

今日の園遊会におけるファナの言動、立ち居振る舞いについてきちんと注意しておかなければ。

瞑目したまま家庭教師は息を大きく吐き、心胆を整えてからレンズの奥の眼をかぁっと見ひらいた。

「ドミンゴ大佐が仰るように、サン・マルティィリアの天ツ人は家畜と同じ扱いが妥当なのです。人として迎え入れる必要はありません。それが皇帝の御意志でもある。やがてお嬢様の御父君になられる方のお考えを理解できなければ、宮廷では生きていけません」

凍てついた湖面のごとき銀色の瞳が無言のまま、家庭教師に突き刺さる。見つめられただけで脳髄が痺《しび》れそうになる。しかし、ひるむな。教師は自らを励まして懸命に言葉を継いだ。

「天ツ人は猿と同じ、性根の卑しいものたちです。彼らへ慈悲を施してもつけこまれて利用されるだけ。それに、それをしたなら品格を疑われるのはお嬢様なのですよ？　そのことを理解しておられますか？」

「申し訳ありません」

気持ちのこもらないファナの言葉が、壁に投げつけたゴム鞠《まり》のように即座に返ってきた。絶対にわかっていない。それどころかこちらの言葉を聞き流している。ファナの意識の表面には皮膜のようなものが張り巡らされていて、外部から投げかけられる言葉はすべてその膜に包まれ、柔らかくはじき返されて、こころのうちまで届いていない。

不思議な少女だ。

得体の知れない、激しいなにかを内面に秘めながら、巧妙にそれを押し隠しているふしがある。いや、もしかすると本人が「なにか」を秘めていることに気づいていないだけかもしれないが、時折その力強いものが仮面の隙間から迸《ほとばし》ってくるのだ。

今日の園遊会がそうだった。思い返すだけで悪夢のような出来事だった。

『レヴァーム人がそうであるように、天ツ人にもさまざまの人間がおります。気高いものや卑しいもの、善きもの、悪しきもの、善悪の入り交じったもの。彼らをひとくくりに卑しいと決めつけ放逐するのが、文化的な人間の態度といえるでしょうか』

天ツ人の排斥を訴える大佐にむかい、それまで押し黙っていたファナがいきなりそう言い放った。朗らかであったその場の雰囲気はたちまち凍り付き、気詰まりな沈黙が立ちこめ、大佐もこの未来の皇妃を扱いかねて、家庭教師へ非難の眼をむけた。傍らの給仕用テーブルにあった果物ナイフで喉を突いて自殺したい気分だった。

うちに秘めた正義感など、宮廷生活では不要なものだ。生き馬の目を抜く貴族社会にあっては、常に目立ちすぎぬよう、人の目線を意識して、高い教養は身につけながらも夫の傍らにつつましく棒立ちになることが望まれる。

馬車がデル・モラル本家の門をくぐるまで、教師は懇々とレヴァーム宮廷社会の礼儀作法について指南しつづけた。ファナの返事は「申し訳ありません」と「理解しました」のふたつだけだった。

既に日は落ちていた。屋敷へとつづくひろい中庭を馬車は進んでゆく。

夕闇のなか、両翼をひろげるようにして、デル・モラル屋敷が遥か前方にそびえたつ。ゆらめく瓦斯《ガス》灯の灯りが真っ白な壁面を照らし出し、全体を蒼白く染めて闇のなかへ浮き立たせる。

馬車が進んでも、いっこうに屋敷は近づいてこない。それほど庭がひろく、建物が大きい。近年のレヴァームでは瀟洒《しようしや》な外装が好まれる。余計な装飾は削り落とし、ただその構造の大きさで訪れるものを威圧しようとする。その様式のあおりを受けて、馬車はたっぷりと邸内を走らされてからようやくコの字形の建物の懐に抱きかかえられた。

ファナと教師は御者に手を借りて馬車を降りた。

目の前に純白の宮殿が屹立《きつりつ》する。

教師が先頭に立ち、正面玄関からなかへ入る。

外装は簡潔に、内装はこれでもかと贅を尽くして。それがレヴァーム人のやり方だ。

玄関ホールは星の満ちる夜空を模している。数十本の支柱に支えられて、藍色に塗られた高い丸天井。そこには天使の彫刻と金銀細工の星が散らされ、床に配置された幾十の燭台の灯火を下から受けて妖しく、重量を持たないかのように群れなして飛ぶ。

居並んだ執事たちの黙礼と過剰すぎる内装に出迎えられて廊下を進む。

巨鯨のあばら骨のような天井。側壁には名高い絵画の行列、純金の燭台、螺鈿《らでん》の寄せ木細工。

乱れ飛ぶ色彩のうちを進むほどに来訪者の感覚は麻痺し、この廊下を抜けるころには無意識のうちにデル・モラル家への畏敬の念が刷り込まれることになる。

まっすぐに前をむき、蔵書室を目指しながら、教師は背後へ声をかけた。

「食事の時間までは読書していただきます。ペドロ・ヒメネスが著した一連の経済書をご精読ください。時間は一時間。内容については食事のあとに質問します。よろしいですか?」

「はい」

「それが終わりましたら、先日不合格が出たピアノレッスンのつづきを。合格したのち、詩作の宿題の残りを片づけます。湯浴みして、就寝は午後十一時の予定です」

「はい」

「いつも素直ですこと」

「はい」

ファナの返事には一切なんの色もにじんでいない。この年齢の娘であれば、通常は理不尽なまでの束縛に対して怒りや反抗、悲嘆や自己憐憫《れんびん》を示すものだが、ファナの場合はそういう下位の感情がこころのうちからきれいさっぱり剝落《はくらく》している。その点は扱いやすいといえるのだが、同時に不気味でもある。

言われたことを淡々とこなしすぎる。これではまるきり自動人形ではないか。幼少期から重度の監視のしたで暮らしてきたため、抑圧に対して普通人よりも耐性がついているのかもしれない。

深海の魚がその水圧を当たり前のものとして生きているのと同じく、ファナにとって束縛も抑圧も馴染んだ水のようなものなのだろうか。外見はこちらの魂を抜き取るほどに美しいが、こころのかたちは深海に棲まう生き物みたいに悲しく不格好にひしゃげているのかもしれない。

あらゆる意味で定型から逸脱した生徒だ。家庭教師は胸のうちで嘆息してから、蔵書室の扉をひらいた。


すべての日課を滞りなく終え、ファナはシルクの寝間着に着替えてベッドへ横になった。女中たちがファナの脱いだものを胸に抱いて部屋を出ていく。

広くて冷たい大理石の床。寸分の隙もなく磨き石を積み上げた側壁。壁際に立ち並ぶ調度品たちが鈍い光沢を闇のなかへ放っている。アーチ型の大きな窓から、桟に切り取られた月光が部屋のなかほどまで入り込み、天井にとりつけた扇風機がかすかな振動音とともにぬるい空気をかき回す。

ベッドには天蓋が付いていて、息を吹きかけるだけで全体がふわりと持ち上がるような薄い絹の覆いがそこから四方へ巡らしてある。

いまがファナにとって唯一、ひとりになれる時間だ。

ファナはベッドから出て、ふわふわのスリッパにつま先を入れ、窓のそばに歩み寄った。ガラスに額をくっつけて夜空を見上げる。蒼白い月光がファナの身体に注がれ、下ろした銀の髪の表面を流れていく。

屋敷の外にある竹林が夜風にたわんでいた。おぼろな満月がそのうえにある。竹林のむこうは海だ。

――泳ぎたい。

そんなことを思った。今日、園遊会に出かける途中、馬車の窓の外に海が見えた。早めの海水浴を楽しむ人々の笑顔も見えた。みんな気持ちがよさそうだった。

今日一日の思い出はそれだけだ。きっと明日が来たら忘れてしまうだろう。そして目の前をまた、自分には関係のない出来事が流れてゆく。

現実をオペラのように眺めはじめたのはいくつのときだろう。

覚えていない。けれどこれまで生きてきた十七年のうち、どこかの時点で目の前の現実と自分の意志とのあいだになんの相関関係もないことに気がついた。

幼いころ、母とふたりの兄と一緒に動物園に行った。いろいろ珍しい動物がいて、ファナは特に象の子どもが気に入り、あの子とずっと遊べたらいいなと思って母を見上げ「大きくなったら動物園で働きたい」と言った。母はひどく険しい顔になり、ふたりの兄はけらけら笑ってファナを馬鹿にした。

自分は動物園で働くことはできない。

その事実はいつのまにか胸のうちに収まっていた。

――ファナ・デル・モラルは男性への贈呈用としてこの世界に生を受けた。生まれた瞬間にそう決まっていた。自分の意志とはかかわりなく、それが今後の人生の決定事項だった。

自分が贈り物であるという大前提は、気がつけばしっかりと意識のうちへ根を下ろし、既成事実となっていた。通常であれば人間的な葛藤が起こるはずだが、物心ついたときには特に違和感もなく贈り物としての自分を受け入れていた。十数名の高名な家庭教師から意識の底へ親の意志を仕込まれ、本来の人格を矯正されてできた成果が、いまの自分のすがただ。

「わたしはモノだ」

窓の外の蒼白い月を眺めながら、ファナはそう呟《つぶや》いてみた。

なんとも思わない。胸の痛みも感じない。次はこころのうちで呟いてみる。

――わたしはモノだ。

そう、モノだから人間的な感情に苛《さいな》まれるはずがない。微塵も悲しくない。

気がつけば、世界は透明な玻璃《はり》のむこうに存在していた。手を伸ばしても堅くて厚い玻璃が邪魔をしてなにも摑めない。どうせ自分と世界のあいだにはなんの繋がりもないのだから、なにものにもこちらから干渉しない、と決め込んであらゆる事物をただ傍観する。そうしていれば少なくとも、誰かに怒られたり、なじられたり、陰口を叩かれたりすることはない。

けれどときどき、強い気持ちが起きることもある。抑えなければ、という理性の制止を振り切って、その激しさが言葉に代わってしまう。自分で自分のことがよくわからない。

そうだ、今日の園遊会であの髭の生えた壮年男性、ドミンゴ大佐の話を聞いていたとき、久しぶりに怒りを覚えた。思わず玻璃のむこうへ手を差し出していた。結果は気詰まりな沈黙と家庭教師の説教だ。やらなければよかった、と馬車のなかで後悔したがあとの祭りだ。今後はますます、宮廷社会の立ち回りについて勉強させられるだろう。夢も希望も個性も感情も剝ぎ取られ、人間の皮をかぶった装飾品として皇子の傍らに無言で突っ立つその日まで、この拷問はつづくのだ。

そんな結果になることがわかっていながら、あのとき自分はなぜ天ツ人をかばったのか、よく理解できない。

少し考えてみて、記憶の底のほうからひとり、なつかしい天ツ人の顔が浮き上がってきた。あばた顔で痩せこけた、見栄えはしないがこころの優しい中年女性。幼いファナに親切にしてくれた召使いの顔だった。

あれは、いくつのときだったか、はじめてひとりで自分の部屋で眠ることになった夜のことだ。

ベッドに横になって灯りを消すと、広い部屋に置いてある調度品や天井の装飾が恐ろしくて、幼いファナはすぐに泣きはじめた。でもいくら泣いても誰も来てくれず、ファナはベッドを下りてシーツを噛みしめ、部屋を抜け出して廊下をうろうろ歩いていた。

本当は母親の寝室へ行きたかったのだが、それをしたなら手ひどく怒られることはわかっていた。兄たちの寝室へ行けば翌朝告げ口されてまた怒られる。父の寝室など恐ろしくて近づけるはずもない。一番怖くて教育熱心なのが父親なのだ。

屋敷はこんなに広いのに、どこにも行くところがない。

ファナは泣きながらあてどなく廊下を巡り歩き、天ツ人の召使いに見つかってしまった。

「ありゃま、お嬢様、勝手にお部屋を出たら駄目ですよ。また旦那様にこっぴどく怒られますよ」

召使いは訛《なまり》のあるレヴァーム語でそう言った。

怖いの、とファナが告げると、その見栄えのしない中年の召使いは黙って抱っこしてくれた。

「寂しいよなあ。まだこんな小さいのになあ。甘えたいさかりなのにひどいよなあ」

廊下を歩きながら、召使いはそう言って泣きはじめた。ファナは一緒に泣いてくれるのがうれしくて、召使いの首に両手を回して嗚咽《おえつ》した。

抱きかかえられて寝室のベッドへ戻った。

見つかったら大目玉だ、とおどけた調子で言いながら、召使いはベッド脇の床にそのまま腰を下ろして、ファナが眠るまで、とある物語を聞かせてくれた。

それは天ツ上三千年の歴史を題材にとった物語だった。

ファナはそれまで、その召使いがしてくれたほど面白い話を聞いたことがなかった。幾多の英雄や美女が登場し、憎みあい、争い、愛しあった。たくさんの戦いがあり、めまぐるしく軍勢が移動して、飛び交う権謀術数のなか、気高い人物や卑怯な人物、善人、悪人、どちらともつかない人間たちがうごめき、あるものは栄え、あるものは滅びた。

ファナは固唾《かたず》を呑んで物語に聞き入った。

卑怯な人物の自分勝手な行動に憤り、気高い人物の献身的な行動に感動した。わからないところを質問すると、召使いはわかりやすく嚙み砕いて教えてくれた。いつも世間体ばかり気にする実の母親よりも、その召使いのほうが優しくて温かかった。母親が与えてくれない愛情を召使いが代わりに注いでくれた。ファナはいつのまにか寝る時間を楽しみにするようになっていた。

そうだ、あの物語を聞いていたから、今日の大佐の話が腹に据えかねたのだ。天ツ人にもさまざまなものたちがおり、彼らをひとまとめに悪と決めつけてはいけない、ということをあの召使いが教えてくれた。

けれど物語は途中で終わってしまっていた。

ある晩を境に、彼女は屋敷からすがたを消してしまった。

物語のつづきが知りたいのと、大好きな人がお別れも告げずにいなくなった寂しさで、ファナはまた毎晩泣きながら眠るはめになった。

後日、兄から真相を聞いた。あの天ツ人の召使いが夜な夜なファナに寝物語を聞かせていることが父の耳に入り、彼女はその日に解雇されたのだそうだ。

とても、とても悲しかった。

あの名前も知らない召使いが毎晩、職を失う危険を冒して物語を聞かせてくれていたことにはじめて気づいた。彼女は物語のなかの気高い人物と同じように、自分を顧みないでファナのために尽くしてくれていた。そのことで泣いた。

その涙がいつごろ枯れたのか覚えていない。泣かなくなると同時に、強い感情が湧き上がることも少なくなった。かなり泣いたような記憶があるから、あのときに一生分の涙を流し尽くして感情がすり減ったのかもしれない。

徐々に外部のことを遠くから眺めるようになり、なにを言われても憤ることもなくそのまま受け入れるようになった。子どものころのように手の甲を鞭《むち》で打たれることもなくなったから、いまのこのすがたがきっと父母の望むとおりのファナ・デル・モラルなのだろう。

もう自分自身のことでさえ、他人事のように眺めることができる。

一年前、父親に強いられて赴いたシエラ・カディス群島への旅行の際、彼の地に滞在していたカルロ皇子に愛を告げられた。かつて宮廷晩餐会で一度会っただけだったが、カルロはそのときからファナ以外のことを考えられなくなったのだそうだ。皇王もデル・モラル家令嬢を皇家へ迎え入れるのはやぶさかでない、とのこと。ファナの父母はもちろん、宮廷にかかわるすべての人々のお膳立てが整ったうえで、なにも知らないファナを皇子のまえに連れてきたかたちだ。人生における劇的な場面を望む皇子のたっての希望で、ロマンティックな南海の楽園にわざわざ出向いての愛の告白が行われたというわけだ。情熱的行動はレヴァーム人の民族的特質であり、それを率先して体現しているレヴァーム皇家の人々だった。

ファナに拒絶できるはずがない。

重大な人生の岐路であるそのときも、自分とは関係のない誰かにむかって皇子が熱っぽく語りかけているように見えた。どこかの誰かから教わった作法どおりに応えると、彼の表情にこのうえない喜びがひろがったことを覚えている。

皇都エスメラルダでも蟬が鳴きはじめた、早くきみに会いたい。半年後の挙式が待ちきれない——と、カルロが昨日の電信に書いていた。

婚約以来ずっと、ことあるごとにカルロは軍事用無線電信を利用してそんな手紙を送ってくる。ファナは彼からの手紙を最後まで読んだことがない。押しつけがましく、甘すぎて、途中で疲れてしまう。だがいつも頼みもしないのに文官がその返事をしたためて、ファナに確認を求めてくる。たいがい、皇子のお気に召すような気恥ずかしい言葉が臆面もなく書き連ねてある。けれど自分で書くという気もおきない。だからファナは無言のまま頷いて了承を示し、文官はその甘くとろけそうな文章を一万二千キロ離れた本国へ返信する。もしも暗号電信を天ツ上の諜報部に解読されたらカルロとファナは彼の地で永遠に笑いものになれるだろう。

骨身に染みついた諦観《ていかん》とともに、ファナは窓の外のおぼろな月を眺めた。サン・マルティリアはこれから夏を迎えようとしている。きっと去年と変わらない、監視と束縛の夏がまたはじまる。生まれて以来ずっと、牢獄に入れられているのと変わらない人生。

——そういえば……。

ふとそのとき、昔を思い出した拍子に、召使いが語ってくれていた物語のことが浮かび上がってきた。自分のいまの境遇にそっくりな登場人物が出てくる話だった。

——あの囚《とら》われのお姫様はどうなったのかしら……。

途中で切れたままの天ツ上の物語。

戦争に敗れ、生け捕りにされたお姫様の話だった。獄死することを望まれて、日の差さぬ暗い牢獄に一生閉じ込められることになったお姫様が、夏至の日に石壁の裂け目から入り込んできた陽光を浴びる、というところで終わってしまっていた。邸宅の蔵書室を探してみても、天ツ上の歴史物語などあるはずもない。つづきが気になって仕方ないのに、誰も語ってはくれない。

——あの姫は、わたしと同じだ……。

姫に同情してしまう。いっそ悲しみに麻痺して、悲しみを悲しみとして感じられなくなってしまえば、姫は幸せなのではないかとさえ思える。死ぬまで暗闇から出られない人生なんて、辛くて悲しくて苦しいだけだ。そんななかで生きる意味などない。

もう溜息をつくことさえせず、力ない目線をぼんやりと夜景へ送った。

静かな夜だった。時折聞こえるかすかな虫の音が、静けさをかえって深める。

いや——虫の音のなかにおかしなものが混ざっている。

突然、直感がそのことを告げた。

ガラスに額をくっつけた。

ファナは眼が良い。いまはまだ見えないが、常ならぬものが満天の星空のしたに紛れ込んでいる。

さらに眼を凝らす。黒い点がいくつか、夜のなかに揺れた。

——飛空機？

月明かりを弾くなにものかが、空の低いところから非常な高速で接近してくる。

リオ・デ・エステ周辺空域はデル・モラル空艇騎士団が常時警戒している。野蛮人どもの飛行機械が入り込む隙はない——とファナの父親、ディエゴ公爵は背筋を反らしながら常々言っている。その言葉がいま、目の前で破られようとしている。

聞き慣れないプロペラ駆動音に屋敷のものたちも気づいたようだ。庭を清掃していた使用人たちが急ぎ足で見晴らしのきく芝生へわらわら駆け込んでいく。

夜闇のなかに、それよりさらに暗い色をした漆黒の機影。

その形状は未知のものだ。明らかにデル・モラル空艇騎士団のものではない。翼が屈折していて、前方にプロペラがついておらず、どことなく蚊に似ている。

三機が三角形のかたちをなしてひと群れ、その真下に四機が菱形を組んだものがひと群れ、全部で七機。

次の刹那、四機が胴体のしたに抱えていた涙滴《るいてき》型の物体を切り離した。

宙を斜めに滑る四つの涙滴は、糸でひくように屋敷東端の翼屋を目指す。

あそこにあるのは――ディエゴ公爵の寝室だ。

「お父様っ」

ファナが叫んだのと、東翼屋に四発の着弾音が轟いたのは同時だった。

投弾した四機は尾部プロペラを唸らせ、屋敷を轟音とともに飛び越えてゆく。

つづけて紅蓮《ぐれん》の劫火《ごうか》とともに真っ黒な塵芥《じんかい》が屋敷の破砕口から湧き上がり、中空高く打ち上げられた。

西翼屋の三階にいるファナの足元まで、膝が崩れるほどの震動が伝わった。建築構造が軋《きし》むのがわかる。

東翼屋は一瞬のうちに煮えたぎる地獄の竈《かまど》と化した。破損箇所は建材が吹き飛んで太い木枠がむき出しになり、そこから噴き上がった火焔《かえん》が明滅しながら夜空をごうごう真っ赤に煮立てる。庭にいた使用人たちの悲鳴が夜を切り裂く。

両翼をひろげ、正面玄関をくぐるものを抱きかかえるようなすがたのデル・モラル屋敷だが、その片翼がいまや無惨にもげ落ちていた。

「お嬢様、お逃げください、敵襲、敵襲ですっ」

樫の扉が乱暴にひらき、立ちこめかけた煤煙《ばいえん》と一緒に、ひとりの執事が普段の取り澄ました態度をかなぐり捨てて室内へ駆け込んできた。

「お父様、お父様がっ」

取り乱したファナを、彼が抱き留める。

「失礼っ」

ファナを抱きかかえ、自らの身体を盾にして、執事は横っ飛びに跳んだ。

直後、すさまじいプロペラ音がガラス窓に叩きつけられた。

あとにつづいていた三機が、航過ついでに邸内を銃撃していく。

雷鳴のような発射音とともに、幾千の機銃弾が贅を尽くしたファナの部屋へ容赦なく降り注ぐ。

側壁の磨き石が削り取られる。御影石の彫刻の頭部が吹っ飛ぶ。被弾したベッドが羽毛を吐き出し、本棚に詰まった年代物の蔵書たちに大穴があいて、たちまち部屋中が乱れ飛ぶ破砕物と粉塵に染まる。

火災を起こすための銃撃だった。機銃弾には焼夷弾《しょういだん》と炸薬弾《さくれつだん》が含まれており、ベッドの天蓋を覆っていたカーテンが早くも燃え上がっていた。階下から火事の発生を告げる使用人の大声が届いた。

「早く逃げねば」

白髪頭を血の色の斑《まだら》に染めあげて、傷だらけの執事はそう言ってファナを助け起こした。

ファナは自失の淵にあった。起きた事態に理性がついていかないまま執事におぶわれた。

執事は火の手のあがった屋敷のなかを駆ける。その先々で、側壁の燭台が地に落ちて絨毯《じゅうたん》に燃えうつっていた。ホールの天井から吊り下げていた大燭台も鎖が切れて床のうえで粉砕し、火を灯したままの蠟燭《ろうそく》が撒き散らされて、敷物を燃え上がらせている。

使用人たちが消火のために駆けずり回り、あちこちで悲鳴や怒号があがる。真っ黒な煤煙が立ちこめ、ひび割れた天井からぱらぱらと灰白色の粉塵が舞い落ちてくる。

——これはなに？

痺れてしまったファナの脳裡に、かろうじてそんな言葉が芽吹いた。現実はいつもファナの意志とはかかわりなく、むこうから一方的に発生してこちらへ打ちかかってくる。ファナはそれを受け取ることしかできない。

——玻璃の奥へ。

そしていつものように、ファナは現実から自分の意識を切り離すことを選択した。執事におぶさったまま、こころの外殻に築き上げた玻璃の城壁の内側へ逃げ込む——飛びきりの臆病者のやり方。

それまで険しかったファナの表情が、なんの感情も宿していない人形のそれへと変じた。父親が狙われたことも、部屋が銃撃されたことも、屋敷が崩れ落ちようとしていることも、こうなってしまったファナにはもはや無関係な出来事だった。

オペラの舞台を見るように、ファナは崩れ落ちる我が家を眺めた。

執事の頭から流れ出る血も、視界を覆う塵芥も、煤煙も、燃える建材から発生した鼻の粘膜を突き刺すような匂いも、すべて玻璃のむこうに存在していた。たとえこのまま焼け死んだとしても、死にゆく自分を冷静に観劇する自信がある。そんな自分を悲しいとも思わない。

そうしてなにもかもがファナから遠ざかっていった。やがて音さえも消えた。幼いころから時間をかけて築き上げた分厚い玻璃の容器のなか、ファナは安息することも忘れ、ただの無機物として観察と呼吸だけをしていた。

二

地上でどれだけ踏みつけにされようと、空では誰にも負けない。それがデル・モラル空艇騎士団一等飛空士、狩乃《かりの》シャルルの矜持《きょうじ》だ。

たとえ流民あがりのベスタドでも、アイレスⅡの操縦桿《かん》を握っているあいだは自由でいられる。空には階級なんてない。ただ強いものだけが生き残る。そのわかりやすさがいい。

だがしかし、それにしたって――この性能差は理不尽すぎる！

スロットルレバーを叩くようにして増速しながら、シャルルは後方を振り返った。

風防に張られた有機ガラスのむこうに、晴れ渡った高度四千メートルの青空がある。そして一面の青のただなかを、漆黒の機影がひとつ、楽しむように追尾してくる。尖った機首、湾曲した両翼、機首付近に装備した三十ミリ機銃二門、十三ミリ機銃二門、尾部についたプロペラ――中央海戦争開戦と同時に出現した天ツ上単座戦闘機「真電《しんでん》」だ。

シャルルが搭乗しているのは神聖レヴァーム皇国が誇る最新鋭単座戦闘機「アイレスⅡ」。開戦前の評判では、天ツ上海軍航空隊は二国を分ける大瀑布に近寄ることもできずアイレスⅡに撃退されるであろう——とされていたが、蓋をあけてみれば事態は真逆であった。

レヴァーム空軍が大瀑布に近寄ることもできない。アイレスⅡは真電の前に全く歯が立たず、大瀑布上の制空権はまたたくまに天ツ上海軍航空隊が掌握した。性能に優れた単座戦闘機が戦局にどれだけ重大な影響を及ぼすか、レヴァーム皇国軍令部は骨身に沁みて思い知った格好だ。

武装、航続距離、旋回性能、最高速度、上昇力、すべてにおいてアイレスⅡは真電に劣っていた。それも半端な劣り具合ではない。完膚なきまでに、現場の飛空士が血の涙を流して悔し泣きするほどに、ひどい飛空士になると真電に出会ったその場で落下傘を背負って機外へ飛び出すほどに劣っていた。とある航空専門家は「真電は飛空機械の進歩に必要な過程を二段階ほどすっ飛ばして生まれた」と評する。その言葉が大げさでないことをシャルルはいま身体で思い知っている。真電は速く、小回りが利き、上昇力に優れ、そのうえ重武装である。

——勝てない！

心中で毒づきながら、シャルルは両足のフットバーを小刻みに蹴りつけ、全身で操縦桿を操り、真電の追尾を振り切ろうとする。しかし真電は、搭乗している飛空士のにやにや笑いが透けて見えるような挙動で、あたかも牽引されているかのように楽々とこちらの尾部にくっついてくる。

シャルルにもデル・モラル空艇騎士団のエースとしての自負がある。操縦技量ではレヴァーム空軍正規兵にも負けない自信があり、実際、模擬空戦では正規兵エースを完封して勝利を収めた。サン・マルティリア最高の飛空士――自他ともにそれを認めている狩乃シャルルだ。

しかし、それなのに、これほど一方的に追い立てられるなんて！

シャルルはオーバーブーストを使った。一気に水素電池の電力を消費し、劇的に増速したアイレスⅡは上昇に転じる。高度五千ほどのところに絹糸がもつれたような細くたなびく雲があった。あれに紛れてなんとか敵を引き剝がしたい。

後方を振り返った。真電は先ほどよりもやや遅れて空を駆け上がってくる。一度頷き、呼吸を整え、シャルルはアイレスⅡの鼻先を雲のなかへ突っ込んだ。

雲中飛行はシャルルのおはこである。普通の飛空士は空間失調症に陥る危険があるため雲のなかを長時間飛ぶことを嫌うが、シャルルは天性の素質で見えない水平線を捉え、機位を保つ技量があった。程なく雲を突き抜け、遥か眼下に真っ青な海原を見下ろした。

――逃げ切った？

振り返ったシャルルの眼が、大きく見ひらかれた。

あろうことか、真電は先ほどよりもアイレスⅡに接近していた。それも並の近づき方ではない。もう少しのところで機首と尾部が接触しそうなほど接近している。できる限り敵に近づき、一斉射で仕留めるのが空戦の理想であるが、それにしても近すぎる。

天ツ上における伝統的な戦士の剣術技、居合い抜きと同じだ。必殺の間合いから放たれた不可避の一撃は、最小限の弾数で哀れな獲物をまっぷたつに両断するだろう。シャルルの生存本能が、反射的に風防の第一可動部を後方へ滑らせた。外気が一気に搭乗席内へ吹き込んでくる。

真電の胴体部に装備された三十ミリ機銃が火を噴いたのと、シャルルが落下傘を背負って機外へ身を投げたのはほとんど同時だった。

砕けた愛機の破片が晩春の蒼穹を舞った。片翼をもがれ、長い炎の尾を中空に曳き、シャルルの愛機はきりきりと回転しながら海原をめがけて墜ちていく。

唇を噛みしめ、一直線に空中を落下しながら傘をひらいた。胸と肩口へぐっと負荷がかかってから、黄色い花が中空に咲く。シャルルにとってはじめての落下傘降下だった。

見れば真電は誇らしそうに、降下するシャルルの周囲を緩旋回している。敗者のみすぼらしい格好を眺め、敵飛空士はいまごろ大いなる勝利に酔いしれているのだろう。

屈辱で頭のなかが焼けこげそうだった。もう二度と落下傘降下はするまいと誓った。これほど悔しい思いをするくらいなら死んだほうがマシだ。

真電がゆっくり近づいてくる。敵飛空士の顔が判別できるほどに寄ってくる。シャルルは眼を細め、その搭乗席を覗き込んだ。

女と見紛《みまが》うような端正な顔をした飛空士が、口元に微嘲笑《びちょうしょう》をたたえてシャルルを睥睨《へいげい》していた。洒落た空色のマフラーを首に巻いている。機首付近には人をおちょくったようなビーグル犬のイラストが描いてあった。

「次は負けない」

その特徴を脳裡に刻みつけ、シャルルは呟いた。気が済むまでシャルルを目線でなぶったのち、真電は翼を翻した。そして満足そうに翼を振りながら去っていく。

小さくなる機影にむかい、シャルルは叫んだ。


「覚えてろ、ビーグル！」

そして、自分の声で目が覚めた。

寝ぼけ眼をひらき、上体を起こす。真っ白な薄いシーツが胸のまえにかけてある。周囲を見回すと、見慣れたいつもの搭乗員宿舎だ。窓の外にはアルメリア飛行場の赤土を均《なら》した滑走路がある。飛び立っていく哨戒機《しょうかいき》のプロペラ音が遠くから聞こえて、早起きの蟬の声がそれに混じっていた。継ぎ板を張った床に朝の光が落ちている。

ベッドの傍らでは、同僚飛空士のヨアキンが怪訝《けげん》そうな顔をシャルルへむけていた。

「縄張り争いか？」

心配そうな表情でそう尋ねてくる。シャルルは苦そうに笑ってこめかみを押さえ、首を左右に振った。

「夢見てた。二週間前、墜とされたときの」

「あぁ、あれね。真電と空戦するからだよ。まともにやりあったら駄目だって言われてるだろ？」

「後悔してるよ。あんまりいじめないでくれ」

シャルルは木製の簡易ベッドからおりて軽い屈伸運動を行い、こきこきと指の関節を鳴らしてから、木綿の寝間着を脱いで白の飛行服に着替えた。

天ツ人としては顔の彫りが深く、瞳も透きとおった水色をしている。けれどそれ以外は栗色の髪と華奢な身体、肌色も白というよりは薄桃色をしていて、ぱっと見では純粋な天ツ人と区別がつかない。飛空士として抜群の技量を持ちながらレヴァーム空軍正規兵になれなかったのは、ひとえに身体を巡る血のためだ。だがシャルルはそのことで誰も恨んではいない。もしも正規軍へベスタドが入っていけば執拗な嫌がらせに遭ったことだろう。デル・モラル空艇騎士団で飛空機に乗ることはできるし、騎士団員は無骨で粗野な日陰者ばかりだが、みんな自分の生まれや血のことをジョークにして笑い飛ばせる気持ちのいい連中だ。

あくびをひとつして、顔を洗い、ヨアキンと一緒に食堂へ行った。

今朝は特に任務もない。早起きのデル・モラル空艇騎士団員たちが食堂の隅に固まって、粗末な木製のテーブルにオートミールを並べていた。

空席が目立つ。開戦から半年が経ち、騎士団員の数は半分になってしまった。だが誰もそのことを口にしない。なにかの拍子に、いなくなった同僚を偲ぶことはあるが、哀しみが増すだけだから話題に出ることは少ない。

配給の朝食を受け取り、同僚たちにおはようを言って木製椅子を引いた。

食堂の反対側ではレヴァーム空軍に所属する飛空士たちが不機嫌そうにテーブルを囲んでいた。

彼らとは味方同士だが会話することはまずない。作戦行動も空軍正規兵と騎士団員では厳密に区分けがなされ、ほとんどの場合、騎士団員は空軍部隊の囮《おとり》役を担わされる。開戦半年で五割の人員が消耗したのも、そうした差配のためのものだ。

デル・モラル空艇騎士団は、サン・マルティリアを統治するディエゴ公爵が私費を投じて設立した軍隊だ。騎士団などと名前は良いが、内実は国籍を問わない、すねに傷持つ空飛ぶ傭兵の寄せ集めであり、平時にやっていることは大陸間貿易に伴う空賊退治、つまり輸送用飛空艦船の護衛任務である。それが開戦に伴い、レヴァーム空軍の下部組織として編入され、ほとんど無理矢理に戦いへと駆り出されている。正規兵たちは騎士団員を「田舎貴族の雇われ兵」と見下していて、正規部隊の作戦行動のために大勢の騎士団員が犠牲になっても弔《とむら》いひとつよこさない。

「さっき、また変なのが来てた」

ヨアキンがぽつりと口をひらいた。最近、アルメリア飛行場には見覚えのない高級士官が複数名、黒塗りの車で乗り付けてきて、航空司令部で長い会合をひらいている。シャルルは朝食を胃に流し込みながら、

「皇子が新しい作戦を思いついてなきゃいいけど」

騎士団員のあいだに軽い笑いが起きた。次期皇王、カルロ・レヴァーム皇子のとんちきぶ

りはもはや騎士団員だけではなく正規兵のあいだでも嘲笑の的だ。

「いつ来るんだろうね、第八特務艦隊」

ヨアキンが本気とも冗談ともつかない語調で溜め息混じりにそう言うと、テーブルにくすくす笑いがひろがった。

第八特務艦隊東方派遣——。

それはのちに歴史的愚行として歴史書に記述されることになる、前代未聞の花嫁奪還作戦であった。話はいまから三週間前、真電七機編隊によるデル・モラル屋敷強襲事件にさかのぼる。


瓦礫《がれき》の山からディエゴ公爵の無惨な焼死体が発見され、海のむこうの本国ではすべての新聞社が一面トップでこの事件を報道した。紙面は事件の詳細とともに、カルロ皇子の許嫁ファナ・デル・モラルが天ツ上帝の標的となっている可能性について言及していた。

曰く、この若く美しい令嬢をレヴァーム皇家から奪い去り、半年後の挙式を無期限中止に追い込んで、ただでさえ沈滞したレヴァーム側の士気をどん底にまで貶《おとし》め、宮廷の一部にはびこる厭戦《えんせん》気分に拍車をかけるのが天ツ上帝の目的であるという。

悪いことに、サン・マルティリアの制空権を天ツ上が掌握するのは時間の問題だ。天ツ上帝からすれば、敵側の希望を手のひらに乗せているのと同じである。サン・マルティリアが陥落したなら、ファナ嬢を処刑しようが我がものにしようが貧民窟の娼館送りにしようが、天ツ上帝の胸三寸である――。

その記事がカルロ皇子をくるわせた。

炎熱のごとき妄執が皇子の頭蓋を灼いた。

事件から一週間後、皇子は皇家が保有する七つの艦隊から飛空戦艦一隻と重巡空艦三隻、駆逐艦七隻を徴用して新たな艦隊を編成し、仰々しくもこれに「第八特務艦隊」との命名を施して、愛しい許嫁を滅びゆくサン・マルティリアから救い出すべく出航させた。その際、盛大な出帆式が開催され、見送る人々は空飛ぶ勇敢な戦士たちへ惜しみない声援と拍手を送った。

情熱的行動はレヴァーム人の民族的特質である。皇子自らが民族の美点を体現し、あらん限りの情熱をもって敵地に取り残された婚約者を救いに勇者たちを送り出した。この壮大かつロマンティックな作戦は熱狂とともに皇民へ受け入れられ、新聞記者たちも格好のネタとしてカルロ皇子とファナ嬢の熱愛を紙面にあおり立てた。

第八特務艦隊は逃げ隠れすることなく正々堂々、真正面から敵中突破して十日間でリオ・デ・エステに到着、麗しのファナ嬢と彼の地に残された貴族高官を乗艦させたのち、再び真正面から堂々と敵中突破して十日間で皇都エスメラルダへ帰還、カルロ皇子とファナ嬢の感動の再会をつつがなく演出する――予定だった。

特務艦隊出帆式から二週間が経過した現在、うんともすんとも音沙汰がない。

第八特務艦隊はいったいどうなってしまったのか。賭け事好きの傭兵が切り出した。

「大瀑布を越えられなかった、に三百ペセタ」

その誘いに、シャルルは乗らなかった。答えが当たり前すぎて賭にならない。

いくらなんでも、敵を見くびるにもほどがある。天ツ上は既に大瀑布付近へ幾重にも哨戒網を張っている。鈍重な艦隊が素通りできるはずがない。大瀑布を越えようとしたあたりで、トレバス環礁と伊予島の飛行場から飛び立った真電の大群が取り付いてきて、押し寄せる雷爆撃機の大編隊から身を守ることもできず、特務艦隊の最後の一艦が鉄屑になるまで何次にもわたる反復攻撃を受けたことだろう。

戦艦の大砲では飛空機の空雷に勝てない。もはやそれが世界の常識であった。

——天ツ上を甘く見すぎだ。

六十年前の戦争でレヴァーム皇国が大勝したときの帝政天ツ上とは雲泥の差がある。彼らはこの六十年で劇的な技術革新を成し遂げ、いまやレヴァーム製と遜色《そんしょく》のない工業製品を自力で量産するに至っている。真電はその最たるもののひとつだ。レヴァーム軍令部が敵の実力を過小評価しすぎていることが、現在の苦戦の元凶だとシャルルは思う。

と、食堂入り口にレヴァーム空軍の制服を着込んだ見慣れない士官が現れ、シャルルの名を呼んだ。

口に持っていこうとしたスプーンを放り出してシャルルはその場に直立し、踵を鳴らして士官へ敬礼を送った。胸の徽章《きしょう》は彼の階級が中佐であることを示していた。

「食事中のところ悪いが、急ぎの話がある。航空司令部まで来てくれ」

「はっ」

正規兵たちが怪訝そうな顔をシャルルへむけた。露骨に睨《にら》みつけてくるものもいる。空軍の正規飛空士を差し置いて、傭兵が高級士官に声をかけられたことが面白くない様子だ。シャルルは取り合わないようにして、中佐の背を追った。


宿舎を出ると、七月下旬の晴れ渡った空があった。真っ白なちぎれ雲がいくつか、のんきそうに風に吹かれている。プロペラ音を轟かせ、哨戒機がゆったりと斜めに青空を駆け上がっていく。

航空司令部は木造の搭乗員宿舎とは違い、白石灰塗りの壁を持つ清潔な二階建ての建物だ。白い壁にアブラゼミがとまって、透明な日射しを気持ちよさげに浴びていた。

レヴァーム空軍東方派遣大隊長官ドミンゴ・ガルシア大佐は、司令部二階の指揮所で革張り椅子に腰掛け、シャルルを待ちかまえていた。でっぷり突き出たお腹と禿《は》げあがった頭、その頭頂部にちょこんと乗っかった軍帽が特徴的な人物だ。

執務机に両肘をあて、両手を顎のしたで組み合わせてシャルルを睨む。シャルルは踵を鳴らすと右手の指先をこめかみにあてた。

軍令部から派遣された海軍将校、ラモン・タスク中佐がドミンゴ大佐の傍らに立ち、黒塗りの手帳をひらいた。こちらは中肉中背、これといった特徴のない温厚そうな外見だが、時折、眼鏡の奥から鋭い眼光を投げてくる。

　ドミンゴ大佐は手元にある狩乃シャルルに関する調査書をぱらぱらめくり、黄色みがかった眼をあげた。

「シャルル・カリノ一等飛空士、二十一歳、アマドラ地区出身。確実撃墜十七、不確実撃墜ゼロ。面白い記録だな」

「光栄です」

「自己申告と戦果確認機の報告をぴったり一致させる趣味があるのか？」

「いえ。見たままに報告しているだけです」

　シャルルの回答に大佐は鼻を鳴らした。

　レヴァーム空軍においては、空戦の戦果は現場からの報告を総括して数字を出すことになっている。飛空士の自己申告と、空戦を観察していた戦果確認機による報告が照らし合わされ、「戦果確認機と飛空士の報告が一致した確実撃墜数」と「戦果確認機は確認していないが飛空士が墜としたと言っている不確実撃墜数」が戦果として計上される。だからうさんくさい飛空士になると「確実撃墜ゼロ、不確実撃墜十七」などということになってしまうのだが、シャルルの場合はその真逆だった。

　正直者といえば正直者だが、限りなく愚か者にも近い。飛空士の格を決めるのは撃墜数であり、不確実撃墜数が出鱈目《でたらめ》な数字であるわけでもない。戦果確認機の眼の届かないところでの撃墜というものも、実際もちろん多くある。だからシャルルのこれは、あまり役にも立たない正直さなのである。

そこで中佐が、手帳に眼を落としたまま尋ねた。

「きみのそうした実直な人間性を、我々は高く評価している。調べさせてもらったが、アルディスタ正教の神父に育てられたそうだね？」

「九歳で孤児になり、十歳のときに神父に拾われ、以降、アルメリア飛行場近くの教会で下働きをしていました。神父には感謝しています」

いったいなにがどうして自分のことがこれほど調査されているのかわからないまま、シャルルは不安を押し隠して答えた。

シャルルの父母はともに家を持たない季節労働者、いわゆる流民であった。レヴァーム階級社会における最底辺でもがいた父は、ありついた炭坑仕事で肺を悪くして死んだ。母親は幼いシャルルを連れて、つてを頼って大貴族のお屋敷で召使いとして数年働いたが不祥事を起こして解雇され、場末の飲み屋で酔漢に刺されて死んだ。孤児となってアマドラ地区をさまよい、道ばたでひとり凍えていた十歳のシャルルはアルディスタ正教会の神父に拾われて失いかけた命を繋ぎ止めることになる。

やがて教会の葬祭仕事のからみでアルメリア飛行場に行き来するようになり、現場の飛空士たちと仲良くなって飛行機械の取り扱いを覚え、そののち無免許で飛空機を操縦するようになり現在に至る。中佐に言ったことに嘘はなく、いまでも給金の一部を教会へ仕送りしているシャルルだった。

「我々はきみのことを、熱心なアルディスタ正教徒として認識している。そのことに間違いがあるかね」

「常に敬虔《けいけん》であろうと努めています」

「では婚姻前に肉体的な関係を持った男女はどうなると思う？」

いったい全体なんの質問だと歯がゆく思いながら、シャルルはアルディスタ正教徒としての模範解答を示した。

「炎熱地獄へ堕ち、未来永劫やむことなく焼かれつづけます」

「大変結構」

中佐は満足そうにそう言ってから、眼を大佐へむけた。

大佐は芝居がかった仕草で立ち上がると、腰の後ろで両手を組んで窓の外へ眼をやった。その背中越しに声が届く。

「ここから先は機密事項だ。いかなる理由があろうとも、これから話す内容を他言することは軍律違反として処罰される。仲間内であろうが、許可が出るまでは絶対に喋《しゃべ》るな」

「はっ」

不気味な予感めいたものがシャルルの背筋を撫でていた。聞かないほうが良い話かもしれないと思いつつ、やはり好奇心のほうが勝ってしまう。

「貴様にひとつ、重大な任務を託したい」

そう言って大佐はシャルルに向きなおった。この禿頭《とくとう》の肥満した中年男性はよほどの芝居好きと見た。ひとつひとつの動作にいちいちもったいぶった間をおいて、シャルルは苛立たしいことこのうえない。

心中の苛立ちが顔に出るまで充分にシャルルを弄《もてあそ》んだところで、威厳というものは端的で理不尽な命令から醸し出されるとの信念に基づき、大佐の口から端的で理不尽な命令が下された。

「次期皇妃と共に、中央海を単機敵中翔破せよ」

命令が下されると、司令部は静まりかえった。天井に取り付けた四翅《しし》の扇風機が緩く回る音だけが聞こえた。シャルルはいま言われた命令を頭のなかで咀嚼《そしゃく》して、理解しようと努めていた。

大佐は重厚そうな雰囲気を醸しながら、

「やれるか?」

「は?」

「カルロ皇子の許嫁を、お前が皇子のもとへ送り届けるのだ」

「……あ、あの……」

いきなりすぎて、シャルルは命令を咀嚼して理解することができない。助けを求めるようにラモン中佐のほうへ眼を送った。

ラモン中佐は咳払いをしたのち、大佐に代わって補足をはじめた。

「本来であればこの任務、第八特務艦隊が遂行するはずのものだった。しかし、それは事情により不可能となった。なにが起きたかの予想はつくと思うが、第八特務艦隊はファナ嬢を迎えるためにリオ・デ・エステに到着することは今後絶対にない」

「しかしこのままでは皇子の沽券《こけん》にかかわる。なにしろ出帆式まで行っての一大作戦だったからな。特務艦隊の東方派遣計画は失敗した、以上。では済まない。厭戦派の工作次第では、戦争継続を不可能にするほどの影響も考えられる。特務艦隊が全滅したという事実は、終戦を迎えるその日まで秘匿《ひとく》しつづけなければならない」

「我々は是が非でもファナ嬢を皇都エスメラルダへ連れて行き、凱旋式《がいせんしき》を行う必要がある。それも、他のなにものでもなく、ファナ嬢は第八特務艦隊の手で帰還しなければならない」

「そこできみの出番となる。きみは複座式水上偵察機の後席にファナ嬢を乗せ、中央海を翔破して味方飛行場のあるサイオン島沖に着水し、本国へ電信連絡を入れる。本国からファナ嬢を迎えに飛空艇が派遣され、秘密裡に彼女を乗艦させる。もうわかっていると思うが、この飛空艇は特務艦隊に編成されていた艦船の同型艦だ」

「そして皇都にて、特務艦隊唯一の生存艦に乗船したファナ嬢は盛大な凱旋式に出迎えられ、愛おしい皇子と感動の再会を果たすことになる。カルロ皇子の第八艦隊東方派遣計画はこうして、最高の結果で締めくくられるのだ。めでたし、めでたし」

「もちろんきみへの報酬は破格のものが用意される。人生三回分は遊んで暮らせる額の報酬だ。作戦が成功すれば、軍籍を離れて優雅に暮らすといい。もう金輪際、宮廷連中の自分勝手な争いに巻き込まれなくて済む。きみがうらやましい」

「ごほん。以上が、カルロ皇子の要求と軍令部の血のにじむような努力、及び現在の戦況を鑑《かんが》みた結果導き出された、みなにとって最良の作戦計画だ。質問はあるかな？」

きつい言葉を交えながらも、わかりやすくかみ砕かれたラモン中佐の説明により、シャルルはようやく事態を理解することができた。

しかし理解したその場で喉がからからに渇いてしまった。与えられた使命の大きさに、正直、腰が引ける。

「そのような重大な任務に、なぜ正規兵ではなく傭兵が選ばれるのでしょうか」

声を絞るようにして、気になったことを質問した。

「身の程をわきまえたいい質問だ、シャルル飛空士。答えよう。我が空軍には地文航法で中央海を横断できるものがいない。今回の作戦は偵察機のみで行うことが眼目であるが、偵察機の後部座席に座るのは航法士ではなくファナ嬢なのだよ。だから計器に頼らずに海上を飛べるきみが最適なのだ。中央海は何度も往復しているだろう？」

「はっ。問題ありません」

地文航法とは山や川、島や岩礁など、地形上の目標物を頼りに飛行するやり方だ。単座戦闘機の飛空士は全員、この方法で飛行している。地上の目標物に頼らずに飛ぶには、計器盤の数字だけで飛空機の針路と現在地を割り出せる高度な専門技術を身につけた航法士の存在が不可欠となる。

中佐の言うとおり、平時においてデル・モラル空艇騎士団の飛空士は商船を護衛するため何度も中央海を横断している。そのためいまでは航法士がいなくても、団員のほとんどが連絡航空路を洋上地文航法で判断し、ひろい海原に迷うことなくふたつの大陸を行き来できる。これに対し、この地に滞在しているレヴァーム空軍の飛空士たちは、中央海を横断した経験は移動の際の一度きりだから航法士がいないことには今回の任務をこなすことができない。

その前提のもと、デル・モラル空艇騎士団のエース、確実撃墜十七、不確実撃墜ゼロ、婚姻前の性交は地獄に堕ちると思いこんでいる実直なアルディスタ正教徒、狩乃シャルルが選ばれたわけだ。

シャルルは内容について黙考した。

突拍子もないことは確かだが、第八特務艦隊に比べればまだ現実的な成果が見込めるやり方に思える。

出帆式まで開催して大規模な艦隊で迎えに行ったなら、当たり前に敵に見つかって航空戦力による邀撃《ようげき》をくらう。敵は艦隊を殲滅《せんめつ》するまで攻撃をやめないだろう。しかし、秘密裡に水上偵察機にファナを乗せ、機速を生かして敵の哨戒網を突破していくことは決して不可能ではない。見張りをよくして、敵に見つかるより早く敵を見つけ、すぐに逃げる。万が一、敵に追尾されたなら機速で振り切る。真電と戦えばまず勝てないが、逃げることは充分に可能だ。雲中飛行に長《た》けたシャルルは、雲さえあればどんな敵からも逃げ切る自信がある。それに艦隊と違い、今回はただ一機の偵察機だ。敵も大編隊を繰り出して波状攻撃を仕掛けてくるようなことはあるまい。三、四機の真電編隊に追われる事態はあるかもしれないが、せいぜいうるさい蠅を払う程度の、お遊びみたいな追尾だろう。敵艦隊がよほどの大作戦を展開しているところに偶然通りかかってしまったなら本気の追尾が来るだろうが、平時において、たかが偵察機相手に十機も二十機も繰り出して追尾するようなことはまずない。

が、気になる点がひとつ。使用する水上偵察機の性能だ。この作戦には、真電と機速で張り合える高速機がどうしても必要になる。シャルルの問いかけに、ラモンが答えた。

「今回の作戦には最新鋭複座式水上偵察機、サンタ・クルスを使う。最大速度六百二十キロ、巡航での航続距離三千百キロメートル、武装は後部座席に十三ミリ旋回機銃を一挺。最大の特徴は胴体引き込み式の新型フロートだ。収納を可能にしたことにより、従来の水上機とは比べものにならない運動性能を獲得している。さすがに最高速度は真電に劣るが、それでも飛空機のなかではかなり速い部類に入るだろう。尻を振りながら逃げるサンタ・クルスを撃ち落とすのは、むこうさんも苦労するはずだ」

高速で横滑り運動を行う飛空機を落とすには敵にも高い技量が要求される。中佐がいまいったとおりの性能を本当に発揮できるなら、サンタ・クルスはかなり力強い味方になってくれるだろう。

話すうちにシャルルの脳裡に、アルメリア飛行場を飛び立ってから、目的地であるサイオン島沖までの明確な飛行ルートが描かれはじめた。

最大の難関は恐らく、大瀑布を越えてからシエラ・カディス群島へ至る航路だ。その辺りは敵の警戒が厳しく、監視の目を怠ることはできない。ここを見つかることなく突破できたなら、今作戦は成功の可能性が飛躍的に高まる。

――大瀑布。

中央海を南北に裂いて走る、両端のない滝。

高低差は千三百メートルもあり、高いほうがレヴァームへつづく西海、低いほうが天ツ上へつづく東海である。

つい百年ほど前まで、つまり飛空機械が誕生する以前、ふたつの大国は互いの存在さえ知らなかった。海上交通手段、つまり通常船舶では大瀑布をよじ登ることも飛び降りることも不可能なため、互いに滝の向こう側が世界の果てだと信じられていた。

飛空機械が発達し、滝の上空を航過することが可能となって、それまで互いに未知であったふたつの大陸が出会い、互いを理解しあうにはまず殴り合いが必要だとでも言わんばかりにこの両国は戦争へ至ってしまった。

また、大瀑布を航過する過程において、飛空機械を動かすための重要なエネルギー技術が開発された。すべての飛空機械に搭載されている「水素電池」である。この電池、蓄電だけでなく発電できる特徴がある。

とある錬金術師が発明したといわれる水素電池は、海水から水素ガスと酸素ガスを分離して電気分解の逆反応操作を行い、取り出した電流をDCモーターに送って飛空機のプロペラを回す装置だ。現在、ほとんどの飛空機械は水素電池の燃料補給を海上で行う。このところ海上補給を当てにせず、水に浮くためのフロート機構を削って戦闘性能だけを追い求めた真電のような戦闘機も登場しはじめたが、やはり戦場が中央海である以上、まだフロートを持つ飛空機が大半を占める。こちらは格闘性能に劣るが、海原で迷ったとしても着水して燃料補給できる利点がある。

今回のシャルルの任務でも、燃料が尽きたなら胴体部に収納しているフロートを下ろし、海上に着水して水素電池を充塡《じゅうてん》しなければならない。サンタ・クルスの航続距離から計算すると、一回の充塡で飛べる距離は三千キロだから、旅の途中に少なくとも四回、海上で一夜を過ごす必要がある。

気づいてみれば、シャルルは夢中で作戦を成功させるための施策を検討していた。ふと眼をあげると、シャルルの熟考を楽しげに見やるラモン中佐の顔があった。

挑むように、中佐の眼鏡の奥が底光りする。

「美姫を守って単機敵中翔破、一万二千キロ。やれるかね?」

その問いに、シャルルはしばし、答えるのをためらった。

作戦そのものは面白い。空を飛ぶのが生き甲斐のシャルルにとって、とても興味の惹かれる内容だ。人を殺すためではなく、生かすための作戦であることもうれしい。

だが、自分の翼に乗せるには重すぎる任務でもある。皇国の希望の光を後席に乗せて、もしも撃ち落とされてしまったら申し訳が立たない。この作戦が成功するか失敗するかで、中央海戦争の戦局そのものが大きく変わる。次期レヴァーム皇妃が中央海に散ってしまったなら、もうレヴァームに希望の光は差さないだろう。これまでのような、自分の失敗は自分の命で償える任務ではない。レヴァーム皇国の命運そのものをいきなり託されても正直返答に困る。

シャルルの葛藤を見抜いて、中佐が先に言葉をかけた。

「傑出した飛空士にしか行えない任務だ。技量はもちろん、気品や人格も備えていなければ、ファナ嬢とふたりきりで旅になど出せない。きみの意志は尊重したい。責務の重さに尻込みする飛空士に、この任務は完遂できないだろうからね」

中佐は目線をシャルルの足元へむけた。細い二本の足が小刻みに震動している。作戦の全容を把握して、その重みを理解しているからこそ、この反応なのだ。

「すぐに返事しろ、という話ではない。候補者は他にもいる。今夜一晩ゆっくり考えて、できるかできないか、明日伝えてくれたまえ」

中佐の言葉を、シャルルはほっとした表情で受け取った。他言無用、の念を執拗に押されてから、シャルルはようやく司令部から解放された。

シャルルがいなくなり、ふたりきりになった司令部内で、ドミンゴ大佐が横柄な横目をラモン中佐へと送った。

「確かに、馬鹿がつくほどの潔癖性だな」

「腕も立ちます。若く独身であることが難点ですが、皇家の承認を取り付けるには充分、条件を満たしていています」

「しかしそれにしても……いくら辣腕《らつわん》とはいえ、流民あがりのベスタドと次期皇妃が背中を合わせて敵中翔破とは。まったくなんというご時世だ」

そう吐き捨て、ドミンゴ大佐は深々と溜息をついた。大佐の言うとおり、この作戦、サン・マルティリア崩壊が秒読み段階にあるためとはいえ、かなり大胆不敵、前代未聞の計画だ。

建国以来およそ七百年。神聖レヴァーム皇国は成り立ちから現在に至るまで、厳格な上下階層構造により国体を保つ絶対王権国家である。

レヴァーム皇民二億一千万人が形成する階級ピラミッドにおいて、シャルルが所属するのは住所を持たない流民階級——本人が就いている職業にかかわりなく、生まれながらの最底辺、生涯にわたってあらゆる人間から差別を受け続ける悲惨な階級だ。

その層の上に労働者階級、そのまた上に市民階級が乗っかる。それぞれの階級内にも細かい区分けがあり、たとえば棚持ち商人は遠隔地商人を見下ろして良いし、遠隔地商人は呼び売り商人を見下ろして良い、といった具合に、階層内にもさらに階層があり、皇民たちは厳格で細密な決まりに従ってお互いを見下したり見上げたりして日々を送っている。

ここから上のピラミッドは急激に先細りする。貴族諸侯の住まう特権階級層は総人口の一パーセント未満、その頂点に位置するレヴァーム皇家は総勢五十人ほどの一族に過ぎないが、この層だけで皇国全体の富の四十パーセントを独占している。皇国においてレヴァーム皇家の人々は神の眷属《けんぞく》に等しい。

　そんな神の眷属ともいうべきファナ・デル・モラルが、あろうことか、流民あがりのベスタドの助けを請わなければ生きていけないご時世――ドミンゴ大佐の嘆きはそこに起因する。

　市民あがりのラモン中佐にとって、階級制度というものは悪しき伝統の産物でしかないが口には出さなかった。ただ、腕が立つにもかかわらずベスタドであるがためにレヴァーム正規軍に入隊できなかったシャルル飛空士のことは哀れにも思った。


　退出を許されてから夜がくるまで、シャルルは話の内容を聞きたがる同僚たちをなだめ、正規兵たちの嫉妬《しっと》と好奇心の入り交じった目線を背中に感じつつ、残った時間を漠然とやり過ごした。

　やがて生ぬるい空気とともに月明かりが地に落ちて、蟬たちも寝静まったころ、シャルルはこっそり宿舎を出て満天の星空のもとを歩いていた。

　眠れそうになかった。時間が経つほど、のしかかる重みが増してくる。これまで日の当たらない場所を当たり前だと思って生きてきた自分が、いきなり大劇場の舞台上に引きずり出されてスポットライトを当てられ、大勢の観衆の目線に晒された気分だ。面食らい、怯《おび》え、できれば元の日の当たらない場所へ帰りたいと願う。それが自然な反応だろう。

　未体験の重苦しさを抱えたまま、木綿の肌着に布靴をつっかけて、真夜中の滑走路をひとり歩く。踵の下の赤土からは昼間のぬくみは消えていた。

滑走路の真ん中で煙草に火を点けた。くらりとした痺れが脳髄にはしる。心地よいめまいを感じながら、ゆっくりと天頂へむけて煙を吐き出し、物思いに耽《ふけ》った。

実は今朝の司令部でのやりとりにおいて、士官たちに言っていないことがひとつあった。いつ尋ねられるかと身構えていたが、どうやらシャルルの子ども時代の遍歴までは調査がなされていないらしい。

赤々とした月明かりを見上げて、シャルルは胸の奥からとある記憶を引き出した。幼いころから何度も何度も辛いことがあるたびに引き出したから、記録テープであれば擦り切れてぼろぼろになっているだろう。そういえば、あの日も夏だった。

八月の日射しをいっぱいに受けた緑の芝生と、ひまわりの群れ。

デル・モラル家の敷地は小さな町ほどもひろくて、森や小川があり、邸内を巡回管理するための粗末な番小屋も建てられていた。

幼いシャルルはその小屋で生活していた。母親はお屋敷で下働きする召使いだった。シャルルは毎日、庭師の老人と一緒に芝生や庭木、花壇の手入れ、散歩道の清掃作業にいそしんでいた。

やることはたくさんあり、母親にも一週間に一度しか会えず、老人はひどく意地悪だった。

ベスタドであることからレヴァーム人の子どもからも天ツ人の子どもからも仲間はずれにされ、友達は家畜小屋の豚だけだった。

その日、老人から手ひどい言葉で生まれをなじられ、シャルルは番小屋を飛び出して家畜小屋に隠れ、友達の豚を木の枝で叩いていた。どうしてぼくだけこんな目に遭わなければいけないんだ。ベスタドも流民ももういやだ。生まれ変わって平民になりたい。そう泣きじゃくりながら豚をいじめた。豚はぶうぶう鳴いて小屋から逃げ出し、敷地の中央にひろがる芝生のほうへ逃げていった。

泣きながらそれを追ったシャルルの目の前に、ひとりの少女が立ちふさがった。

「どうして豚をいじめるの?」

真っ白なワンピースを着た、白銀色の髪と瞳を持つ少女だった。

履いている靴も靴下も汚れひとつなく、絵本から切り出したようにかわいらしかった。

少女の背後にはひまわりの花壇があって、咲きこぼれた黄色い花弁が風に揺れ、舞い飛ぶ蝶たちと戯れていた。

透きとおった眼がきりりとシャルルを真正面から見つめた。

「あなた、泣いてる?」

「え?」

「豚にいじめられたの?」

「違うよ」

「ならどうして泣いてるの？」

「泣いてない」

シャルルは慌てて目元をぬぐった。少女は諭すように言った。

「豚がかわいそうでしょ。いじめちゃダメだよ」

シャルルはその子が誰か知っていた。破れた木綿のシャツに汚れた作業ズボン、足の親指が見える布の靴。みすぼらしい自分の格好を恥ずかしいと思った。

「寂しいの？」

「え？」

「寂しいから泣いてるんでしょ？」

「ちがうよ。そんなこと……ないよ」

シャルルはもじもじしながらうつむいた。幼いファナ・デル・モラルは怪訝そうに、シャルルの顔をしたから覗き込んだ。

「なにして遊ぶ？」

「え？」

「よし、鬼ごっこに決まり。あなたが鬼ね。よーい、どん」

てててて、とファナは駆け去っていった。シャルルは呆然とその小さな背中を見送った。

森の手前でファナは振り返り、突っ立っているシャルルにむかい頬を膨らませた。

「追いかけなさいよ。面白くないでしょ」

おっかなびっくり、シャルルは両手をまっすぐ前に突きだし、ファナを追った。

歓声をあげてファナは逃げていく。シャルルはおぼつかない足取りでファナを追いかけ回す。広い芝生の隅っこあたりでその小さな背中にようやく触れたとき、遠くから大人たちの声がした。

「お嬢様――、ファナお嬢様――」

ファナは飛びきりいやそうな顔で、その声に反応した。それから白銀色の大きな瞳をかっちりとシャルルへむけた。

「ごめん、わたし、行かなきゃ」

「う、うん」

「もう泣かないって約束してね」

「うん」

「悲しいときは、空を見上げるんだよ」

ファナは空を指さした。シャルルはファナの指の先を目で追った。

「光がいっぱいおりてきて、涙を止めてくれるの」

ファナの言うとおり、燦々《さんさん》とした日射しが身体全体に降り注いで、涙が乾いていることに気づいた。

「わかった？」

「うん」

ファナはにっこり微笑むと、両手を前に差し伸べ、背伸びをして、シャルルを抱きしめた。ファナの身体からぬくもりが伝わってきた。戸惑いよりも、慈しみのほうを深く覚えた。シャルルは何故だかまた泣きそうになった。けれどいましがたもう泣かないと誓ったばかりだったから、涙をこらえた。

心臓がどきどきした。ファナの匂いも夏の花に似ていた。それまで経験したことのない感情がシャルルの内側から湧きたっていた。

しばらくそうしてから、ファナは両手をほどき、シャルルを見上げてもう一度微笑むと、森の奥へ駆けていってしまった。森のそばの芝生を見やれば、家庭教師たちが数人、息せき切って駆けていた。どうやらファナは授業を抜け出して邸内を散歩していたらしい。

結局、ファナと出会ったのはそれが最初で最後だった。ほどなくして母親が公爵の言いつけに背いたために解雇されてしまい、シャルルと母親は路頭に迷うことになった。その母親も理由なく刺されて死に、シャルルは路上で凍死しかけたところを神父に拾われることになる。

教会仕事も楽ではなかったし、階級差別はその後も至るところで受けつづけた。日常的に浴びせられる侮辱や蔑視は耐えがたいものだった。どうしても辛いとき、くじけそうなときは、ファナとの思い出に逃げ込んで自分を修復した。あれほど尊い身分の少女が、社会の最下層に住まう自分を励まし、聖母みたいに抱きしめてくれたことが、かけがえのないぬくもりを与えてくれた。わずかな思い出を抱きしめるようにして、なんとか人の道を踏み外すことなく飛空士になれた。

子ども時代の思い出はそれだけだ。ほかの惨めな出来事はもうどこか遠いところに去っていて、あのひまわりの匂いとファナのぬくもりだけが胸の奥にしっかりと特別な居場所を占めている。

燃えさしの煙草をつまんで深く吸い、吐き出した。月の光を吸ったほの赤い煙が夜のなかへ消えていく。甘く心地よい感傷に少しだけ浸り、どうしようもなくまずい煙草を指の先で転がした。

「きれいになった」

ぽつりと呟く。

あのお転婆だった少女がカルロ皇子と婚約した件は新聞で見た。十数年ぶりに出会ったファナは写真のなかで眩《まばゆ》かった。こんなにも薄汚れた世界に、こんなにも汚れのないものが存在できるのかと訝《いぶか》りたくなるほど美しかった。

——助けられるなら、助けたい。

ドブネズミのように生きてきて、ゴミクズのように空に散る運命なら、せめて一度くらい、胸を張って誇ることのできる仕事をやり遂げてみたい。幼いぼくを救ってくれたファナ・デル・モラルをこの苦境から助け出したなら、自分のしたことを誇りに思えるのではないだろうか。いつかどこかの空で炎を噴き上げ墜ちてゆくとき、ぼくの辿ってきた道を後悔しないで済むのではないだろうか。

三

夜明け前だというのに、アルメリア飛行場の航空指揮所には珍しくデル・モラル空艇騎士団員たちが勢ぞろいしていた。いつもは同じ飛行場を使用しているレヴァーム空軍正規飛空士に紛れて所在なさげにしている空の傭兵たちが、この朝はみなの表情に満足そうな色がみなぎり、出撃命令をいまや遅しと待ちかねている。

対して、同じ指揮所に詰めているレヴァーム空軍所属飛空士たちはそろって浮かない顔だ。

作戦の詳細が明らかにされたのが昨夜のこと。搭乗割りが張り出され、シャルルだけ別方向へ飛び立つことがみなに知れて、皇子の許嫁ファナ・デル・モラルが複座偵察機の後席に乗ることが高級士官の口から知らされた。

空艇騎士団はシャルルに快哉《かいさい》を叫び、空軍正規兵たちはそろって憤慨した。

本国から送られてきた空軍兵士にとっては災難つづきだった。中央海の航空連絡路を断ち切られているため本国からの増援もなく、この地に居残る空軍所属の飛空士も機体も減る一方だ。

さらに今朝の任務はあろうことか常日ごろコケにしている狩乃シャルルの援護、いわゆる囮である。やる気満々の傭兵たちを尻目に、晴れやかな気分になれるはずもない。

と、レヴァーム空軍東方派遣大隊長官ドミンゴ・ガルシア大佐がお付きの士官を引き連れ指揮所へ入ってきた。ざわめきがぴたりとおさまり、みなの目線が士官の持つ敵情視察報告書へとむけられる。

士官はおもむろに夜間偵察機からの報告を声高に読み上げた。

「目的地高塚《たかつか》飛行場の上空は晴れ、雲高三千メートル、雲量三から四、視程十から十五キロ。昼間強襲に一切の支障なしっ」

騎士団員のあいだから軽いどよめきがあがり、正規兵が舌打ちする。今回の作戦は天候だけが心配だったがそれも杞憂《きゆう》だった。ドミンゴ大佐が胸の銀勲章を突きだしながら訓辞を垂れる。

「搭乗割りは昨日のとおり！　制空隊はこれより出撃、直掩隊及び爆撃隊は制空隊の十五分後に離陸せよ。忘れるな！　貴様らすべてがファナ嬢の囮となる。すべての敵飛空機をリオ・デ・エステから引き離し、貴様らに向けさせるのが今作戦の眼目である。一分一秒でも長く戦闘空域に留まり、レヴァーム空軍の誇りを示せ！」

応、の掛け声とともに先発の制空隊二十一名が指揮所を駆けだしていく。と、滑走路に行くはずの傭兵仲間がシャルルを囲んで笑顔の輪を作った。

「任せたぜシャルル。お姫様によろしくな」

「お前がおれたちの代表だ、死ぬんじゃねーぞ、生きて帰れよ！」

「ちくしょー、いいなあ！　お姫様とふたりっきりだぜ、おれが代わってやりたいよ！」

友人のヨアキンが冗談めかしてそんなことを言い、シャルルの胸を拳で突いた。

じん、と突かれた箇所から温かさが沁みる。みなへむかい顔を上げて、誓った。

「必ず成功させる。みんな無事で。絶対、死なないでくれ。また会おう」

「おう。生きてまた会おうぜ！」

「土産話、楽しみにしてるからな！」

仲間たちは口々に応援の声を残し、囮になるため滑走路へと駆け出していった。

シャルルはその背を見送りながら、誰も死なないでくれ、と無言の祈りを捧げた。

飛空士たちが全員出ていってから、ドミンゴ大佐がひとり残ったシャルルのもとへ腹の肉を揺らしながら歩み寄った。

「ファナ嬢は既に到着している。滑走路の東端でお待ちだ。ついてこい海猫」

重々しく命じる。シャルルは大佐の背中を追った。ちなみに海猫とは今作戦におけるシャルルのコードネームだ。作戦名はそのまま『海猫作戦』である。

「忘れるな。本来であれば貴様など顔を拝むことも許されぬ方ぞ。決して無駄口を叩くな。眼を合わせるな。紹介は儂《わし》がするから、貴様は黙っていろ。万が一、なにか質問されたら『はい』か『いいえ』で答えろ。わかったか」

「はっ」

「念を押しておくが、皇都到着後、ファナ嬢の肉体は正教会の尼僧たちが精査する。問題があった場合、貴様は銃殺に処せられる。異存はあるか？」

「ありませんっ」

聖アルディスタへの信仰心を疑われているようで不愉快だが、念を押したくなる大佐の気持ちもわかる。浅ましい欲望に踊らされることはするまい、と自分自身を厳に戒めた。

シャルルたちの傍ら、赤土の滑走路上では、既にして制空隊の戦闘機が水素電池スタック始動に入っていた。

プロペラの爆音が轟くなか、巻き上げられる砂埃のうちを忙しそうに駆け回る整備員たちのすがたが見て取れる。

東の空の低いところにたなびいた層雲の下腹が赤くにじんでいる。もうすぐ日の出だ。

滑走路の傍らに据えられた吹き流したちが、そろって北北西へ尻尾を振る。

DCモーターが轟く。居流れる戦闘機群のたくましい鼓動が大地と大気を震わせる。アルメリア飛行場を覆う爆音がシャルルにとって道行きの福音だ。サン・マルティリアに残った稼動可能なすべての飛空機体がシャルルの行動を支援するためにこの朝飛び立つ。

シャルルの傍らを追い越すように、三角形の編隊を組んだアイレスⅡが三機、滑走路を駆け抜けていき、おぉーんとプロペラの高い唸りを残して東の空へ飛び立っていった。

間髪容れず、その後ろに三機編隊がつづく。機首のむく先には国境付近に建設された敵飛行場がある。早朝に攻撃を仕掛け、今日一日の戦闘空域を敵地上空に限定する狙いだ。その隙にファナを乗せたシャルルは反対方向、北西方面へむかって秘密裡に飛び立つ計画である。

東の空の裾に真っ赤な朝焼けが浮かびはじめた。焼け爛《ただ》れた色をした夏雲が地平線上に輪郭もけばだたしく湧きあがる。

空を駆け上がっていくアイレスⅡたちは真紅の背景に浮かび上がった影絵のすがただ。洗練された十字形の機影を刻み込み、どこかもの悲しい響きを残して、プロペラ音が彼方へ遠のいていく。

そして——未来の皇妃ファナ・デル・モラルは空艇騎士団の飛行服に身を包み、滑走路の端に立っていた。

シャルルは歩みながら逆光へ眼を凝らした。

夏の朝の空が、ファナの容姿を鮮やかにするための額縁と化していた。

結い上げた銀色の髪が一面の朱色のなかで練り絹のような光沢を見せ、どこか悲しみを秘めた面立ちがすらりとした肢体のうえに儚《はかな》く脆《もろ》そうに乗っかっている。息を吹きかけただけで粉微塵《こなみじん》になって風景のなかに消えてしまいそうな、白く透明で刹那的な佇まいだ。

ファナの傍らにはデル・モラル家の重鎮たちが控えていた。

いずれも麗々しい燕尾服《えんびふく》に身を包み、厳格そうな表情を取り繕ってファナの周囲を固めている。シャルルにはなんだか、ファナが逃げ出さないように彼らが取り囲んでいるようにも見える。

そして燕尾服の背後には召使いたちが七、八人ほど控えていた。彼女たちは手に手に大きな木製の旅行カバンを提げている。

大佐はずんずん歩き、ファナの目の前に直立して踵を鳴らした。くだくだしい挨拶の文句を慣れた調子で並べたのち、傍らのシャルルを手の先で示す。

「こちらが、シャルル・カリノ一等飛空士であります」

シャルルは顔を上げると胸を張って踵を鳴らし、そろえた右手の指先を右のこめかみに当てた。

シャルルの目線の先にはファナがいた。だが彼女はどこか遠くを眺めていて、シャルルが視界に入っていない様子だ。

幼いころはお転婆で気の強そうな感じだったが、いま眼前にいるファナは蠟人形と変わらない。なんだか生気のない瞳の色をしている。生き馬の目を抜くような貴族社会の荒波にもまれて、人間的に漂白されてしまったのだろうか。記憶のなかにある幼いファナと、目の前の彼女とのあいだに結節点を見いだすことができない。

燕尾服たちはシャルルを一瞥《いちべつ》してから、気むずかしげな眼差しを大佐へとむけた。大佐が手信号で「行け」と合図する。シャルルは再び敬礼したのち、ひとりでサンタ・クルスのもとへ駆けた。シャルルの後方では、燕尾服たちと大佐が小むずかしげな表情でなにやらやりとりしていた。

海猫作戦の相棒、複座式水上偵察機サンタ・クルスの真新しい機体が、朝の光のなかで静かにシャルルを迎えた。

サンタ・クルスは洋上を飛ぶための迷彩として、上部が群青色、下部が銀灰色に塗りわけられていた。皺ひとつないぴんと張った低翼が朝焼けの空に凛々《りり》しく映えて頼もしい。搭乗席を覆う風防に張られた有機ガラスも、丹念に磨き上げられてぴかぴかだ。胴体下部には水に浮くための最新フロート機構が折り畳んで収納してある。

地上員たちが翼のうえやカウリングのしたで水素電池スタックや補助電源装置、胴体内部に取り付けた水素タンク、DCモーター等の最終点検にいそしんでいた。主任整備員に軽い挨拶をして、二言三言、操縦に関する助言を受けた。

最新鋭というだけあり、シャルルもはじめて乗る機体だった。設計者がアイレスと同じ人物であったので大まかな操作感覚はすぐにつかめたが、電力消費効率や三舵の細かい勘所を知るためにこの十日間を慣熟飛行に費やしてきた。

この機体は非常にシャルルも気に入っていた。水上機でありながらアイレスⅡに劣らない運動性能がある。偵察機だから前部機銃がないのも好きだ。今回の任務に、余計な人殺しの道具はないほうがいい。

だが後部旋回機銃には一応、六百発の機銃弾が詰まった弾倉が取り付けてある。ファナに機銃を撃たせるわけにもいかないものの、敵に追われる状況は高い確率で発生するため、後部機銃は威嚇用の弾丸を込めて据えておく必要がある。楽に後ろ上方へ占位されないための措置だった。

すると、召使いたちがサンタ・クルスのもとへ歩み寄ってきて、手に持った大ぶりな荷物を胴体部へ収めはじめた。旅の必需品を収納しておく空間が胴体内に確保されてはいるのだが、それにしても荷物が多すぎる。機体に取り付いた整備員たちが迷惑そうに召使いたちを睨んでから、それらを針金で胴体内部へ固定した。

だが一度飛び立ってしまえばこちらのもの、不必要なものは全部途中で捨てるだけだ。シャルルは早く離陸したくて仕方がない。主任整備員が作業の完了を報告したと同時に、翼に飛び乗って操縦席へ入り込んだ。

風防は全開にしたまま、計器盤に眼を走らせて異常がないか点検する。操縦桿とフットバーを操作して三舵の利きを確かめてから、目の端を地上へと送った。

デル・モラル家一行はしずしずとサンタ・クルスへ歩み寄り、ドミンゴ大佐が翼のうえへよじ登った。ファナは見送りのものたちに促され、大佐に手を借りて、頼りない動作でサンタ・クルスの翼面へ足をかけた。

ファナとシャルルの眼が一度だけ合った。相変わらずファナの眼にはなんの感情も宿っていない。生まれ故郷をあとにする感慨も、近しいものたちと別れなければならない悲しさも、これからはじまる冒険に対するたかぶりも怯えも、なにもない。十八歳の少女であれば持ちうるはずの生き生きとした感情が、ファナからはきれいさっぱり剝落していた。

ファナは再び大佐の手を借り、後部座席にその身体を滑り込ませた。搭乗席は回転式ではなく固定されており、飛行中は機体後方を見ることしかできない。

ファナが身体を預けているパイプの背もたれと、シャルルの座席の背もたれは互いに密着している。シャルルが座席から少し腰を浮かせて頭を後ろに反らせれば、ファナの後頭部にごつんとぶつかるはずだ。ＤＣモーターが唸っていなければお互いの鼓動を感じ取れるほどふたりの位置は近い。

と、大佐が無骨なひげ面を前部座席に突っ込んできた。黄色みがかった眼をぎょろりとシャルルへむける。

「頼むぞ海猫。儂の出世がかかっとるからな」

「最善を尽くします」

「うむ。景気づけだ、持っていけ」

大佐は地上員からブランデーのボトルを受け取ると、シャルルの胸に押しつけた。ラベルを見ると、きついことで有名な高級酒だった。

「飲み過ぎるな」

シャルルの肩を一度叩いてから、ファナが座席ベルトを身体に巻き付けたのを確認し、大佐は地上へ飛び降りた。

シャルルは飛行眼鏡を下ろし、開け放したままの風防から片手を突き出して地上員へ合図を送った。

「前離れっ！　スタック始動っ！」

整備兵たちがサンタ・クルスの前面から散っていく。電池スタックが水素タンクからの水素と空気中の酸素を取り込んで発電をはじめ、そこで発生した電力がＤＣモーターを稼動させる。

「コンタクト!!」

慣性軌道機とモーター出力軸が直結し、プロペラが回転をはじめる。

心地よい震動が腰から全身へ伝わってくる。よどみないモーターの鼓動が、機体が最高の状態にあることを教えてくれる。腕のいい整備員が徹夜で頑張ってくれたことがこの震動から伝わってくる。

再び計器盤へ眼を走らせる。電圧計、電力計、ガス圧計、回転計、すべて異常なし。

シャルルは伝声管を手に取り、はじめてファナに声をかけた。

「お嬢様、聞こえますか？」

返事がない。シャルルが首を回して後ろへ眼をやると、ファナがのろのろと座席の脇に掛けられている伝声管を手に取るのが見えた。

「はい」

丁寧と無愛想が入り交じった、機械的で冷たい返事が伝声管の金属筒越しに届いた。伝声管を使わなくても、声を張り上げれば飛行中でも聞き取りは可能だ。だがやはり確実に聞き取るにはこれが必要になる。

「これより離陸します。見送りの方々にお別れを」

「はい」

先ほどシャルルが言われたように、もしかするとファナも「なにか話しかけられてもハイかイイエで返事しろ」と命じられているのかもしれない。

偵察機サンタ・クルスはゆっくりと地上滑走に入った。シャルルは地上へ居流れている士官、整備員たちへ片手で敬礼を送った。

飛空士以外の飛行場作業員たちが総出でシャルル機を見送っていた。航空指揮所のなかにも、大佐以外の高級士官がガラス窓のむこうから滑走路へ敬礼を送っている。雲間から顔を出した朝日が、彼らのすがたを真っ赤に染め上げてシャルルの眼に灼きつける。

この場に居合わせた全員の祈りが、自分へ捧げられていることを感じる。いや、この場にいない関係者もきっといまごろどこかで成功を祈っているだろう。

中央海戦争の転換点となる作戦だ。作戦の成否が、その後の戦局を大きく左右する。レヴァーム皇国の命運が、いま、自分に託されているといっても過言ではない。

——この作戦、必ず成功させる。

決意した。たとえ自分が死ぬことになろうとも、ファナだけは皇子のもとへ送り届ける。これまで死んでいった大勢の兵士たちのためにも、囮となってくれた仲間たちのためにも、一万二千キロの単機敵中翔破を達成してみせる。

サンタ・クルスは地上滑走していき、所定の位置へたどり着いた。

離陸良し、の旗が滑走路脇の地上員から上がった。

ブレーキを踏み込んでからDCモーターの電流をあげる。モーターの回転力は電流に比例する。機体の鼓動が高まる。

下げ舵を利かせ、ブレーキを緩めてスロットルをゆっくりひらく。機体は離陸滑走に入った。モーターを全開にする。機体は徐々に速度を上げながら、激しい震動とともに赤土の滑走路上を駆け抜けていく。

両翼に風が巻き付いてゆく。徐々に機体へ浮き上がる力が溜め込まれていく。びゅうびゅうと風切りの音が耳の近くで鳴る。

風の感覚を確かめながら操縦桿をゆっくり手前へ引きつける。桿を握りしめる両手へ風圧の重みがのしかかる。

空気が流体のごとく感じられ、すぐに固体化する。シャルルはその空気へのしかかる。

機体へ風がからんだ。操縦桿から伝わってくるサンタ・クルスの言葉が「もう飛べる」とシャルルの両手に伝えた。

「行こう」

呟いて、操縦桿を引きつけた。

直後、車輪が音もなく地から離れた。

車輪の下の世界が速度を失う。すさまじい速さで視界を行き過ぎていった地面が消え失せる。風防の前面には焼け爛れた空の色だけがある。

身体が斜め上方をむく。機体が地上の重力を引き裂いていく。激しい震動が消え、プロペラの唸る音が遠のく。

振り返ったなら、世界が遠ざかっていく。

遠ざかるほどに、地上の事物は速度を失っていく。航空指揮所の輪郭が失われ、地面へ埋没してしまう。

みるみるうちに飛行場が小さくなり、子どもの玩具みたいなすがたになって、赤土の大地へと呑み込まれた。

サンタ・クルスは地上を後方へ置き去りにして斜めに空を駆け上がっていく。

連日の空襲で傷んだリオ・デ・エステの街並みが尾翼のむこうにうっすら見えたが、それもやがておぼろな大気のむこうへ消えた。

心地よいGが上体へのしかかる。操縦桿を緩く傾け、上昇しながら機首を西へむけ、高度四千メートルで機体を水平に戻し巡航する。

風防を閉じ、計器盤に眼を走らせて問題なしを確認したところでシャルルの頰に安堵の笑みが浮かんだ。地上では決して誰にも見せない、混じりけのない笑みだった。

いまや空と雲と飛空機だけがある。

シャルルは空を飛ぶのが好きだ。

空を飛ぶ。ただそれだけでとても幸せな気分になれる。地上でどれだけ踏みつけにされようが、ここに来ればそんなことなどどうでもよいと思える。

果てしのない奥行きを秘めた視界前方の空の色と、見上げると吸い込まれそうな天頂の深い色合いが、その無限の懐のうちにシャルルとファナとサンタ・クルスを抱きかかえる。シャルルの胸のなかに詰まった雑多なものが空のなかで濾過されて、濁りのない澄み切ったものが身体の奥深くへと沁みていく。気の滅入る帰路を終えて我が家へ戻ったような安心感がこころの奥から湧いてくる。

だがしかし、平時であればこのまま安穏とレヴァーム皇国まで四泊五日の旅路だが、いまは戦時だ。東海の上空は天ツ上海軍が哨戒している。警戒を怠るわけにはいかない。

旅の成否は一にも二にも見張りにかかっている。見つかるより早く敵を発見し、速やかに逃げることがなによりも肝心。そのための単独飛行だ。

シャルルは伝声管を手に取り、ファナに呼びかけた。

「お嬢様、後ろの見張りはお願いしますね。なにか光るものが空中に見えたら、すぐにわたしへ知らせてください」

「はい」

「飛行中は眠らずに監視をお願いします。搭乗席のしたにランチボックスがありますからお腹がすいたらどうぞ」

「はい」

出発までの二週間ほど、ファナは対G訓練と見張り訓練を受けたとのことなので、ある程度は任せてもよさそうだ。視力は両眼とも一・五だそうで頼もしい。こと見張りに関してはベテランも素人もそう能力に変わりはない。ベテランだと空の景色を見慣れてしまっているため飽きが早く、作業を怠ることも多いから、必死にやる素人のほうが信用できる、という飛空士もいる。

　シャルルは伝声管を操縦席の脇へ戻し、桿を握り直した。なにはともあれ前方の監視はシャルルの担当だから怠りなく空中を睨んでいなければならない。雲量四、視程約十キロ。水平線上を一通り見回してから水平線下へ眼を移し、確認してから首を回して機体後方の空域も確認する。後方の見張りはファナにお願いはしたものの、やはり自分の眼で確認しておきたかった。

　日はやがて中空に差しかかり、眼下の海原の藍色が深くなった。

　羅針儀を睨みつつ、ひたすら北西を目指して飛ぶ。後部座席のファナは一言も口をきかない。敵機も敵艦も影ひとつない。不穏に思えるほどに静かな旅立ちだった。

四

たくさんの雲が背中のむこうからやってきて、ファナの傍らを飛びすぎ、視界の彼方へと去っていく。

ファナは空を飛ぶのははじめてではない。

これまでに三度ほど、飛空客船に乗って中央海を往復している。

だが今回の旅がいつもと違うのは、ゆったりしたソファーに腰掛け、客室の張り出し窓から紅茶を片手に雲海を見下ろすのではなく、狭い操縦席に押し込められて進行方向に対して背中をむけ、眠らずに眼前の空を細部まで丁寧に見渡していなければならない点だ。

どうしてこんなことになったのか。

兄や重臣たちから一応の説明は受けたが聞き流してしまった。どうせ自分の意志など無関係にすべてが進行してしまうのだから、聞こうが聞くまいが大差ない。とにかく皇子の意志で、リオ・デ・エステを逃れてレヴァーム皇国皇都エスメラルダへむかうことになった。そのことはわかっている。それで充分だろう。

昨夜、例によってカルロ皇子から軍事用無線電信を使った手紙が送られてきた。ファナの無事を祈る、という意味のことが便せん五枚分ほど甘く書き連ねてあった。文言によると、ファナが偵察機の後席にひとりで乗ることに皇子は最後まで反対しており、そのような狭苦しいところに五日間も押し込められて中央海を渡らなければならないファナの身を案じている、とのこと。いつものことだが天ツ上諜報部が電信暗号を解読していないことを切に祈った。

風のうねりが近い。時折、風防が激しい音を立てて震動する。この薄い有機ガラスのむこうは、もう空だ。その事実が少し怖い。

背中を合わせるかたちで操縦している飛空士は物静かな人のようだ。

出発時と離陸直後に少しだけ機器点検と諸注意の言葉を交わした以外は、一切の無駄口を慎んで飛ぶことに集中している。

ファナにとってこの距離感はありがたかった。無事に本国に辿りつけるにしても、途中であえなく撃ち落とされるにしても、無言のままにその事態を受け止めたい。その過程で意味のない言葉を発したり受けたりすることは煩《わずら》わしかった。

ファナはじっと、その白銀色の眼差しを青空へと注いだ。

二週間ほど訓練を受けて、監視のやり方を学んだ。機体の下方、雲の影、太陽の近く。敵機が隠れるであろうポイントへ順々に眼を送る。異常はない。この旅路に興味はないが、撃ち落とされることを望んでいるわけではないから、できる限り集中している。

サンタ・クルスは北西をめがけて一心不乱に飛んでいく。

朝方、ファナの目線前方にあった太陽は、いまや機体を追い越して、斜め後方へ移動していた。機体はその落ちゆく太陽を追っていく。

やがて日射しが翳りはじめた。

高度四千メートルから見る夕暮れは息を呑むほど清らかに澄んでいる。

見下ろせば一面があかね色に染まった海原と、同じ色をまとった綿菓子みたいな雲の群れ。遥か下方、豆粒のようなすがたで雁行する海鳥たちがファナの乗る機体に追い越される。

風防のすぐ外では手を伸ばせば触れられそうな断雲たちが、透明がかった真鍮色の光にさらされ、複雑な陰翳をその身に孕《はら》んでいくつもいくつもファナの眼前から遠のいていく。

この世ならざる光景だ。ここから眺める色彩と光と大気の運動は、デル・モラル家を装飾するどんな芸術作品も及ばないほど完璧かつ意外性を帯びている。

それに機体が雲を突き抜けるたび、プロペラから発する後流が雲の輪郭をけばだたせ、あたかも水飛沫をあげながら波頭を切り裂いて飛んでいるようだ。

「なんて美しい」

思わず呟いた。小さく放たれた言葉は機速と一緒に機体後方へ飛び去っていき、前席には届かない。

と、ファナの鼻孔をくすぐる香りが前席から漂ってきた。どうやら前席の飛空士が自分のランチボックスをひらいたようだ。スクランブルエッグとマヨネーズとレタスの匂い。おいしそうだと思っていると、伝声管から声がした。

「食事いただきますね。お嬢様はもう食べました?」

ファナは居ずまいをただして伝声管を取った。出発前に重臣から「なにを話しかけられてもハイかイイエで返事すること」と言い含められているため、そのとおりにする。

「いいえ」

「乗り物酔いですか?」

「いいえ」

「酔いがないなら食べたほうがいいですよ。体力が保たなくなりますから。無理してでも食べてください」

「はい」

会話はそれで終わった。

言われるまま、ファナは操縦席のしたのランチボックスと水筒を手に取った。

夕景に見とれながら、サンドイッチを口へ運んだ。

とてもおいしい。ひとつ食べ終わると余計にお腹が減って、すぐに次のを食べた。

明らかに地上にいるときよりも食欲がある。家ではいつもマナー教師たちに監視されながらナイフとフォークを動かしているため、食事を味わうということをしない。彼らは咀嚼《そしゃく》の仕方にまで文句をつけてくるから味わえるはずもない。

こちらを見るものが誰もいない場所で、美しい光景を眺めながらの食事がこんなにおいしいということをはじめて知った。

水筒を傾けてぬるい水を口へ含む。そのときふと、ファナの脳裡を懸念がかすめた。

用を足すのはどこでするのだろう。

オペラの観劇であれば席を立って休憩室へむかうのだろうが、いまの場合、それらしきものはどこにもない。ただ空と海と雲、それにこの飛空機があるだけだ。

ファナはそっと首を回して前席を覗き見た。こちらの思いなどどこ吹く風で、飛空士はもごもごと口を動かしている。尋ねるのもはしたないので、なにも言わずに顔を戻した。

とりあえず、なにも考えないことにしよう。ファナはそう決めた。


夜が海面から黒々と立ちのぼってくる。計器盤のラジウムが淡く光りはじめる。海猫作戦では航法士がいないため夜間飛行はできないから、電力残量にかかわりなく日没がその日の行程の終わりとなる。

シャルルは変わらず、機体の前方後方、上下左右へ間断なく眼を送りながらの操縦だった。一日の飛行距離は約三千キロ。飛行しているあいだは常に神経を張りつめており、着水するころには気力をほとんど使い果たした状態になる。着水して夕食をとったらあとは疲れ切って眠るだけだ。

と、そんな疲れ気味のシャルルの視界の端に、異質なものが紛れ込んだ。

「――ん？」

右下方、水平線よりしたに光るものが見えた。シャルルは自慢の両眼を凝らした。日ごろから鍛え上げた眼は、一万メートル以上離れた敵機をも空域中に見つけ出す。

ちかちかと、なにかが航行しているようなまたたきがある。水平距離にして一万二千メートルほども離れているだろうか。高度四千メートルを飛翔しているサンタ・クルスよりも一千メートルほど下方を、こちらとは逆方向へ移動しているようだ。

しかも光はひとつではない。ふたつ、みっつ、新たな光が真ん中の一際よく光る物体の周辺にまたたいている。シャルルは慎重に舵を操り、ぽつぽつ浮かんだ綿雲をついたてにしてその光の正確なすがたが判別できる位置まで近づいていき、正体を知った。

「艦隊だ」

遥か遠方の空域を悠然と飛翔しているのは飛空空母を中心にした帝政天ツ上の機動艦隊だった。まなじりに力を入れてその全容を確認すると、空母を中心に大小飛空艦艇が円を描く輪形陣を組んでいるのが見て取れた。夕日を浴びて淡紅色に染まった海原に艦影がくっきりと浮かび上がる。その輪郭から、周辺を飛行しているのは重巡空艦四隻と駆逐艦八隻と知れた。威風堂々たる大艦隊だ。それら艦首のむく先はシャルルたちが来た方向、リオ・デ・エステ方面。これから空爆に赴くところだろうか。

図体が大きいからこちらからの発見は容易だ。むこうはまだこちらに気づいていないと思われる。余計な接触はするべきではない。後席に通信士が座っていればアルメリア飛行場へ電信連絡を入れたいところだが、残念ながらファナに電信の心得はない。いまシャルルにできることは、艦隊に気づかれずにこの空域から去ることだけだ。

シャルルは綿雲の群れが敵の視界を遮るようにして逃げた。結構な距離が空いているからそれほど恐れる必要はない。慣れた手際で雲のなかへ突っ込み、晴れた空へ飛び出てまた突っ込むことを繰り返す。機動艦隊はなにも気づかないまま、シャルルたちの後方空域、薄闇が支配する東の空へ消えていった。

とりあえず胸を撫で下ろす。余計な空戦を避けることができた。滑り出しは上々だ。

だが、シャルルの飛空士としての直感めいたものが、なにやら悪い予感を嗅ぎあてていた。敵機動艦隊が航行していたのは、シャルルたちが平時に使っている大陸間連絡航空路だった。これから敵基地を爆撃するというのに、なぜあえて正面から大通りを通っていくのか——。

そう考えたとき、ぞっとしない想像が脳裡をよぎった。

もしも、たとえば、暗号電信の解読等により海猫作戦のことが敵の知るところとなったなら——天ツ上帝は未来の皇妃を亡き者にするために、機動艦隊を派遣してでも作戦阻止に努めるだろう。いま行き過ぎた艦隊はもしかして、サンタ・クルスを探して連絡航空路を航行していたのではないか？

シャルルはぶるぶると首を振って、その悪い予想を頭から振り払った。大丈夫だ、そんなわけはない、レヴァーム空軍が使用する暗号アルゴリズムは優秀な数学者を一千人そろえようと解読されることは絶対にない、と軍令部は言い切っている。万全に万全を期すために乱数表は一週間単位で更新されており、猿人のごとき天ツ人の頭脳では一千年かかっても解読することはできない、のだそうだ。

しかし——開戦からここまで、ことあるごとに敵を小馬鹿にし、安直な作戦計画を立案して痛い目に遭ってきた軍令部の言うことだ。絶対、という言葉がひどく不確かなものに聞こえる。直に手合わせしているシャルルにはわかるのだが、天ツ上軍は非常に近代的で組織だった戦闘集団だ。いくら警戒してもしすぎることはない。

物思いに耽《ふけ》るうちに、夕日が水平線へ溶け込もうとしていた。もうすぐ夜が来て海面が見えなくなる。着水するときがきた。

サンタ・クルスは胴体下部に収納していたフロートを下ろしてフラップを全開にした。スロットルを絞り、素早く動力計器盤に眼を走らせたのち、降下旋回しつつ機速を落とし、方向舵でぶれを修正しながら操縦桿をゆっくりと引きつける。

海面すれすれのところで失速したサンタ・クルスは、ほとんど衝撃もないままフロートを着水させ、波飛沫を蹴立てて白い航跡を海原へ曳いた。機体はふたつのフロートと尾部の三点で海面上に浮く姿勢となる。

停止を確かめ、シャルルは風防をあけた。上体を機外へ突きだして伸びをする。太陽は水平線の彼方へすっかり落ちてしまい、黄金色の残照が西の空の裾に映えていた。

シャルルは翼のうえに降り立って、召使いたちが担ぎ込んだ木製の旅行カバンを五つ、胴体から引っ張り出して翼面に並べてから、後部座席の風防をあけた。

ファナは相変わらず無感情な様子でじっと腰掛けていた。その眼がシャルルへ据えられる。間近から見るその容姿に威圧されながら、シャルルは言葉をひねり出した。

「今日はここで休みます。お疲れになりましたか?」

「いいえ」

「それはよかった。それでですね、あの、お嬢様の荷物なのですが、飛ぶには少し多すぎるのです。機体をできるだけ軽くしたいので、いるものといらないものを選別していただけないでしょうか」

ファナはじっとシャルルの顔を見上げたまま、うんともすんとも返事をよこさない。杓子《しやくし》定規な態度に軽く苛立ちながら、シャルルは言葉を叩きつけた。

「機体が重いと敵に追いつかれて撃ち落とされる可能性が高くなるのです。撃ち落とされてしまったら、いくら荷物を持っていても関係がないですよね? ですからできるだけ余分なものは捨てなくてはいけないわけですが、出発前にそれを言っても大佐は耳を貸してくれなかったのでいまここで改めて言っているわけです。あの荷物は多すぎる。捨てたほうがいい。いや、捨てなければなりません。わたしが中身を選別して一つのカバンにまとめてもいいですが、それだとわたしのような傭兵ふぜいが高貴な方が肌に直接身につけるあれやらこれやらを触らなくてはならないわけで、それはいろいろ問題があるわけです。わたしの言っていること、わかりますか?」

「はい」

「ですからどの衣類が必要で、どの衣類は必要でないか、お嬢様自ら選んで頂かないと困るわけです。四泊五日の旅に旅行カバンが五つも必要なはずがないではありませんか。ひとつで充分なはずです。いえ、もしかするとひとつもいらないかもしれません。だってわたしはひとつの旅行カバンも機内へ持ち込んではいませんから。わたしの言っていること、わかります？」

「はい」

「そうですか。よかった。では早速選んでください」

「はい」

ファナは音も立てず後部座席から腰をあげた。シャルルは手を差し出して、ファナが翼のうえへ降り立つのを手伝った。ややきつい言い方をしたことを後悔したが、ファナは特に意に介していない様子だ。決まり悪く思いながら、シャルルは水素電池の充塡のために搭乗席に座り直した。

電源装置を操作し、水素電池スタックを「発電」から「蓄電」へと切り替える。サンタ・クルスの尾部に取り付けられた吸水口がひらき、大量の海水が水素電池へと流れ込み、それから水素が抽出されて水素ガスタンクへ貯蔵され、残った海水は胴体部から海へ捨てられる。一晩これをつづけることで、明日一日分の発電に必要な水素ガスが胴体タンク内に蓄えられることになる。

目の端を翼面へ送ると、ファナがおぼつかない手つきで荷物を整理している。幼いころの彼女のすがたを知るシャルルには、いまのファナが完全な別人のように思える。活発で負けん気が強そうだったあの幼いファナはもういなくなったのだろうか。

五つの木製カバンを全部ひらいて、ファナはカバンの中身を確認した。さまざまの衣裳、装身具、日用品から化粧用具、下着、肌着、寝間着などが丁寧に折り畳んで入れてあった。持っていく荷物の選別も梱包もすべて召使いに任せていたため、ファナ自身もはじめて見る内容だった。あの飛空士の言うとおり、こんなにいらないと思った。装身具に凝ってみても空中では見る者もいないのに。

翼に膝をついて、いるものといらないものを分け、ひとつのカバンにまとめていった。

濃い潮の香りがファナの周囲にあった。

見上げると空はもう夜の色のほうが勝っていて、たくさんの星がまたたきはじめていた。フロートを洗う波のさざめきが、茫漠《ぼうばく》とした海原へ溶けていく。

視界を遮蔽するものがなにもない。ただ果てしない海と空、それに無限の奥行きを秘めた静謐《せいひつ》だけがある。

そのときファナが感じたのは底の知れない不安と恐怖だった。

闇が増すほどに海原と空の境目がなくなっていき、陸地のものとは全く違う夜が迫ってくる。大気の匂いから、風の湿り気まで、どことなく威圧感がある。

足元が海であることが恐ろしい。もしも翼から足を踏み外したなら、海中深く呑み込まれて二度と上がってこられないのではないか。いま目の前にある海の色には、そういう根拠のない不安をかき立てるものがある。

海風が蕭《しょう》と鳴り、結い上げた髪を撫でていった。

ファナにはその風までも、暗い意志を持つなにかのように感じられた。

震えるこころを無表情の後ろに押し隠して、ファナは淡々と作業をつづけた。

その耳の奥に、あの飛空士の苛立った言葉がまだ残っていた。

——意外に話す人なのね。

飛空機を降りたら、木陰で幹に背中をもたせて文芸書でも読んでいそうな人だと思ったが、さっきひといきにまくしたてられて少し驚いた。あまりああいう口の利き方をされる機会がなかったため、新鮮な印象のほうが強い。

それに、あの怒った顔はなんだか少年っぽくて可愛かった。遠い昔、どこかで見たことのある表情にも思えたが、思い出せない。

記憶を探っていたそのとき、闇のなかに遠雷の唸りを聞いた。

「?」

日没前はこの辺りに雷雲は見えなかった。けれどその轟きは間断なくつづいている。こっちへ近づいてくる。いや、これは——雷ではない。飛空艇の揚力装置が大気を震わせる音だ。

翼面にいたファナは搭乗席のほうを見上げた。シャルルは既に風防から首を突きだして、音のする方向を睨んでいた。

シャルルの眼には、ひとかたまりの蒼の光が映じていた。星ではない。凝視する。光のかたまりは遠雷のような音とともに、こちらへむかい一定の速さで移動している。さらに、かたまりからは黄金色をした漏斗状の光が海へむかって打ち下ろされ、海面をまさぐるように旋回しているのも視認できた。

間違いなく天ツ上の大型飛空艇だ。夜間であるためむこうとの距離は判別不可能だが、経験で判断するにおそらく重巡級艦艇と思われる。

あの蒼い光は夜間に艦隊飛行するための艦隊灯で、黄金色の光は探照灯だ。制空権を完全に掌握している自信からか、夜のなかに煌々《こうこう》と光を放ち、物怖じせずに航行してくる。明らかに、海面に停泊しているものを捜索しながらの飛行だった。

すぐに逃げなければそのうちあの探照灯を浴びてしまう。シャルルは翼面で荷物整理するファナにせっぱ詰まった声を投げた。

「お嬢様、すぐに後席にお乗りください、離脱します」

怪訝そうなファナの顔が薄闇のなかに見て取れた。シャルルは叱りつけるように、

「荷物はいいから、早くっ」

「は、はい」

命じられるままに、そのとき手に持っていたタンクトップだけを握りしめ、ファナは急いで後席に身体を滑り込ませた。シャルルは焦れた様子で素早く計器の点検を済ませ、機体は

ゆっくりと海面上を滑りはじめる。

翼面に置き去りにした荷物は、すべて海へ沈むことだろう。ファナは自分が握りしめている白い布地のタンクトップを眺めて、もう少しましなものを掴まなかったことを後悔した。

シャルルは地上滑走の要領で下方への当て舵をいれながら、敵艦隊の探照灯から逃れられる海域まで海面を滑っていった。夜だから離陸するわけにはいかなかった。視程ゼロの闇のなかで着水する技量はシャルルにはない。

ある程度逃げたところで後方を振り返った。揚力装置の轟きとともに、重巡が舷側に取り付けた艦隊灯をきらめかせながら高度二百メートル、水平距離一千メートルほどのところを航過していく。その下腹からは眩く野太い光の柱が海原めがけて打ち下ろされ、この海域に潜んでいるであろうものを探索していた。

シャルルは重巡が去るまでじっと息を殺していた。眼を凝らせば、重巡に平行して幾多の飛空艦艇が横一線になって海域一帯を掃海しているのが見て取れた。もしもシャルルが平時に使っている連絡航空路上に停泊していたなら間違いなく見つかっていただろう。これまでに何度も中央海を往復した経験を生かし、いつもの航路から外れたところを飛翔してきたことが功を奏した格好だ。

夜闇のなかにきらめいていた不気味な蒼い光の群れたちは、やがてこちらに尻をむけて西の空へと去っていき、星の光のなかへ呑まれていった。

ふぃ――っ、と大きく息をついて額の汗を袖で拭き、シャルルは背もたれに上体を預けて、星空を見上げながら、独り言のついでのように後席のファナへ声をかけた。

「危ないところでしたが、なんとか見つからずに済みました」

「はい」

「いまの艦隊は我々を捜していたのかもしれません。その可能性が高いです。でなければ横陣を組んで海面を掃海する企図がわからない」

「はい」

ファナの返事は無造作だ。が、シャルルはファナへ喋りかけながらいまの事態を整理しようとしているだけだ。まともな答えは期待していない。

「もしかすると、今作戦の内容を敵が知っているのかもしれない。暗号電信が解読されているとしたなら、そうなってもおかしくはない」

「はい」

「考えたくない事態ですが、一応、考慮にいれておきます。そうでないことをこころの底から祈ってますが」

「はい。あの……」

「はい?」

「ありがとうございます」

「え?」

「いえ……丁寧に説明していただいて……」

ファナはもごもごと言葉尻を濁した。シャルルはどう言葉を返していいのかわからず、そのまま黙っていた。なぜ次期皇妃が自分などに感謝の言葉を投げるのか、よくわからない。もっと偉そうにふんぞりかえっていてくれていいのだが。

いまファナに言ったように、暗号電信が解読されているのではないか、という疑念は以前から騎士団内にあった。敵基地を強襲するためにこちらの攻撃隊が飛び立つと、あたかも事前にそれを察知していたかのように真電の大編隊が邀撃してきた――そういう事態がこれまで多々起こっていた。現場の飛空士たちはそのたびに事態の解明を要求したのだが、司令所からの答えは「猿人のごとき天ツ人の頭脳では云々」というものだった。

だがたとえ暗号解読ができたとしても、今作戦に関する電文は「海猫」という暗号名を使って、関係者でなければ意味がわからない隠語を用いて作成されている。いくら軍令部が愚かだといっても、こちらの行く手に網を仕掛けられるような内容をそのまま電文に書くわけがない。

だとしたら――いまの敵機動艦隊の行動はなんだ?

黙考していると、ファナの口がおもむろにひらいた。

「あの、飛空士さん」

「はい？」

「お聞きしたいのですが、暗号電信が解読されているのでしょうか」

「その可能性があります」

「あの」

「はい」

「あのですね」

「なんですか？」

「カルロ皇子が……よく軍事用無線電信を使って、わたしに手紙を送ってくるのですが」

シャルルの背筋を悪寒が伝った。カルロの爽やかな笑顔がファナの背後に浮かびあがる。

「先日頂いた手紙に、わたしの身を案じる文言があったのです。狭苦しい偵察機の後席に五日間も押し込められ、護衛もないまま中央海を渡らなければならないきみの境遇を不憫《ふびん》に思う……という内容のことが、便せん五枚分ほども書かれていました」

長い、長い沈黙が風防の内側、前席と後席に舞い降りた。フロートを洗う波のさざめきまで聞こえてきそうな静寂だった。先にひらいたのはファナの口だった。

「……まずかったでしょうか？」

その問いを受けて、シャルルは無言のまま風防を後方へ滑らせ、搭乗席から出ると翼面へ降り立った。

あまりにも衝撃的な告白のため、足に力が入らず、シャルルはそのまま翼面にあぐらをかいて座り込み、深々とうなだれてしまった。その電信の文面が解読されたなら、海猫作戦の概要がほとんどそのまま敵に伝わってしまうではないか。

シャルルの頭蓋の内には皇子を罵倒《ばとう》、嘲笑、愚弄《ぐろう》する言葉が渦を巻いて飛び交い、しばらくのあいだ止まることを知らなかった。

誰のためにこの作戦を遂行していると思っているのだ。あなたに恥をかかすわけにいかないからみんなでがんばって尻ぬぐいをしてあげようとしているのにどうしてわざわざ自分から作戦を失敗に導くようなことをするんだ。いったい全体、どこまで馬鹿なら気が済むんだ。情熱的行動はレヴァーム人の民族的特質であり、それを率先して体現しているカルロ皇子なのだろうが、お願いだから、頼むから、馬鹿もほどほどにしてくれ。

罵詈雑言《ばりぞうごん》の嵐が止んだあとは、笑いも怒りも通り越して、底知れない、寒々とした虚脱感に襲われた。身もこころも冷え切ったなかを吹き抜けたのは絶望の風だった。海猫作戦は極秘裡に行われてこそ成功の可能性があった。だがいまやファナを乗せた偵察機が中央海を翔破しようとしていることを察知した敵は、おそらく万全の態勢でそれを待ち受け、捕捉したなら本気の追尾を仕掛けてくる。それこそ真電が群れをなして襲ってくるような、最悪の事態も覚悟しておかなければならない。

知らず、手が震えていた。心臓が徐々に早鐘を打ちはじめ、ひどい動悸がやってくる。

状況はかなり、深刻に、前代未聞に最悪だ。

この計画そのものが困難な条件のもとに出発しているわけだが、カルロ皇子の余計な電信によりさらに輪をかけて難度が上がってしまった。

作戦は敵に筒抜けで、飛空母艦を中心にした機動艦隊がこちらの針路に立ちふさがっており、母艦に積み込まれた真電が手ぐすね引いて皇子妃殿下を待ち受けている。

一方、こちらの武装は後部機銃の一挺のみ、しかもその引き金を託されたのは訓練された飛空士ではなく、武器など握る気もない大貴族のお嬢様だ。

機首を返してアルメリア飛行場へ戻る、ということも考えた。いまならまだ、作戦を中止して引き返すことは可能だ。

しかしそれでは——この作戦のために敵基地へ強襲をかけてくれた空軍正規兵や騎士団員たちに申し訳が立たない。彼らのうちの何人かはきっと帰らぬ人になってしまっただろう。のこのこ逃げ戻れば、その死が全くの犬死ににになる。

出撃時、必ず成功させると仲間たちに誓った。彼らは誇らしそうに、笑顔で囮になって飛び立っていった。逃げ戻るわけにはいかない。

まだ大丈夫だ、と自分に言い聞かせる。暗号電信が解読されたと確実に決まったわけではない。現実に起きたことは、敵機動艦隊がなぜか横陣を組んでこの海域を掃海していた、というだけだ。彼らがサンタ・クルスではない、他のなにかを探していた可能性だってなくはないだろう。

シャルルは冷静さを取り戻そうと努めた。

飛空士は常に冷静でなければならない。そうでない者は空戦の際に混乱に陥り、機体の制御を誤って死んでいく。生き抜くためには常に己自身を厳しく律し、自分を超克していく努力を怠らないこと。いつも、毎時、あらゆる場面で。

深呼吸をして、新鮮な大気を肺腑《はいふ》の底へ送り込んだ。そして両手のひらで一度、二度、三度、自分の頬をひっぱたく。

そして毅然とした顔を西の空、目的地であるサイオン島沖へとむけた。

とにかく前へ行こう。進もう。泣き言を言っていても仕方がない。苦難が来たからといって、いちいち逃げてどうする。男なら笑って乗り越えてみせろ。

自分にそう言い聞かせ、シャルルは震える膝を翼面に立てた。

――このままサイオン島沖まで飛ぶ。

震えながらも決意を固め、機体周辺の闇へと眼を走らせた。決意してもなおカルロ皇子への恨み言が胸をついて出そうになるが、かろうじて抑え込む。

カルロ皇子は悪人ではなく、基本的に軽率なだけであり、今回の手紙も真剣にファナの身を案じるがゆえに送ったものだろう。悪意があるのではない、皇子はただひたすらに頭が悪いだけだ。

そう自らに言い聞かせ、慰めて、シャルルは搭乗席を振り返った。

「あの……大丈夫ですか?」

ファナが風防から顔を突きだして、心配そうに見ていた。

シャルルは無理矢理に笑み、胸を張った。

「大丈夫ですよ。問題ありません。いまお嬢様のベッドをお出ししますから、少しお待ちください」

そして胴体の収納部から折り畳んだゴムボートを引きずりだすと海へ投げ入れ、足踏み式の空気入れをつなぐ。波間に浮いているゴムのかたまりが、徐々に真ん丸なボートのかたちへ膨らんでいく。

　分厚いフッ素ゴムで全体を覆ったこの軍用ボートは、飛空士が海上で夜を明かすために支給されているもので、大人が三人横になって眠れるくらいの広さがある。浮力も充分、ここから釣り竿を垂れて釣りをすることも可能だ。

　充分膨らんだところで、後席へ声をかける。

「これ、お嬢様用ですから自由に使ってください。あ、そうだ、お腹すきました？　夜食作りましょうか？」

　ファナがおぼつかない動作で後席から這い出るのが月明かりのしたにぼうっと見えた。そして頼りない声が彼女の可憐な唇から洩れる。

「ありがとうございます。あの、それで、お願いがあるのですが」

「はい？」

「…………」

「どうしました？　飛空機酔いですか？」

　ファナはもじもじしながら、頼りない足取りで胴体のうえを渡ると、尾翼へ足を踏み入れ、間近からシャルルを見上げる。

「あのですね」

「はい？」

「…………」

ファナは黙ったまま、一心にシャルルを見上げている。

その汚れのない瞳に呑み込まれそうになる。

深く、静かな色の双眸《そうぼう》にちりばめられた光は、頭上の星空に全く見劣りしない。こちらの魂が根こそぎ吸い取られそうな、底の知れない色合いだ。身体に力が入らず、気をつけていないと尾翼から足を踏み外して海へ落ちそうになる。

忘我《ぼうが》の淵に陥りそうな自分を、懸命にその縁のところで保ちながら、シャルルはファナの言いたいことを憶測した。

「なんですか。道行きに不満があるなら仰しゃってください」

「いえ、不満というわけではなく……飛空士さん、察してください」

「……？」

ファナの言いたいことがわからない。今日はいろいろなことがありすぎて、脳みそが疲れているのもあるかもしれない。

いつも無表情なファナだが、その顔に明らかな翳りがはしった。なにかを我慢しているような哀切な表情だ。涙を必死でこらえているような、切羽詰まった顔——ようやく、シャルルは悟った。

「あ、トイレですか！」

思わず手を打った。そういうことは全く念頭になかった。

飛空士というのは大概、飛行中のそれに関してはおおざっぱだ。長距離飛行の最中などに催すと、ほとんどのものが飛行服のなかに構わずぶちまける。シャルルはそこまでいかないが、操縦中に席を立つわけにはいかないため、専用の袋に入れて機外へ放り出して処理している。だがまさか、ファナがそれを真似するわけにもいくまい。

シャルルは頭の後ろを掻きながら思わず笑ってしまった。

「失礼しました、それをまったく考えていませんでした！　はい、ええっと、トイレは海です。わたし、前席に座ってますから。終わったらお声をおかけください」

「………」

「明日も長い時間飛びますから、入ってるものは全部出しちゃってください。あ、でもその水素電池の吸水口の近くは避けてくださいね。大きいのが吸われたら、水素ガス以外のガスが抽出されてしまいますから、あははは」

飛空士がよくやるジョークを放って笑っていると、ばち――――ん、と高い音とともに頬に衝撃が走り、首がねじきれるかと思うほど顔が横様をむいた。

「無礼者！」

月明かりのしたでもわかるほど赤面したファナに追い立てられ、シャルルは慌てて胴体のうえを走り、再び前席に身体を投げ入れた。

前席に身体をあずけ、ファナに張られた頬を片手で押さえながら星空を見上げた。

「皇子妃殿下に本気でビンタされたよ」

言葉とは裏腹に、シャルルの顔には笑みのようなものが浮かんでいた。

ファナはあのころと変わってない。

今朝方ファナに会ったときには、子ども時代からずいぶん変わってしまった印象を受けた。生気の剝げ落ちた、陶器人形そのものだった。

けれども何度かやりとりを重ねると、やはりファナの内側には活発で毅然としたあの少女が存在していることがわかる。豚をいじめていたシャルルを叱りとばした、あの凜々しい眼差しの少女はファナのなかで死んでいない。そのことはうれしかった。

シャルルはじっと眼を閉じて、ファナが声をかけてくるのを待った。

夜の海上の静寂が深まる。

待てども待てども、いっこうに声がかからない。

操縦席を出て様子を見ようかとも思ったが、先方が用事の真っ最中である可能性も高く、おいそれと顔を出すわけにもいかない。

心配だ。なにか悪い予感がする。だが呼ばれてもいないのに駆けつけて先方がまだ奮闘中であったら……と思考の堂々巡りを繰りひろげていたシャルルの耳に、遠くから途切れ途切れの声が聞こえた。

「助け…………けて……」

その瞬間、シャルルは操縦席を飛び出ると胴体上部を駆け、尾翼に飛び乗った。

そこにいるはずのファナがいない。

「お嬢様!?」

夜の海へ声を張り上げた。返事は足元の海面から届いた。

「飛空士……さん!」

海面から顔を出し、ファナはそう叫ぶと再び海中へ没した。

ファナが溺れている。

躊躇《ちゅうちょ》なくシャルルは海へ飛び込んだ。水中でファナの身体を抱き留める。どうやら尾部の吸水口に足を取られているらしい。ファナの両脇を抱え、片足で機体を蹴飛ばして強引に穴から片足を引き抜いた。

息を切らし、大量の海水を飲み込みながらも、ファナの身体をゴムボートのうえへ押し上げて、自らもそのあとへつづく。

ファナはボートへ身を投げ出して幾度か激しく咳き込んだ。

シャルルも海水を吐き出してからボートの縁に背中をもたせかけ、ぜいぜいと荒い呼吸を整える。

「なにを……なにをしているのですか」

「ごめんなさい。ですが、その……」

ファナは決まり悪そうにうつむくだけだ。けれどだいたいの事情はシャルルにもわかる。

おそらくは尾翼のうえですることができず、海中で用事を済まそうとして吸水口に足を取られたのだろう。

初日からいきなり次々に馬鹿げた事態が発生する。

ふいーっ、とひとつ息を抜き、星空を見上げてから、シャルルはファナへ眼を戻した。

「とりあえず、夜は冷えますから着替えましょう。荷物はひとつにまとめました？」

「あ……」

「？」

「あの……全部置き去りにしてきました」

「え？」

「だって、急に飛び立つから……」

「あ……荷物なしですか？」

「……これだけ……持ってきました」

ファナは握りしめていたタンクトップをシャルルに示した。いま身につけているものと、替えの肌着一枚がファナの荷物の全てだった。

冷たい風が海原を吹き抜けた。シャルルは思わず身震いしてから、濡れねずみのファナと顔を見合わせた。

携帯用のガスボンベを使って、小さなコンロに火を入れた。真っ青な炎が調子よく燃え立ち、ゴムボート上のふたりをほのかに照らす。上空から発見されないよう、四つ脚の付いた鉄板を炎のうえに置いて光を隠し、鉄板にコーヒーポットを載せた。

シャルルは毛布にくるまって、炎に両手をかざして温めた。脱ぎ捨てた飛行服はファナのと一緒にプロペラに吊るして干している。

ファナはコンロを挟んだむかい側に、同じく毛布にくるまってじっとしている。冷たい夜気にさらされて、ふたりともまだ身体が少し震えている。

「初日からいろんなことがありますね」

シャルルは冗談めかして声をかけた。ファナは気恥ずかしそうにうつむく。

「飛空士さんにはご迷惑ばかりおかけして……」

「いいえ、あの、先ほどの件は気にしないでください。わたしが不作法なせいでお嬢様に余計な気苦労をおかけして……あははは」

笑って流し、毛布をはおり直した。

コンロの火が、ファナの濡れた髪と肌、細い首筋を漆黒のなかに蒼白く浮かび上がらせる。くるまっている毛布を剝ぎ取ったなら、そのしたはタンクトップと下着だけであり、同じくシャルルも毛布のしたは木綿の下着一枚きりだ。

揺らめく炎の灯りに照らし出されたファナがなまめかしい。むき出しになった白い喉首を水滴がすべり、毛布に覆われた胸元へと流れ込んでいく。

海中で抱き留めたときの彼女の身体の感触がまだ手のひらに残っている。少し力を込めただけでぽきりと折れてしまいそうな、それでいて柔らかく、しなやかで——。

自分の思考に気がついて、シャルルはとっさに首を振り、卑しい雑念を頭から払い落とした。

相手は二億人の皇民の頂点に立つ次期皇妃、こちらは誰にも顧みられないベスタドだ。九歳のときから社会のどん底を生きてきたシャルルにとって、羨《うらや》むことさえはばかれるほど、ファナは遠い、遠い世界の住人である。

本来こうして火を囲んで言葉を交わせる人ではない。身の程をわきまえなければ。

そのことを思い直して、シャルルは吸い寄せられていた目線を無理矢理にファナから引き剝がし、

「身体が温まったら、わたしは搭乗席で眠ります。お嬢様はここをお使いください」

「あんな狭いところで?」

「慣れてます。下手なベッドよりぐっすり眠れますから」

「そう……なのですか」

「眠るとき、コンロの火は落としてくださいね」

「はい。あの」

「はい?」

「いえ……なんでもありません」

ファナはあいまいに言葉を濁すと、翳りのある瞳を炎へと落とした。

なぜかシャルルの胸の鼓動が速まった。身体を巡る血液が熱い。

自分を制御できなくなりそうで、シャルルはおもむろに腰を浮かせ、ゴムボートから尾翼へ飛び移った。

「それではお嬢様、おやすみなさいませ。明日も夜明け前に飛び立ちます」

「はい。おやすみなさい、飛空士さん」

「おやすみなさい」

もう一度同じことを言ってから、シャルルは逃げるように前席に潜り込み、風防を閉じた。

クッション代わりに操縦席に載せてある落下傘に腰を下ろし、毛布を顎まで引っ張り上げて、夜空を穿《うが》つ夏の星座へ眼を馳せた。

今日一日だけで本当に、いろいろなことがあった。頭も身体も疲れているにもかかわらず、シャルルはなかなか寝付けなかった。気が緩むと、水中で抱き留めたときのあの感覚が蘇り、脳裡にファナの真っ白な肢体が浮かび上がる。

「ぼくは馬鹿か」

これだけ重大な任務を託されながら、そんなことを考えている自分に対して心底呆れ、腹が立った。

無理矢理に眼を閉じ、明日の航路をまぶたの裏に描きながら、シャルルはまどろみを待った。

五

眼をあけると、有機ガラスのむこうには重く湿った雲が立ちこめていた。

風防を後方へ滑らせ、シャルルは操縦席から顔を出した。

雲量七から八。東の空の太陽はまだ水平線から顔を出していない。潮気の濃い風が醒めやらぬ顔を撫でていく。

二日目の朝だ。

両手を空へ突き上げて背筋を反らした。

そして風防をよじ登ってプロペラに干した飛行服に袖を通す。隣に掛けていたファナの飛行服も乾いていた。彼女の衣類はこれと肌着類だけで、他に着替えはない。飛行服を片手に尾部まで歩き、ファナのゴムボートへ飛び乗った。

ファナは幼子のように身体を丸めて眠っていた。

無垢な表情をして、長い両のまつ毛を合わせ、こころなしかひらいた唇からかすかな寝息を立てている。その身体にかけた毛布は胸のした辺りしか覆っておらず、タンクトップの胸元が露わだった。

果てしない海原のうえ、肌もあらわな公爵令嬢とふたりきり。

シャルルは渾身の力で理性を振り絞った。

国家の命運がかかった作戦中だ。囮になってくれた仲間たちに、必ずファナを皇子の元へ連れていくと約束した。自分の役目は、ファナを無事なすがたでエスメラルダの手前まで護送すること、それだけだ。

自分に何度もそう言い聞かせて、深呼吸を三回したのち、平静を取り繕って声をかけた。

「おはようございます、お嬢様」

ファナの眼がうっすらとひらいた。その目線の先にはシャルルの背中があった。

「おはよう……ございます」

ファナはいぶかしそうに半身を起こし、毛布がはだけていることを知った。慌てて喉のしたまで毛布を引きあげ、てるてる坊主みたいな格好になる。

「これ……どうぞ」

シャルルは顔を半分だけファナにむけて、手に持った飛行服を差し出した。ファナも毛布の合わせ目から手を出してそれを受け取ると胸の前に抱える。

「着替えが終わったら後席へお乗りください。わたしは前席におりますから」

ぎこちない動作でシャルルはガスコンロを抱えると尾翼へ飛び移った。

ファナは飛行服をかぶると袖は通さずに首だけを出して、服を着たままもぞもぞと手を動かし、着替えを済ませた。

ファナが後席に乗ったのを確かめると、シャルルは再び操縦席を出て尾部へ歩いていき、ゴムボートをたたんで胴体部へ収納した。一連の作業をすませて前席へ駆け戻る。

「さあ、二日目です。引きつづき後方の見張りはお願いします」

「はい」

短く言葉を交わしてから、シャルルは水素電池スタックを始動した。DCモーターが唸り、プロペラが回転をはじめ、フロートがゆっくりと波をかきわけて、海面下にあった尾部が飛沫とともに薄明のなかへ持ち上がる。

水平線から朝日が顔を出したころ、サンタ・クルスは既に雲を突き破って空を斜めに駆け上がっていた。


この日、雲の量は隠密行動に充分だった。

シャルルは飛び石づたいに渡るように、断雲から断雲へと機首を巡らせながら、北西をめがけてひたすらに飛んだ。

互いにひとこともロをきかないまま、やがて太陽がサンタ・クルスを追い越して西へ傾ぎはじめた。シャルルの視界は逆光となり、見張りが難しくなる。飛行眼鏡をかけて網膜に入る光を弱めた。

後席のファナも一心に機体後方を眺めていた。

大瀑布を越えるまでは、進めば進むほど接敵の機会が増える――と出発前に先任飛空士から聞いていた。無事に中央海を渡るにはなによりもまず、敵機に発見されるまえに敵機を発見すること。二週間の訓練期間中、そのことを何度も繰り返し言い聞かせられた。ファナは単調な光景にも飽きることなく、油断なく空と海と雲へ眼を光らせる。

そして――異物を見つけた。

ファナは伝声管を手に取り、シャルルへ伝えた。

「右斜め後ろ上方、雲の切れ間に光が見えます」

シャルルは言われた方向へ首を曲げた。機内でいう「右」「左」は機首のむく方向を基準にしている。切れ切れの層雲が高度五千五百ほどのところにたなびいているが、じっと眼を凝らしてもなにも見えない。

「なにも見えません」

「あの、底が崩れた雲のむこうに見えました」

ファナはシャルルが見ている機体近くの層雲ではなく、機体の遥か後方、高度七千ほどにある雲底を櫛《くし》で梳《す》いたような上層雲を指さした。水平距離は一万五千メートル以上も離れている。

半信半疑のまま、シャルルは飛行眼鏡を額に戻し、ファナの示す方向へさらに眼を凝らした。

　頰がぴくりと反応した。

　ファナの言うとおり、一瞬だけ雲のむこうにわずかな光がちらりと見えた。おそらく敵機のプロペラが日光に反射したものだろう。肉眼でこれほど離れた敵影を捉えたというのなら、これはかなり上出来の部類に入る。

「敵機です。よく見つけましたね」

「わたしたち、追われているのでしょうか」

「そうでないことを祈りましょう」

　シャルルは敵の位置から死角になるよう、まばらに浮かぶ断雲をついたて代わりに飛行した。後席のファナはじっと一万メートル以上も離れた光を見つめている。

「追ってきません。離れていきます」

　ファナの言葉を受け、シャルルはもう一度後方を振り返った。

　雲間を縫い、シャルルの鍛え上げた眼がさきほどの光を捉える。光は、サンタ・クルスとは異なる針路を取っていることがわかった。相手はこちらを見つけていない。シャルルの口元からほっとした息が洩れた。伝声管を手に取る。

「一難去りました。お嬢様のほうが敵よりも早く発見したということです。素晴らしいお手柄ですよ」

　シャルルの言葉に嘘はない。ファナにこれができるなら、一万二千キロの敵中翔破も夢ではなくなる。

「一機だけですから、おそらく敵の哨戒機でしょう。見つかっていたなら無線で飛空母艦に連絡されて、我々は無数の戦闘機を相手に立ち回ることになったはずです。危ないところでした」

「お役に立てましたか？」

「はい。それはもちろん」

「よかった」

シャルルの言葉に、ファナは思わず安堵の溜息をもらした。

「ですがこれで終わりではありません。引き続き見張りをお願いします」

「はい」

表情を引き締め直し、ファナは伝声管を側壁へ戻した。

再びじいっと空を見つめる。気がつけば今日は一度も、玻璃の奥へ引きこもっていない。ずっと神経を集中して目の前の現実を眺め渡している。

不思議な気持ちがした。

出発前は正直、我が身がどうなろうが大した興味も抱けなかった。なのにいまは、奇妙なほどに現実を生き生きと直視している自分がいる。生と死が常に隣り合っている緊張感のせいだろうか。いや、それもあるがそれだけではない。

伝声管越しに、シャルルと言葉を交わすのがなんだか楽しいのだ。

金属筒を通じて聞く彼の声は、緊張していたり、不自然なくらい丁寧だったり、ほっとしていたり、いきなり早口でまくしたてたり、生のままの感情を隠すことなく、直接ファナに放り投げてくる。貴族高官のご子息ご令嬢のような、腹に違うものを秘めた偽装的で表面的な言葉ではない。その感覚が新鮮だった。

——もっと声が聞きたい。

気がつけばファナはそんなことを考えていた。振りむけば、耳にかかった髪の毛の一本まで判別できるほど近い距離に背中を合わせて座っているのだが、言葉を交わそうとするとふたりの距離は遠い。ファナが伝声管を取っていきなり世間話などはじめたら、シャルルはきっと面食らってしまうだろう。

——光を見つければ、また飛空士さんの声が聞ける。

そう思い、ファナはじっと空へ眼を凝らした。

このあと、ファナはふたつの光を発見してシャルルへ伝えた。そのたびにシャルルは伝声管越しにファナと連繫を取りながら、雲を利用して逃げつづけた。

生きるか死ぬかの状況であることはわかっていた。

けれどもファナは楽しんでいた。背中越しにシャルルの鼓動を聞いているかのように思えた。雲から雲へ渡るために急な旋回や上昇、下降運動もあり、胃が縮み上がってしまう場面もあったが、逃げ出したいほど辛いとは思わなかった。デル・モラル家で家庭教師に囲まれているときは、何度もそう思ったものだが。

海原は再び闇の底へ落ち込もうとしている。

水平線下に沈んだ太陽から真鍮色の光が雲の下腹をめがけて打ち上げられ、西を目指すシャルルたちの行く手を金と藍の複雑な彩りに染めあげた。

細密画のごとき空の色を背景に、サンタ・クルスは優雅な動作でフロートを黄金色の海原へ着水させた。

白い航跡を後方へ残し、機体が静止したのを確認して、シャルルは飛行眼鏡を外すと風防をひらき、翼のうえへ降り立った。

「お疲れさまでした、お嬢様。我々はまだ無事です」

シャルルはうれしそうに後部座席の風防をひらき、ファナの手を取って翼に降り立つのを手伝う。

「今日は本当に助かりました。出発前は正直、後方の見張りもわたしがすることになるだろうと思っていましたが、とんでもない勘違いでした。飛空士顔負けの見張りでしたよ」

「少し褒めすぎです」

「いいえ、そんなことはありません。お嬢様のおかげで少なくとも空戦二回分は避けることができました。この調子でいけば、案外すんなり中央海を渡ることができるかもしれません」

シャルルの顔は薄明のなかでも紅潮しているのが見て取れた。心底うれしそうだ。ファナは照れくさそうにうつむいた。

二日目の行程も無事に終えて、シャルルの気分は高揚していた。皇子の電信内容を聞いたときはどうなることかと思ったが、敵の哨戒はそうたいしたものではない。もしかするとなにもかもシャルルの杞憂であり、ファナを捜索する機動艦隊など存在しないのかもしれない。そのくらい、今日の旅路は安穏としていた。

「夕食にしましょう。保存食はきっとお口に合わないと思いますから、おかずを釣り上げますね。待っていてください」

意気込みながらそう言って、シャルルは胴体部に顔を突っ込み、釣り竿を二本取り出してきた。ファナが怪訝な顔になる。

「釣り、ですか」

「はい。釣れたらおいしい夕食を食べられますよ。釣れなかったときは保存食で我慢するしかありませんけど」

「漁師さんみたいですね」

「お嬢様もやります?」

屈託のない笑みを浮かべ、シャルルは片方の竿をファナに差し出した。

ファナはおっかなびっくり竿を受け取る。金属でできた疑似餌《ぎじえ》から釣り針が飛び出ただけの、簡素な仕掛けだった。

ゴムボートに腰を下ろし、ふたりは互いに背中をむけて釣り竿を垂れた。

そのうちに夕映えが西の空から消え、夏の宵闇が海上へ降りてきた。限りない夜空と果てしない海が底知れない静寂をまとう。鉄蓋をかけたガスコンロを照明代わりに、ふたりは黙って竿を握っていた。

この辺りの海域は天ツ上海軍航空隊の支配下にあることはファナも知っている。なのに、敵地のまっただなかで安穏と釣り糸を垂れている自分が不思議に思える。

そしてそのことに全く恐ろしさを感じない。むしろこの静寂を心地よく思う。

「釣れませんねえ」

頭のうえに星がいっぱいになったころ、長い時間ボートに揺られたシャルルが困ったように言った。

「そうですね」

「お腹、すきました?」

「いいえ、わたしは大丈夫です。あまり食欲がなくて」

今日一日、ファナは昼に乾パンを少しかじっただけで他はなにも食べていない。リオ・デ・エステを旅だって以来、飛空機とゴムボートに始終揺られているから、胃があまり食べ物を求めてこない。

「飛空士さんはお腹すいてます?」

「申し訳ありません。実はけっこう、すいてます」

「まあ。ではがんばって釣りましょう。飛空士さんに飢え死にされたら、わたし、こんな寂しいところにひとりぼっちですもの」

冗談めかしてそう言って、ファナは釣り竿を左右に揺らした。すると――。

「あ。な、なにか、ぴくんってしました」

「え」

「あ、やだ、な、なにか動いてますっ」

「お、お嬢様、釣れてます、慎重に、慎重にっ」

「こ、怖いっ。す、すごく引いてますっ」

言葉どおり、釣り竿は大きくしなっていた。ファナも中腰になって竿を握りしめているのだが、獲物のほうが力に勝り、ファナの身体がだんだん前へのめっていく。軍用ボートの造りは頑丈とはいえ、足場が万全とは決して言えない。

「た、助けてっ」

手助けしたいものの、果たしてどう助太刀すればよいのか決めかねていたシャルルだったが、助けを求められて覚悟を決めた。

「失礼を、お嬢様っ」

言い訳をしながらファナの背後へ素早く回り、腕を回して竿を握りしめる。あたかもファナを後ろから抱きしめるような体勢だ。さらに言い訳がつづく。

「その、これは決していやらしい意味ではありませんっ。ボートのバランスをとるためにはこの姿勢しかないというかなんというか」

「い、いえ、だ、大丈夫ですっ」

「お嬢様、この手応えは間違いなく大物です。せーの、で一緒に力をいれて釣り上げましょう」

「は、はい」

ファナも決意を固めた表情で、手に力を込めた。ボートがひどく揺れて、足元がおぼつかない。それにシャルルの声が耳に直接当たってくすぐったい。背中越しに彼の薄い胸板を感じている。そして、背後から回された力強い両腕。自然、頰が赤くなる。

「お嬢様、いきますよっ」

「あ、は、はい?」

「せー、のっ!」

ファナが違うことを考えているさなか、突然シャルルが力を込めた。我に返り、ファナも遅ればせながらそれについていく。

盛大な飛沫が上がり、見事な大魚が波間から跳ね上がって、中空高く舞い上がり一度威勢よく尻尾を振ったのち、あろうことか、斜め下方に落下してきてファナの顔面を直撃した。

ばち——ん、と威勢のいい音をファナはどこか遠くから聞いた。

「!?」

うしろで支えていたシャルルも体勢が崩れ、昨夜にひきつづき、サンタ・クルスの尾部付近に盛大な水飛沫があがる。

ぶくぶくと鼻から泡を噴き出しながら、シャルルはまたしても海中でファナの身体を抱き留めて、ゴムボートの縁に手をかけた。

「かえすがえす、申し訳ありません……」

「いえ、落ち度があったのはわたしのほうで……」

燃えさかるガスコンロをあいだに挟んで、ふたりは毛布をはおり、昨夜と全く同じように濡れた身体を乾かしていた。

黄色い三日月のした、サンタ・クルスのプロペラ部には濡れそぼったファナとシャルルの飛行服が仲良く並んで吊り下げられている。

気を取り直すように、シャルルは笑みを浮かべた。

「ですが魚は釣れましたよ。ほら、こんなに大きい！　お嬢様の釣果《ちょうか》です」

「はい……顔で受け止めましたけど」

「あ、ははは……」

引きつったシャルルの笑みを見て、ファナも困ったように笑んだ。

そしてふたりとも、ともすればはだける毛布の前を合わせてうつむく。ふたりの鼓動は昨晩にも増して速い。シャルルがもう一度、顔を上げて無理に元気な声を出す。

「よし、ではさばきましょう。お刺身って食べたことあります？」

「お刺身……天ツ上の料理ですね。食べたことはないです」

「新鮮な魚の一番うまい食べ方ですよ。わたしにお任せください」

シャルルは毛布を肩にかけたまま、胴体部の空洞から今度は包丁とまな板を引きずり出してきた。ファナにはなんだか、あの胴体部が魔法の箱のように思えてくる。

「長距離飛行は慣れてますから。必要になるものはわかってます」

誇らしそうにそう言って、シャルルは手際よく魚をさばきはじめた。大物はまたたくまに三枚に下ろされ、薄く切り分けられて紙皿のうえに並べられる。

「醤油でいただくんです。どうぞ」

ファナはおっかなびっくり、手渡されたフォークを使って、海水で溶いた粉醤油を薄くつけて、一切れ口へ運んだ。品よく口元を動かしてから、その白銀色をした瞳が大きく見ひらかれる。

「おいしい」

シャルルは笑みを浮かべ、竹の箸で一切れつまんだ。

「あ、うまいですね」

顔をほころばせて、シャルルはもりもり食べていく。

「お嬢様もどうぞどうぞ。食いだめができないと生きていけませんよ」

はじめは食欲のなかったファナも、シャルルに触発されて自然にフォークが動いた。大魚の身はよく締まっていて、脂ものっており、食べるほど食欲が出てくるように感じた。

口を動かしながら、シャルルは今後の航路について話す。

「明日は大瀑布を越えます。そこからはいよいよ、敵の警戒が最も厳しい空域へ入っていきます。最難関ですから気合いを入れていきましょう」

「はい」

「無事にその空域を突破したなら、シエラ・カディス群島付近に着水して機体を整備します。三日以上も無点検で飛ぶと、モーターが不調に陥る危険があるのです。島内で三日目の夜を過ごし、四日目はサイオン島沖を目指して飛びます。サイオン島にはレヴァーム空軍が建設したラ・ビスタ飛行場があり、トレバス環礁から飛来する天ツ上海軍航空隊と連日の大空中戦を繰りひろげています。が、我々は空戦には参加しません。ここまで飛べばもう旅は終わったも同然です。敵機襲来が頻繁なラ・ビスタ飛行場付近を避けてサイオン島沖に着水したのち、レヴァーム本国へ電信にて連絡を入れ、本国から飛空艇が迎えに来るのを待ちます。出迎えが到着するのは五日目の明け方になると思われます」

「はい。あの」

「はい？」

「飛空士さんは、五日目以降はどうなさるの？」

「あ、わたしはサイオン島沖でお別れです。お嬢様を飛空艇へお渡ししたのち、ラ・ビスタ飛行場に赴いて空戦に参加する予定です」

「そう……なのですか」

シャルルは屈託のない調子で、おいしそうに刺身を口へ運びながら、

「本国の方々にとって、わたしはいないほうが都合いいのですよ。滞りなく旅を終えた場合、お嬢様は傭兵に助けられて帰還するのではなく、第八特務艦隊に助けられて奇蹟の帰還を果

たすことになるのです」

「特務艦隊は全滅したと聞きましたが……」

「そんなの、なんとでもでっちあげられますよ。お嬢様を出迎えに来た飛空艇が生き残りの一隻ということになって、皇都エスメラルダに華々しく迎え入れられる計画です。皇家の方々は劇的な演出がお好きですし」

「それは……事実のねつ造ではありませんか」

「宮廷からすれば、最近は皇民の士気が停滞して公債が売れずに困ってますから。大きな戦意高揚効果を得られるのであれば、そのくらいの脚色はやります」

「飛空士さんはそれでよろしいの?」

「傭兵ですからね。そのぶん、口止め料込みで報酬はたくさんもらえますし。わたしは文句ありません」

「そういうものですか」

「そういうものです」

シャルルは全く頓着しない様子で箸を動かす。ファナはなんだか釈然としない。

「おかしいと思います。頑張ったのは飛空士さんなのに、なにもしない人が手柄を横取りするなんて」

「それもうまくいった場合の話です。いまは旅がうまくいくことを考えましょう。横取りされる手柄がなかったら、怒ることもできないですから」

「それはそうですけど……」

ファナの様子を見て、シャルルは楽しそうに笑った。幼いころの記憶がシャルルの脳裡をよぎる。昔のファナも正義感が強かった。いま目の前に座っているファナは、あの少女がそのまま成長したすがただ。

「他の人がわたしのことを知らなくても、お嬢様が覚えていてくださったら、わたしはそれでいいですよ」

おどけた調子でシャルルは言った。ファナは生真面目な顔で、

「お名前を伺っても？」

「デル・モラル空艇騎士団一等飛空士、狩乃シャルルと申します」

「わかりました。シャルル飛空士のことはわたし、ファナ・デル・モラルが覚えています」

ファナはきっぱりとそう言った。シャルルは胸の前に右手のひらを当ててお辞儀すると、

「身に余る光栄です」

「わたし、ふざけてませんから」

まともに取り合ってくれないシャルルに少しだけ腹を立てながら、ファナは刺身を口へ運んだ。

晴れた夜だった。

空には幾千のきらめきがあった。手を伸ばせばすくえそうなほどに、星たちは互いに密に結びあい、大河の水のおもてのような光のさざめきを見せる。

皿のうえのものをあらかた平らげ、シャルルは毛布をはおり直すと背中をゴムボートの縁にあずけて天頂を見上げた。

「すごい星だ」

短く呟いた。

ファナも毛布のなかで足を崩して、シャルルと同じものを見上げる。

「本当に」

それはファナがこれまでに見たなかでも最もきらびやかで雄大な星空だった。

「雲があるほうが、飛ぶにはいいのですが」

そう言いながら、シャルルは大きなあくびをひとつした。

本人が思う以上に、シャルルの身体は疲れていた。昨日今日と神経を張りつめながら六千キロを飛行して、夜は狭い操縦席で寝ているのだから当然だった。

一度深く息を吐いてから、少し眼を閉じただけで、シャルルの口からは穏やかな寝息が洩れはじめた。

「飛空士さん……?」

ファナは怪訝そうに呼んでみた。返事がない。

あまりにも短いあいだにシャルルが眠りに落ちてしまい、やや面食らった。

けれどファナはすぐに頬にかすかな笑みを浮かべた。シャルルが疲れていることはわかっていた。今晩はここを彼に譲って、自分が操縦席で眠ればいいと思った。彼は一日中操縦しているのだから、眠るときくらいはゆったりと手足を伸ばして寝たほうがいい。昨夜はそのことを言おうとしたのだが、勇気が出なくて結局言葉を呑み込んでしまった。

魚のあらは海へ投じ、食器や調理用具を海水で洗って、機体の胴体部へしまった。

片づけを済ませ、ゴムボートへ戻ったときには、シャルルはすっかり熟睡だった。

かすかな寝息が、夜の海上の静寂へ溶けていく。

ファナは腰を下ろすと、毛布のなかで自分の膝を抱きかかえて、顎を膝小僧に乗っけた。

「飛、空、士、さん」

悪戯っぽい声音で呼んでみた。

反応は全くない。

どこか張りつめた普段の雰囲気が消え、いまのシャルルは遊び疲れた子犬みたいに眠っている。

「シャ、ル、ル」

名前で呼んでみた。返事はない。ファナは微笑んで首を傾《かし》げ、頬を膝小僧にくっつけてシャルルの寝顔を眺めた。

「昔、どこかで会った?」

この旅がはじまってから、ずっと胸のうちにつかえていた質問を投げかけてみた。まっすぐだけれどかすかに悲しみがにじんだシャルルの眼差しは、どこかで見覚えがある気がした。

「どうして空を飛ぶの?」

答えはない。

「戦争は好き？」

シャルルの寝息が質問の返事だ。でも、もしも起きていたら、きっとこの人は「嫌い」と答えるだろう。率先して人殺しができる人には思えない。

「わたしも嫌い。すごく、すごく嫌い」

ひとりで会話しながら、シャルルの眠りが充分に深いことを確認し、ファナはシャルルの隣に腰を下ろして、ボートの縁に背中をあずけ天頂を見上げた。

空も海も星たちも静止していた。冷たい風が無愛想に吹いた。

音のない時間が流れていた。

渺々《びょうびょう》とした暗黒の海原は、ファナの意識の奥深いところに宿る原始的な恐れを呼び覚ます。透きとおった満天の星空も、あまりに広大すぎてなにか怖い。

ファナは傍らで眠るシャルルの横顔へ眼を送った。

彼は恐怖など微塵も感じていない。素知らぬ顔で一心不乱に眠っている。ファナの頬が緩み、ふっ、と息が抜けた。なぜか温かいものが胸のうちに沁みてくる。こころの深いところが、シャルルの傍らにいることを喜んでいる。

そのうちにファナの瞼も重くなってきた。このボートは揺りかごのように心地よい揺れ方をして、乗るものの眠気を誘う。ファナの身体ももちろん、慣れない空の旅に疲れている。

気がつけばファナもまた深い眠りの底へと落ち込んでいた。

幾千の星たちが、肩を寄せ合って眠る未来の皇妃と空飛ぶ傭兵を見下ろしていた。

海原はふたりの揺りかごを気がつかないほどかすかに揺すっていた。

波間にあやされ、水平線のむこうが青紫色ににじむまで、ふたりはつがいの文鳥みたいに寄り添っていた。

六

風防の前面に固定された遮風板のむこうに、真っ青な空と真っ白な入道雲の鮮やかな対比がある。このまま絵葉書になりそうなくらい、すがすがしい夏の一風景であるのだが、操縦桿を握るシャルルの顔はいちじるしく曇っていた。

高度計に眼をやる。現在高度、四千五百。前方に立ちふさがった積乱雲の高さは、目測でおよそ一万メートルに達している。幸いにして雲はひとつだけなので、迂回していくことに決めた。

シャルルは今朝方飛び立ってからはじめて、伝声管を手に取った。

衝撃の目覚めからこれまで、ファナと一言も口をきいていなかった。取って付けたような用事であれ、口をきかねばなるまいと思った。眼を閉じて心胆を整えたのち、自然な感じで呼びかけるべく、口をひらいた。

「お、お嬢様」

しかし思いとはうらはらに声音は裏返ってしまっていた。唇を噛みしめ、再度自然な呼びかけを実行しようとしたところ、伝声管からファナの声が返ってきた。

「な、なんでしょう」

ファナの声もまたひっくり返っている。決まり悪さはむこうも同じなようだ。シャルルはできる限り、何事もなかったかのような態度を装い、

「あの、我々の進路上に入道雲が出ていましてですね、航路を少しだけ変更しなければならなくなりました」

「まあ、そうなのですか」

「はい。あの雲のなかはいつも嵐みたいなものなので、とても突っ込んでいくことはできないのです」

「まあ、恐ろしいこと」

ファナの声もさっきからわざとらしいことこのうえない。だがしかし、平静を装おうと努力しているのはわかる。

「雲を越えたあたりから敵機も出てくると思います。お嬢様には引き続き、後ろの注意をお願いします」

「はい。努力いたします」

ぎこちない通信はそれで終わった。

シャルルは伝声管をかけて、ひとつ息を抜いた。言葉を交わしたことで、朝からつづいた決まり悪さはやや薄れた――ように思う。いま伝声管で伝えたことはファナに言う必要もない内容であるのだが、今後の円滑な飛行のためにも、とにかくなんでもいいから平常どおりに振る舞うことが重要だった。

油断するとシャルルの脳裡に今朝の情景が蘇る。

そのたびに頭を振って眼前の空域に集中しようとするのだが、やはりいつのまにか青空を背景にしてファナのしどけない四肢が描かれてしまう。重要な任務の最中に、敵機を見つけるべき空域のなかに、そんな浅ましいものを思い描いている自分はもしかすると救いようがないほどの阿呆ではないかと深刻に思い悩んでしまう。


今朝方――東の水平線のむこうが青紫ににじみはじめたころ。

シャルルは目覚めかけの浅い眠りのなかにいた。

夜明け前の海上には濛気《もうき》が白々と立ちこめ、一日のうちで最も肌寒い時間を迎えていた。身震いし、もうろうとした意識で毛布を引っ張り上げたところ、傍らに柔らかくて温かいものがあることに気づき、ほとんど自動的にそれに引き寄せられた。

清潔ないい匂いがした。意識が冴えはじめたが、毛布から出るのがいやだった。シャルルはその柔らかいものに頬を埋めて、なんとなく目をひらいた。

「え……………？」

いい匂いのする柔らかくて温かいものが、身体の左側をしたにして眠るファナの胸であることに気づいた。

眼を一度ぱちくりとしてから、胸から顔を引き剝がし、もう一度よく目の前のものを眺めた。

ファナは肌着姿でしどけなく寝息を立てていた。ファナの毛布は身体の傍らに落ちていて、ふたりで同じ毛布に身を寄せ合ってくるまっている状態だ。

シャルルも木綿の下着一枚しか身につけていない。

自分はいま、カルロ皇子の婚約者と密着し、海上にふたりきりで寝ころんでいる。

「え」

思わず声が洩れた。

それを受け、ファナの白銀色の瞳がふたつ、ぱちりとひらいた。

ふたりは顔を突き合わせ、横たわったまま間近から見つめ合った。

「……あ」

「…………」

「……え……？」

これ以上ないほど間近の、白銀の瞳が徐々に、驚きで見ひらかれていく。

もうどんな弁明も不可能であることをシャルルは悟った。できることはただ、可能な限り平静を取り繕った目覚めの挨拶だけだった。

「…………おはよう……ございます……」

それを受け、シャルルの目の前で、かぱあ、とファナの口が大きくひらいた。

次に返ってくるのが朝の挨拶でないことだけは確かだった。

耳栓をしたほうがいいかな、とシャルルはどこか遠いところで思った。

「きゃ――――――――――――――――――――っっっ」

至近距離からの悲鳴の直撃を、シャルルはただ黙って受け止めていた。長い悲鳴をあげながら、ファナは毛布をかき集めて胸の前に抱いた。

冷静さを取り戻してから、ひととおりの事情説明をしたのち、聖アルディスタの御名に誓って禽獣《きんじゅう》的な行為など一切ないことを力強く宣言した。ファナはシャルルの弁明を途中で遮って自らの軽率さを詫び、気まずい沈黙を経たのちに、ふたりは飛行服に着替え、一言も言葉を交わすことのないまま三日目の航路へと旅立つこととなった。


積乱雲の脇を航過してしばらく飛ぶが、相変わらずふたりに会話は芽生えてこない。油断すると今朝の出来事がまた瞼の裏に舞い戻ってきて、監視するべき空域に阿呆なものを描いてしまう。

単調な海原を飛びつづけているから、こんな幻影が見えてしまうのだ。なにか面白い、事態を劇的に転換してくれる、変わったものでもあるといいのだが。

シャルルがそんな祈りを捧げていると――。

かすみがかかった前方の景色に、異質なものが割り込んでいた。

サンタ・クルスの現在高度、千二百メートル。その遥か前方に海水の壁がある。

壁は左右に果てしなくつづいている。端というものが水飛沫のかすみにかき消されて見えない。

ずっと平坦であった海に段差がある。海原が横一線に断絶し、高いほうから低いほうへ大質量の海水が落下して、中空高く飛沫を噴き上げている。

シャルルは思わず微笑み、聖アルディスタへ無言の感謝を捧げてから、伝声管を手に取り元気よく伝える。

「お嬢様、大瀑布に着きました！」

「あ……はいっ」

ファナもつられて大きな声を返す。進行方向を振り返ってみると、空と海原のあいだを真っ白な滝が隔てていた。

神の御業と呼ぶしかない、あまりに偉大すぎる海原の亀裂。

大瀑布の存在により、世界はながらくふたつに引き裂かれ、大陸間の連絡は飛空機械が発明されるそのときまで不可能であった。物資の輸送手段、海域または空域の制圧手段として一般艦艇の代わりに飛空艇が使われることも、この滝の存在に起因している。

もしもこの滝がなかったら、飛空艇は現在ほど発達しなかったに違いない。物資輸送手段としては一般艦船のほうが遥かに優秀だ。積載能力に劣る飛空艇が揚力装置を持たない艦艇よりも重宝がられるのは、ひとえに大瀑布を越える能力があるためだ。

ファナにとっても、これははじめて見る景色ではない。これまでも何度か飛空艇の窓からこの滝を見下ろした。だがやはり、この果てしない亀裂を見るたびに自然な畏敬の念が湧き上がってくる。それに大型飛空艇の小さな窓ではなく、前後左右と直上すべてを見晴らせる風防からの景色はまるで違ったものに見えた。

サンタ・クルスは鳥が空を滑り降りるように緩やかに、大瀑布へむかい高度を落としていった。ついには高度百メートルほどにまで下がり、大瀑布をしたから見上げる格好になる。

大瀑布の高低差は千三百メートルもあり、上方から流れ落ちる海水は、落ちる途中で絹がほつれるように霧散していき、下段の海面は一面が銀のとばりに覆われていた。

サンタ・クルスはその白銀の霧のなかへ突っ込んでいき、長大な滝壺と平行して飛ぶ。

「…………！」

見たことのない光景が、ファナの周囲を覆っていた。

遥か空の高みから降り注いでくる細やかな水の粒子が、うっすらとした白銀の幔幕《まんまく》を織り上げていて、そのさなかへ差し込む斜陽が幾千の光のスペクトルを描き出していた。

サンタ・クルスはその虹の橋をくぐり抜けていく。水蒸気たちがプロペラにかき乱され、ファナの眼前できらきらと光の七彩をまき散らし、進行方向に幾つもの虹の橋を架け、プロペラ後流によってさらに細かな虹へと変じて、ファナへ手を振るように砕けながら後方へすっ飛んでいく。

これまでの単調な青だけの世界は一瞬にしてかき消え、いまや奔放な色調の移り変わりがファナの周囲を流れすぎていた。

この世の景色とは思えない、ここにだけ天上の世界が降りてきているのではないか。上方を見上げてみれば、降り注ぐ狭霧のなかにも幾千の虹が架かっている。腕をひろげ、こちらを抱き留めるように幾つも幾つも降りおりてくる。虹の舞踏会場を、サンタ・クルスは七彩の飛沫をあげて一直線に駆けぬけていく。

「すごい……きれい！」

感嘆が歓声に変わる。

いまやただ機体の周囲には虹だけがあった。無限の色彩がプロペラにかき乱され、さらに奥行きを深めて、ある虹は二重の弧を描き、ある虹は円環となって、色調をめまぐるしく変えながらサンタ・クルスと平行して飛ぶ。

ファナは、いま目の前にある色彩の乱舞に魂を抜き取られていた。この荘厳な光景がいつまでもずっと終わらないことを望んだ。

——世界にこんな光景があったただなんて！

玻璃の内側に閉じこもっていた期間、感動などというものは持ち得なかった。傷つくことだけを恐れ、感情を表に出さず、世界との関わり合いを避けていたから、その代償としてこちらの感情が動くこともない。ただ死に絶えた自分の剝製《はくせい》となり、目の前を流れすぎていく家族や他人や物事を傍観しているだけだった。

それなのに。

ただ飛空機に乗って、大瀑布を越えただけでこれだけ感情が動く自分がいまここにいる。

どうしてだろう。これまでとなにが違うのだろう。

――シャルル。

ファナの脳裡をその名前がよぎった次の瞬間、機体はゆっくりと白銀のとばりを上昇しはじめた。

光の乱舞が下方へ押し流されていく。幾つもの虹を仰ぎ見ながら、その虹を突き破って空の高みを一心に目指す。やがて滝を眼下へ見下ろした。うねうねと蛇行する滝口から雪崩《なだれ》落ちていく大量の海水が水平線までつづく景観は、いつ何度見ても自然な驚異と感動が呼び起こされる。ついさっき、まっただなかを突き破ってくぐり抜けた虹の舞踏会場を、いまファナは遥か眼下に見下ろしていた。

忘我の淵にあったファナは、たったいま見た光景の余韻を曳きながら、息を整えると、伝声管を手に取った。

「……あのような風景を、はじめて見ました」

伝声管から、シャルルの声が返る。

「お気に召して良かった」

「……飛空士さん、ありがとうございます。わたしにいまの景色を見せるために、あんなふうに飛んでくださったのですね」

「あ、いえ、あ、はは、このくらいなんてことありません」

今朝からの気まずさを紛らわすために、シャルルがあえて大瀑布の遊覧飛行をしてくれたことに、ファナは気づいていた。任務を優先するならそのまま高度をあげて滝を飛び越えればいいのに、わざと高度を落とし、大瀑布と平行して飛びながら、大陸間を渡る飛空士だけが知っている秘密の光景を見せてくれたのだ。

伝声管をフックに戻し、ファナは再び監視の目を空へ戻した。

——優しいのね、シャルル。

前席に座る飛空士へ、音のない言葉をかけた。


大瀑布を無事に航過した。ここから先は西海である。シャルルは機体を再び海面すれすれへと持っていき、高度計へ眼をやった。すぐ足元に海面があるにもかかわらず、高度は千三百五十メートルを示している。指先で高度計の示度を十メートルに調整してから、もう一度高度を取り直した。

次の目的地、シエラ・カディス群島へと機首をむける。

ここからいよいよ危険な空域へ入っていく。この先はレヴァーム空軍と天ツ上海軍航空隊が熾烈な制空権争いを繰り広げている戦場だ。敵の哨戒は常時厳しく、見張りを怠れば追尾を受ける危険も多分にある。

気を引き締め、シャルルは前方を睨んだ。

高度千五百メートルほどのところに層雲が立ちこめていた。かなり範囲が広く、視野の広い範囲を雲が覆っていて、海原を見晴らすことができない。この層雲より高い高度は雲ひとつなく晴れ渡っており、敵機に発見される可能性も高い。

思案ののち、シャルルは厚い雲の下を飛んだ。高度千メートルをとにかく北西目指して巡航する。

やがて雨が降ってきた。雨粒が風防前面の遮風板を濡らすが、機速に煽《あお》られて飛沫はすべて後方へすっ飛んでいく。

頭上にある暗い色の層雲にはぽつりぽつりと切れ間がある。時折、その切れ間をすかして雲上の様子を垣間見るようこころがけるが、いまのところは青空がわずかにのぞめるのみでとりたてて異常はない。

進むほど、雨は霧状になってきた。

機体前後の視程がひどく制限される。あまり高度を下げると海面に激突する恐れがあるため、サンタ・クルスは雲底のすぐ直下を巡航する。

飛空士が空で生き残るためには、技術、経験と並んで、「勘」が重要視される。理屈を超えた動物的な直感で、空域の見えない箇所に隠れている敵の存在を看破する飛空士が稀に存在する。敵艦乗務員から放ち出される緊張感、殺気を機体越しに嗅ぎ取って相手の先手を読み切り、逆にお返しの一撃で仕留めてしまう空の剣豪たちだ。

——殺気がある。

シャルルの肌が、空域に存在する異物に反応していた。

操縦桿を握る手が、緊張で汗ばむ。眼を八方へ走らせるが、なにも見えない。伝声管を手に取った。

「お嬢様、一層の見張りをお願いします。近くになにかいるようです」

「はい、あの」

「はい？」

「これは報告する必要があるのかわかりませんが……」

「気になったことがあったら、なんでも仰ってください。重要であるかないかはわたしが判断します」

「あの……雲間が真っ黒でした」

「え？」

「ずっと、雲のあいだから青空が見えていたのですが、さきほど通過した雲間は、青空がなく真っ黒でした」

シャルルの顔から汗がひき、代わりに戦慄《せんりつ》が背筋を駆け抜けた。

「お嬢様、それは敵影ですっ」

「え？」

「雲の上を敵艦が航行しているから、雲間が黒いのですっ!!」

伝声管を叩きつけ、シャルルは後方の雲を見上げた。

目線の先では、地へむかい天から槍を突き刺したかのように雲底が穿たれていた。雲が裂け、その破れ目から、筒状に切り取られた陽光が海原を目指し斜めに降り注いでくる。

後方だけではない。

サンタ・クルスを取り囲むように、半径四キロメートルほどの円周を描いて、曇天があちこちで破れ、黄金色をした光の束が放射状に海へと降り注いでいた。暗闇を押し広げ霧散させていく黄金の光域のさなか、巨大ななにかが潜んでいる。

聖堂画さながらの光景だが、陽光とともに降下してくるのは天使の十二軍団ではない。もっと人為的で悪辣なものだ。シャルルは自らの油断を悟った。

「しまった……!」

暗号電信はやはり解読されていた。敵はこちらの針路を先読みし、万全の態勢でサンタ・クルスを待ち受けていたのだ。

この空域は——敵機動艦隊輪形陣のど真ん中だ!

舌打ちと同時に、艦首に帝政天ツ上の紋章をきらめかせた幾多の飛空駆逐艦が雲を引き裂き降下してきた。巨大な芋虫型の艦影が薄灰色の背景のなかで鈍い真鍮色の光を放つ。

全面鉄鋼装甲の威圧感、飛行する超重量の鉄塊が醸し出す、神々しいまでのその威容。燦《さん》雲型《うん》と呼ばれる、天ツ上最新鋭の高速駆逐艦だった。

「敵に囲まれています！　周り、全部――!!」

「お嬢様、姿勢を低く！　外からお顔が見えないようにっ！」

シャルルたちはとっくに発見されていた。おそらくは雲のうえから飛空母艦に搭載した電波探知機でこちらの動きを掴んでいたに違いない。

駆逐艦は全部で八隻。サンタ・クルスを取り囲んだまま、こちらとほぼ同じ速度で航行している。

シャルルは眼を細めた。駆逐艦にはいずれも、横腹に黒い穴が三つ、不吉そうに穿たれている。

シャルルの栗色の髪が、ぞっと逆立った。

「空雷！」

言葉と同時に、全八隻、合計二十四の空雷発射管が大気を切り裂き鋭く鳴った。

尾部に水素電池で稼動するプロペラを取り付けた涙滴型撃発弾が、雨をかき分け、サンタ・クルスめがけて二十四の航跡を中空に描き出す。

この空雷の先端にはＤＣモーターの永久磁石が発する磁場を感知するセンサーが取り付けられており、電力切れを起こすまで目標をどこまでも追尾してくる。

避ける方法はひとつ。

シャルルは操縦桿を押し込んで、機首を海原へむけた。

霧で視程が悪いが、四の五の言っているヒマはない。

腹に機速を感じながら高度計と速力計に眼を走らせ、海面に激突するぎりぎりを見極める。急降下に合わせて風防が鳴る。機体がびりびりと軋む。

「爆弾が、追ってきます！」

後席からファナの叫びが聞こえた。

「頭を低く！　もう見張りはいりません！」

怒鳴りつけながら、全神経を前方視野へ集中させる。

降りしきる雨のなか、銀斑に染まる海面を肉眼で捉えた。素早く後方を振り返る。機体の直後を無数の空雷が追ってくる。

それを確認したと同時に操縦桿を思い切り引きつけた。

プロペラの唸りを残してサンタ・クルスの機首が持ち上がり、あたかも海面を蹴立てるがごとく、群青色の機体がすさまじい速度で超低空を横滑りしていく。

同時に風防の外から雷音が轟いた。一度ではない。二度、三度、四度、曇天を震わせる着弾音が後方でつづけざまに発生する。

全部で十八本の空雷が獲物の動きについていくことができず、海原に野太い水柱をあげた。だがさらにその後方からついていた残り六本が緩い曲線を中空に描いてサンタ・クルスの尾部に取り付く。

シャルルの舌打ちが鳴った。自機よりも空雷のほうが速い。もう一度上昇してから同じことをやろうとしたなら、その過程で確実に追いつかれる。

ならば——手はひとつ。

水平距離五百ほど離れたところを航行する駆逐艦を視程のうちに捉え、シャルルは機首を艦へむけて上げた。

スロットルをひらく。サンタ・クルスが増速する。電力消費量が跳ね上がるが、ここを生き抜くためには必要な操作だ。あの高度へ上昇するためには十分な加速が必要だ。

両翼に揚力が溜まり、ようやく機首を引き上げたそのとき、駆逐艦の湾曲した胴体から半円形に張り出した砲台、そこに据えられた幾多の対空砲、対艦砲がシャルルへむけられた。

刹那、上昇するサンタ・クルスの周囲に対空砲火の花が咲く。

「きゃあっ」

続けざまに起こった爆発に、ファナが悲鳴をあげた。その噴煙のただなかを、背後に六本の空雷を従えたサンタ・クルスが一直線に駆け抜けていく。

視界前方、駆逐艦のすがたがみるみる巨大になってくる。

砲火が激しさを増す。もはや風防の外は爆煙のかすみだ。シャルルは、機体を微妙に滑らせて砲手の見越し射撃を外しながら上昇する。

駆逐艦もシャルルの狙いはわかっている。だから命がけで射撃してくる。後方で二本の空雷が橙色の炎を噴き上げて爆発した。だが——。

「ごめん」

短く謝ってから、シャルルは駆逐艦の脇ぎりぎりをすり抜けて上昇した。あとに続いた四本の空雷は、サンタ・クルスの動きについていくことができず、駆逐艦の湾曲した胴体へ次々に着弾する。

中空に重い爆発音が轟いた。

薄墨色に塗り込められていた空域一帯が噴き上がった炎の色に染まり、耳障りな鋼鉄の悲鳴が曇天を貫く。

真ん中からへし折られた芋虫型の艦影が、けばだった被弾箇所から人員を撒き散らしつつ、冷たい色をした海原へむかい墜落していく——。

ファナの白銀色の瞳が大きく見ひらかれた。

これはオペラの観劇ではない。

玻璃を通さない現実の世界において、背中に火を背負った人間が何十人、何百人と中空へ投げ出されていた。苦悶と無念さに歪んだひとつひとつの顔が判別できる。艦に詰め込まれていた幾百の人生があまりに無造作に消滅していく。呆気に取られるほど不条理な、命たちの終幕だ。ひとつひとつの命に、かけがえのない家族や友人や恋人の思いが絡みついているであろうに、ただ一瞬の転換点を境にして、それらすべてがゼロに帰す。ファナがはじめて眼にする戦場の悲惨だった。

だがその地獄絵図はすぐに一面の灰白色によってかき消された。

サンタ・クルスは曇天を作り出していた層雲を駆け上がっていく。

視界を行き過ぎる筋状の水の粒子たち。有機ガラスのむこうで風が鳴る。

いきなり眩い陽光が操縦席へ差し込んできた。

雲のうえはどこまでも透明な青が支配していた。

そして――敵機動艦隊は層積雲の遥か上方、高度五千メートルを航行していた。

雲を突き破ったサンタ・クルスは、敵飛空母艦の下腹をめがけて駆け上がるかたちだ。

シャルルは眼を細め、艦隊の全容を確認する。

中心にいるのはその大きさから考えて天ツ上海軍の正規空母だ。上方に飛行甲板を持ち、フロート機構を持たない艦上戦闘機、雷撃機、爆撃機を六十〜七十機ほど艦載する。

天ツ上が所有する正規空母は全部で七隻と聞く。その虎の子のうちの一艦がファナの捜索、追跡にあてられているわけだから、今作戦阻止に関しての天ツ上帝の本気が感じられる。

さらに正規空母の周囲には重巡二隻、軽巡二隻。こちらは既にサンタ・クルスをめがけて降下しつつ、底部砲門をひらいていた。

唇を噛みしめ、シャルルは雲の直上を水平に飛んだ。スロットルをひらき、機速をあげる。

刹那、宙をかき裂く幾多の曳痕がサンタ・クルスの周辺に刻まれ、直下の雲が海原のごとく野太い水蒸気の柱を噴き上げた。

重巡の大口径砲による砲撃だった。シャルルは小刻みな操作でモーターを絞り、ふかし、機体を横滑りさせたり蛇行させたりして針路の先読みを外しつつ、雲の直上を這うように逃げる。

砲火の轟きが全天を覆っていた。間近で炸裂弾の爆発が起き、サンタ・クルスの胴体に細かく小さな穴があく。ファナは恐ろしさに口もきけない。風防の外は炎と爆煙の地獄だ。手を伸ばせば、そこに死が待っている。

「逃げ切ってみせます。わたしを信じてください」

砲撃音だけがこだまするなか、シャルルの声が伝声管から不思議に通りよくファナの耳に届いた。とても静かな、けれど決意のこもった声だった。ファナは返事することもできず、ただ頷くだけだった。

シャルルは後ろ右斜め上方を振り返った。

高度差二千メートル、水平距離二千メートルほどのところで、正規空母は対空砲を撃つわけでもなく泰然とサンタ・クルスを見下ろしている。

いや——ただ座視しているのではない。

その上部甲板から飛び立った、芥子粒《けしつぶ》のごとき無数の影。

発艦した影たちは空中でまたたくまに整然とした七機編隊を組み上げる。

「来た」

今回の任務に就くにあたり、シャルルが最も恐れていたもの。それが遂にすがたを現した。知らず身体が震えてくる。生き延びる自信があの忌まわしい影に根こそぎ奪いとられそうに思える。

「戦う必要はない。逃げればいいんだ」

自らに言い聞かせ、水素電池スタック出力を最大にまであげた。

「十四機が追ってきます！」

伝声管がファナの声に震えた。敵は七機編隊がふたつ。計器盤を睨みつけ、周囲の空域を見晴らした。

遥か北方に、屏風《びょうぶ》のように立ち並んだ積乱雲の群れが見えた。

雲頂はいずれも一万メートルに達している。夏空に出現した純白の山脈の体だ。青空を背景にして、輪郭もくっきりと混じり気のない白を打ち出している。

あそこまで逃げる。

シャルルはそう決めて、DCモーターの回転をあげた。

「お嬢様、見張りはもう必要ありません。頭を低くして、ベルトをきつく締め、座席にしっかり摑まっていてください」

「は、はい」

「荒っぽくなります。舌を嚙みますから喋ってはいけません。急上昇、急降下がありますので耳栓をつけてください」

ファナの了承を得て、シャルルはさらに増速する。

速度計の針が毎時六百キロの目盛りを超えた。限界近い速度のために、機体の震動が耐えきれないほど激しくなる。

しかし——忌まわしいプロペラ音とともに、ほどなくして操縦席に暗い影が落ちた。

直下の雲に十字形をした機影が映り込む。

五機、六機、七機——どれだけ逃げようが、機影は頓着せずにぴったりとシャルル機を追尾し、一方的にその数を増やしていくのみ。

後方を振りむいた。

必死の逃走をあざ笑うかのように、余裕綽々《しゃくしゃく》でサンタ・クルスの後ろ上方に占位する十四の機影。

空の王。

「真電」

十四対一。

数はもちろん、機体の性能でも劣る。

しかもこちらには後部機銃しか武器はなく、その唯一の武器もファナは扱うことができない。

あらゆる絶望がシャルルの胸のうちを覆った。

だが——これは予め想定していた事態だ。シャルルは自分の思考に気がつき、弱気の虫を頭から追い払った。

操縦桿を握り直し、深く呼吸する。落ち着け、と自分へ言い聞かせる。冷静さを失ったら、それが死ぬときだ。

この苦難を切りひらくための唯一の武器はシャルルの操縦技術、それのみ。このことは出発前に覚悟していたはずだ。

——機体性能で負けても、腕では負けない。必ず逃げられる。

声に出さずにそう呟き、シャルルは決意を改めた。

いまのままでは狩られる。直感がそう囁《ささや》いた。囁きを聞いた次の瞬間、シャルルは右フットバーを蹴った。

最高速で飛行していた機体が急激に横滑りする。真電の機首付近から放たれた三十ミリ炸薬弾が、サンタ・クルスの航跡を追いかけるように雲へ突き刺さり、波間のごとく水蒸気の飛沫があがる。

初弾を回避しても安心できない。すぐに列機が躍り出て、横滑り運動を終えた獲物へ二の矢、三の矢を放ってくる。シャルルもそれはわかっている。滑り終えようとした際に今度は左フットバーを蹴りこみ、蛇行しながら次撃をかわす。

真電三機編隊の攻撃をかわしきった。だがつづけざまに菱形に組んだ四機編隊が襲ってくる。こちらは先頭を次々に入れ替えながら、間断のない機銃掃射を浴びせてくる。

サンタ・クルスは一瞬たりとも直線的に飛ばない。尾部を振って左右へ滑り、中空を泳ぐ海蛇のごとく銃撃をかわす。

たとえ相手が速度に優ろうとも、戦闘機同士の戦いでは機体の首尾線——尾翼から機首にかけての直線——が合わないことには銃撃を仕掛けても大した意味がない。シャルルは相手とこちらの首尾線が一致したタイミングを見計らって揺さぶりをかける。敵からすればシャルの背中に眼がついているように思えるだろう。

シャルルの全神経は背中のむこうに張り巡らされていた。

これまでに培ってきた勘と経験が、敵の射撃タイミングを教えてくれる。

もちろん一瞬でもそれを見誤れば、次の瞬間サンタ・クルスは炎を噴き上げ未来の皇妃の棺桶と化す。失敗は許されない。

敵方はシャルルの器用さに業を煮やし、三機編隊が横一列に並び、機軸をわずかに揺らしながら機銃弾を散布してきた。これまでのように首尾線を合わせて弾丸を一点に集中するのではなく、サンタ・クルスの周辺へまんべんなく弾丸を散らして機体を削る作戦だ。

サンタ・クルスの胴体部が十三ミリ機銃弾を受けてガンガンと不気味な音を響かせる。後席のファナは頭を低くし座席に摑まったまま恐ろしさに震えている。

シャルルは後ろを振り返り、胴体にけばだった破孔がいくつかひらいたのを視認した。眼を計器盤へと素早く戻し、水素ガスに洩れがないことを確認する。

こちらのやり口は敵にもうばれた。雲の絨毯、その直上での戦いは潮時だ。シャルルは意を決し、北方に立ち並ぶ積乱雲の山脈を視認すると、フットバーを若干踏み込み操縦桿を倒した。

機体を緩く傾けて、サンタ・クルスは層積雲のただなかへ突っ込んでゆく。

厚い雲だった。雲底が海面まで届いている危険もある。高度計を頼りに操縦桿を押し込み、高度五百のところで雲を抜けた。

操縦桿を引き戻し、高度二百を北へむけて水平に飛ぶ。

眼下、雨に打たれる暗い海原がある。後方を振り返れば、七隻の飛空駆逐艦が舳先をこちらにむけて直進してくるのが確認できる。が、対空砲火はない。同士討ちを避け、獲物を仕留める仕事は真電に任せる腹づもりらしい。

遅れて真電四機が雲を突き破り、機敏な動きで機首を引き起こすと、サンタ・クルスへその鋒先《ほこさき》をむけた。

追ってきたのは編隊の隊長機だけだ。雲中を編隊飛行することは接触の可能性が高いため軍律で禁じられている。編隊を解かれた残りの列機はまだ雲上だろうか。視程内には見あたらなかった。

シャルルは前方へ眼を凝らした。雲のうえから見えた積乱雲は、この位置からでは雨のとばりに邪魔されて見えない。雲のしたに降下する前に見定めておいた方向へ操縦桿を傾けた。

だがすぐに視界前方へ赤い光を発しながら曳痕弾が飛びすぎていく。サンタ・クルスの後方についた真電四機が銃撃を開始していた。

ここまでの手合わせで、シャルルは敵飛空士の腕前のほどを見切っていた。

――うまくはない。

かすかに希望が見えてきた。機体性能に差があろうとも、こちらの技術が敵を大幅に上回るなら、逃げ切ることは可能だ。

サンタ・クルスが真電に優る唯一の特性――それは海上に着水できる利点である。

単座戦闘機である真電は、機位を失することがそのまま飛空士の死に繋がる。逃げる敵をあまりに追いかけすぎて母艦から発信される電波航路帯の外に飛び出してしまうと、戻ることができなくなって墜死する危険があるのだ。真電に乗る飛空士たちは出撃、戦闘をこなしたあと、どこにも目印のない大空のなかに豆粒のような飛空母艦を発見して帰還するという大仕事をこなさなければならない。

サンタ・クルスを操るシャルルは、この点において真電の飛空士よりも心的優位に立てる。万が一、空戦が長引いて機位を失した場合でも、シャルルは海上で充電を行って、また再び飛び立てるわけだ。

だから、いまのシャルルの狙いはひとつ。

——敵の電波航路帯からはみ出すまで逃げる。

銃弾をかわし、蛇行して、敵飛空母艦からできるだけ遠ざかる。

真電の飛空士たちが機位を失する恐れを感じるよう、小刻みに機首のむく先を変えて幻惑する。相手が自らの呼び起こした不安に負けて翼を翻し、サンタ・クルスに尻をむけたらシャルルの勝ちだ。そしてそれ以外、こちらに勝ちはない。

シャルルは後方を睨んだ。

依然として四機が思い思いに追尾してくる。隊長機がそろっているから互いに手柄を争っているらしく、編隊にはなっていない。

敵の飛空士もシャルルの腕が立つことには気づいている。威嚇するような銃撃はあるが、本格的な仕掛けではない。シャルルが焦って隙を見せるのを待っているか、誰かが仕掛けるのを待っているか、そのいずれかだ。

シャルルは高度五百からさらに機首を下げた。

四百、二百、百。高度計の針が下がっていく。ひたすらに降下しつつ、雨のなか、海原を見定める。

高度十メートルで機首を引き起こした。振り返れば、敵四機は高度百から追従してくる。ここからが技量の勝負となる。敵は突っ込みすぎれば海面に激突するため、うかつには攻撃してこない。いまのサンタ・クルスを落とすためには、シャルルと同高度をとって水平射撃を行うべきだが、これはプロペラが海面を叩く危険があり、敵飛空士にシャルルと同程度の技術を要求する。

真電の飛空士が逡巡しているとシャルルはみた。

落ち着きが戻ってくる。機体を常に揺すり、機首のむく先をジグザグに変えつつ、サンタ・クルスは敵機を引っ張っていく。

目標は前方のスコール・ラインに立ち並んだ積乱雲群。あそこまでたどり着くことができたなら、状況は俄然こちらへと傾く。

希望の光が見えてきたそのとき、伝声管からファナの声が響いた。

「左斜め上方から、五機来ます！」

咄嗟にシャルルは左上方へ首を曲げた。ファナの言うとおり、新たな真電が五機、こちらの針路に対してT字形を描くように、横合いから迫ってくる。

言われるまで気づかなかった。明らかにシャルルの油断だった。後方からついてきていた四機は、この連撃のためにこれまで銃撃を仕掛けなかったことを悟った。

撃たれる。

「お嬢様、頭を低くっ！」

シャルルの叫びが風防内に響くと同時に、横合いから突っ込んできた五機の三十ミリ機銃が火を噴いた。

サンタ・クルスの鼻先へ曳痕弾の壁が刻まれる。

ときを同じくして、後方から追尾していた四機が機軸を揺らしながら機銃弾を散布する。

シャルルは避けようがない。

もはや機銃弾のただなかへ突っ込んでゆき、機体が木っ端微塵になるのを見守るだけ――と思いかけたそのとき、シャルルの両手が勝手に動いた。

曳痕弾の壁に激突するその一刹那、シャルルは反射的に操縦桿を押し込み、機首を微妙に下げていた。

考えてできる動作ではない。これまでの経験と勘が、一秒の何十分の一ほどの刹那の回避行動を可能ならしめていた。

風防から手を伸ばせば届くような鼻先を、真電五機が航過してゆく。サンタ・クルスは敵機のしたをくぐり抜ける。高度五メートル。足を伸ばせば届きそうなところに海面がある。

波間に激突寸前のところで機首を引き起こす。

ほんの一瞬だけ安堵する。

だがそこへ後方からの機銃弾が降ってくる。

フットバーを蹴りつけて、空間に撒き散らされた機銃弾を避ける――はずだったが。

突然、重い響きとともに、風防前面の有機ガラスが砕け散った。

同時に、シャルルの側頭部に鉄槌で殴られたような衝撃が走った。

シャルルの頭が斜めにのけぞる。こめかみから血潮が噴き上がり、風防を朱色に染め上げる。

「シャルルっ!!」

ファナの絶叫が、遠くから聞こえた。

なにが起きたのか、シャルルには理解できない。風景がかすみ、プロペラの唸りが遠のいていく。

「シャルル、しっかり、シャルル！」

視界がぼやけ、傾ぎ、歪む。ファナの声が聞こえる。薄れかけた意識を、その声が繋ぎ止める。

己の血の匂いが鼻孔の奥を灼いていた。痛みは感じない。だが油断すれば意識を根こそぎ奪われるような、危険な予感が背筋を走る。

まなじりを無理矢理に押しひらく。血が目に入り、反射的に片手でぬぐう。雨粒が操縦席へ横殴りに入ってくる。

左から来た五機だけではなかった。前方からも五機が来ていたのだ。シャルルはそれに全く気づかず、正面からの銃撃を喰らってしまった。

――ここまでか。

頬へ打ちつける風と雨粒を感じながら、そう思った。

「頑張って！」

伝声管を使わずに、ファナは直接、シャルルを振り向いて声を張り上げた。

すれちがいざまの弾丸がシャルルのこめかみをかすめていた。

かすっただけでも衝撃は強い。シャルルの片方の髪の毛が、血でごわごわに固まっている。

砕けた風防から、雨と風が容赦なく操縦席へ吹き込んでくる。風防内の温度が一気に下がり、身体の芯まで寒さが染み込む。

ファナの目線の先、真電四機は相変わらず悠然と追ってくる。その余裕のある飛行姿勢は傷ついた獲物へとどめを刺そうとするハイエナそのもの。

ファナは桜色の唇を強く噛みしめた。この状況において、ただ頭を低くして悲鳴をあげることしかできない自分を情けなく思った。

ファナの目の前には雨に濡れた十三ミリ旋回機銃が手持ち無沙汰そうに、あらぬ方向へ銃身をむけてうなだれていた。

出発前の訓練において、機銃の扱いは習っていない。やがて皇子妃になる少女に人殺しの道具を扱わせるわけにはいかないというデル・モラル家の要望があったためだ。

しかし、いまは――撃つべきときではないだろうか。

先ほどまでとは違い、いまのサンタ・クルスは一定の速度でただ直進しているだけだ。傷ついた獣が朦朧《もうろう》とした意識で足を引きずりながら逃げるのに似ている。素人のファナでも、いまの状態で後方から狙い撃たれればなんの造作もなく撃墜されることはわかる。

ファナはおそるおそる、黒光りする旋回機銃の引き金を握った。

鉄の冷たさが指先から伝わる。紛うことなき人殺しの道具だ。おののきながら、震える手足を意志の力で抑え込み、ぎこちない銃口を敵機にむける。

照準機を覗くと、真電は照準枠からはみ出すほど間近へ接近していた。

「神さま、どうか、わたしのすることをお許しください」

呟いてから、ファナは機銃の引き金を引いた。

だが、機銃はうんともすんとも言わない。焦り、もっと強く引き金を引くが銃口は火を噴かない。

操作が間違っているようだが、どこがいけないのかわからない。役立たずな自分が悔しくて涙が出そうになる。

飛空士の顔が見えるほどの至近距離へ真電が迫ってくる。

敵飛空士はこちらを見ながら卑しい笑みを浮かべていた。ファナの生死を掌のうえに置いて弄んでいる。そのことが表情から見て取れた。

あんな笑みを見ながらわたしは死んでいくのか。結局、自分自身の力ではなにもできない人生だった。この世に生まれてしたことは、ただ人形のように押し黙って玻璃の奥から世界を眺めたことだけだ。

悔やみながら、ファナはじいっと最期の瞬間を待った。

これまで一度も自分の命を惜しいと思ったことはなかった。けれど、いざ奪われるいまになってみると、それがかけがえのないものであったことがわかる。

もう少し一生懸命に生きていればよかった。

昨夜、シャルルともっとお喋りをしておけばよかった。自分のことを話し、シャルルのことをもっと尋ねて、お互いのことを知り合い、仲良くなっていればよかった。もしそうなっていたら、こんなかたちで一緒に死ぬことも素直に受け入れられたかもしれない。

尽きない後悔を繰り返していたそのとき、いきなり肺腑の底から空気が抜き取られたように、身体がすうっと軽くなった。

機速が上がっている。ここまでファナが体感したなかでも最高速だ。

吊り上がった頬の肉まで見えていた卑しい笑みが、視界の彼方へぐんぐん遠ざかっていく。

操縦席内に吹き込んでくる雨と風が勢いを増す。

ファナは前席を振りむいた。

血まみれのシャルルが操縦桿を足で巻き込むようにして、全身の力で機体を制御していた。

「シャルルっ」

思わず叫んだ。

「まだ終わりません」

シャルルは後席へそう伝え、オーバーブーストの引き手を放した。いまので一気に蓄電量が落ちた。オーバーブーストを使えば莫大な電力を消費する代わりに、一瞬だけ劇的に機速を上げることが可能となる。あまり何度も使える手ではないが、とりあえずの危機を乗り切った。

シャルルの意識はいまだ朦朧としている。

油断をしたなら視界がぶつりと暗転し、そのまま闇の底へ落ち込んでしまいそうになる。そして、いっそのことそうなったほうが楽ではないかと思ってしまう。

こめかみがうずく。どくりどくりと脈打ちながら、とめどなく出血している。風防の有機ガラスが割れてしまったため、操縦席内はひどく寒い。身体が冷えていくのがわかる。操縦桿が重いし、腕に力が入らない。雨と血が入り交じって前が見えない。

このまま撃ち落とされたほうが楽だ。シャルルの精神はそんな悲鳴をあげている。

「ぼくだけなら撃ち落とされてもいいけど」

自らを励ますように、かすれた言葉が口から洩れた。

「ファナもいるから」

後席へ聞こえないように呟きながら、全身の力を使って操縦桿を支え、浮き上がろうとする機体へ下方への当て舵を入れる。

背後から、雨を切り裂くプロペラ音が迫ってくる。

真電が追従してくる。振りむかなくてもわかる。オーバーブースト一発で振り切れる相手ではない。

海面すれすれを飛ぶことが辛い。

塩辛い波飛沫が、砕けた風防から搭乗席へ注ぎ込まれる。閉鎖的な雲の蓋のしたではなく、太陽が照りつける雲のうえへ出たい。肉体はそうわめくが、生存本能はそれを拒絶する。

いま機首を引き起こして上昇運動へ転じたなら、機速が落ちた状態で真電の眼前へ機体上部面をさらけ出すことになり、確実にその場で食われる。相手を振りきるまでこの高度を飛びつづけるしか生き残るすべはない。

傷の痛みで頭蓋の奥がわんわんと鳴る。手先が痺れてくる。ガラスの破片はシャルルの両腕をも傷つけていた。操縦桿がひどく重い。だが微妙な操作を誤れば海面に激突する。いまやるべきはこのまま耐えること、それのみ。

シャルルはおのれの意識を必死に駆り立て、覚醒させて、背中越しに敵飛空士の殺気を感じ取る。

真電の三十ミリ機銃が火を噴くと同時に、サンタ・クルスは海面ぎりぎりのところで機体を横滑りさせた。

機銃弾の束は機体の左側面を通過していき、幾百の水柱を噴き上げる。海面がさざめき立つほどの低空を、斜めに切り裂くようにして飛ぶ。

ファナは後席に座ったまま、首を可能なまでに後ろへひねり、シャルルへ呼びかけつづけていた。

「シャルル、ごめんなさい、シャルル」

その言葉には涙がにじんでいた。ファナもまた雨に打たれてずぶ濡れだが、その頬には雨粒でないものが紛れている。シャルルが失神寸前のところで操縦桿を握っていることはわかっていた。だがなにもしてやれない。いまのファナにできることは、シャルルの意識が途絶えないよう、間断なく彼に話しかけることだけだった。

「わたし役立たずだね。ごめんね。どうしようもないお荷物だね」

嗚咽混じりに、言っても仕方がないことを言葉にした。話すのをやめたら、シャルルの意識を繋ぎ止めているものが切れてしまいそうで怖い。

シャルルは時折うわごとのような聞き取りづらい言葉を呟きながら、ほとんど本能的に機体を蛇行させ、機速を変え、横滑りさせる。背後からの銃弾は、一向にサンタ・クルスを捉えられない。

出血の影響でかすみはじめたシャルルの視界に、積乱雲の底とおぼしい、激しい雨のとばりがうっすらと飛び込んできた。

こちらの活路はあの空域のみ。

ほとんど忘我の淵にありながら、飛空士としてのシャルルの本能が機首を雷雨のただなかへとむけさせる。

傷ついたサンタ・クルスの翼が雨を切り裂く。気を抜けば失神しそうになるが、耳元から届くファナの言葉へ意識を集中させて持ちこたえる。

背中越しにファナがいることが、いまのシャルルを支えている。雨のとばりに覆われたシャルルの視界に、時折白いワンピースを着た幼いファナが紛れ込む。

ひまわりの畑を背景にして、過去のファナが泣きながら呼びかける。

「しっかりして、シャルル」

血に汚れたシャルルの顔のうえに薄い笑みがひろがった。これはひょっとして走馬灯というやつだろうか。どこまでが現実でどこからが夢なのか判別がつかないが、冗談めかしてファナの言葉に応えた。

「ファナ、泣いてるの?」

豚を泣きながらいじめていたときのことを思い出していた。ファナから泣いているのかと尋ねられ、慌てて涙をぬぐったことを覚えている。

「えぇ、泣いてるわ。わたし、なんにもできないから悔しいの。こんなとき、なにかできることがあればいいのに」

混濁した意識のなか、幼いファナの声だけは不思議に通りよく耳朶《じだ》を打った。雨風の冷たさはどこか遠くへ去っていき、胸の奥底へ溜まっていくファナの言葉が温かだった。

「お願いがあるんだけど」

「なに?」

「ぼくに話しかけてほしい」

「邪魔ではなくて？」

「全然。誰かの声を聞いていないと、気絶しそうなんだ」

「わかった。なにを話そうかしら」

後ろから真電四機は相変わらず追尾してくる。こちらの隙を狙っている。ファナと会話しながら、シャルルの神経は後方へ張り巡らされていた。

「困ったわ。わたし、自分から人にお話ししたことってあんまりないの。あなたのことを聞いていい？」

「うん。いいよ」

「どうして飛空機に乗るの？」

シャルルは敵を牽制するように、細かい蛇行を入れながらファナの問いに答えた。

「好きだから」

「戦争が好き？」

「まさか。空を飛ぶのが好きなだけ」

「そうよね。そうだよね」

真電の三十ミリ機銃が咆吼《ほうこう》する。だが弾丸のいく先にサンタ・クルスはもういない。超低空を這うようにして、波飛沫を蹴立て、機体は横様へと流れている。さきほどから全く同じことを繰り返しているのは、これが最善だからだ。辛抱ができなくなり、その他の手段で回避行動をとったならその場で撃ち落とされることをシャルルは知っている。

「ぼくらの場合、選択肢はそう多くないんだ。上官から『飛空機に乗って敵と戦え』って命令されたら、それに従うしかない」

さきほど航過した真電五機が中空で旋回し、左斜め上方から突っ込んでくる。さらに、シャルルに一撃を加えた別の五機も右斜め上方から舞い降りてきた。

「わたしをエスメラルダへ連れていくのも、命令されたから？」

混濁したシャルルの意識は、しかし空域の状況を完全に把握していた。飛行する自機の機体を、敵機も含めて後ろ上方から鳥瞰《ちょうかん》しているような、これまで経験のない不可思議な感覚に導かれていた。

「それもあるけど。でも、中央海の単独敵中翔破はいままで誰もやったことがないからね。やってみたくなった、ってのが大きいよ」

左の五機のほうが速い。そう判断し、右フットバーを蹴りつけた。

「成功しても、手柄は他人に横取りされるのに？」

機体が軋む。

「それは特に問題じゃない」

掃射された機銃弾が海面に弾ける。

「名誉が欲しくないの？」

それが十三ミリ機銃弾であることまで判別がついた。敵は既に、装塡数の少ない三十ミリ機銃弾を撃ち尽くしている。

「やる、っていうならもらってもいいけど。でもなくても生きるには困らないから」

つづけざまに右の五機が襲いかかる。いまのシャルルはそちらを振りむくことさえしない。意識は此岸《こがん》と彼岸《ひがん》を行き交いながら、空域全体を知覚している。

「いまの言葉、わたしの周りにいる大人たちに聞かせてあげたい」

機体が海面すれすれを水平に滑る。敵の射弾はサンタ・クルスをかすめもしない。

降下してきた敵機は勢いのついた機首を海面すれすれのところで懸命な動作で引き上げる。

「長いあいだ空を飛んでいると、だんだん、地上の価値観に興味が持てなくなるんだ。ぼくと同じことをいう飛空士は多いと思う」

その最後尾についていた真電が操縦を誤り海面へ叩きつけられた。漆黒の右翼を宙へむかって大きく跳ね上げ、けばだった飛沫を高くあげてから海中へ呑まれる。

「シャルルにとって、空が宝物なのね」

こめかみから出血がつづき、操縦桿を操る腕にも満足な力が込められない状態だが、シャルルの意識はかえって覚醒していた。

「その言い方、格好いいね」

おどけた口ぶりでシャルルは茶化した。

「真面目に言ったのに」

むくれたファナの言葉が返る。

「地上のことがくだらなく思える瞬間はあるかも。空のなかでは身分なんて関係がないから」

視界前方は驟雨《しゅうう》のかすみだ。視程は限られている。しかしシャルルには敵飛空士の息づかい、鼓動まで、はっきりと聞こえている。

真電の飛空士たちは焦っている。予想以上に空戦が長引き、これ以上サンタ・クルスを追うことを恐れている。仲間同士で無言のうちに、引き際を探り合っている状態だろう。

「そうね。わたしもそう思う」

サンタ・クルスはもはや真電を相手に舞踏していた。

「なにせ、流民あがりのベスタドと次代の皇妃さまが真面目に語り合ってるし」

真電がどんな攻撃を繰り出そうとも、すべて二手先、三手先を読まれて封じ込められる。弾丸が後落する。ずれる。わざわざシャルル機の航跡をめがけて撃っているのかと訝るほどに当たらない。

「言葉を交わしてはいけないの？」

そして――サンタ・クルスは遂に積乱雲の雲底へ辿りついた。

ここでは空域一帯がさきほどまでとは比べものにならない強い雨と、唸る風に支配されていた。もしも雲のなかへ入ったなら、機体は強烈な上昇気流と下降気流に弄ばれて空中分解してしまう。腕に自信のある飛空士でなければ、積乱雲の底をくぐり抜けようとは思わない。

シャルルは嵐のただなか、海面すれすれを飛ぶ。それが敵にとって最も追跡しづらい針路であるからだ。積乱雲のしたへ潜り込んで相手方の飛空士の不安をさらにかきたて、追尾を諦めさせるのがシャルルの狙いだ。

おおぶりな雨粒と、けばだった波飛沫が入り交じり、操縦席内へ容赦なく打ち付けてくる。もう伝声管なしでは会話ができない。

ファナはそれをわかっていて、届かない言葉をシャルルに投げた。


「あなたとわたしは同じ人間よ」


言葉と同時に、風防の外に丸太にも似た稲光が走った。少し遅れて空の底が抜けたような雷音が轟き、波打つ漆黒の海面へサンタ・クルスの影が濃く刻まれた。

シャルルの返事はない。けれど、この旅がはじまってからずっと言いたかったことがようやく言えて、そのことにファナは満足していた。雨も風も稲妻も恐ろしくなかった。このままふたりでずっと飛んでいけることを、理屈を超えたところで理解していた。

「雲を抜けるよ」

シャルルがぽつりと呟いた。

その言葉が終わると、誰かが舞台の幔幕を引き下ろしたように、いきなり眩い陽光が操縦席へ降り注いだ。

ずっと一面の薄墨色に塗り込められていた世界がいっぱいの光を浴びて、かつてないほど鮮烈な色彩をまとった夏の空としてファナの瞳へ飛び込んできた。

「わあ」

思わずそんな声が出た。唐突かつ劇的な舞台装置の入れ替えだった。

ファナの眼前、つまり機体後方では、ついいましがた雲底をくぐり抜けた積乱雲が日の光を浴びてまばゆくそびえている。雲頂を見上げたならファナの白い喉首があらわになるほど高く屹立する白銀の霊峰のおもむきだ。透明な夏の空の色がその純白をいっそう際だたせて眼に心地よい。

そして、ずっとついてきていたあの忌まわしい漆黒の機影も、もはやファナの視界から消えていた。ファナの顔のうえに安堵の色がひろがる。

「見て、敵がいなくなった。きっと諦めたんだわ」

「うん。そうみたいだね」

シャルルは後ろを振りむくこともせず、かすれた声でそう言った。

「シャルル?」

さきほどまでと比べてシャルルの口ぶりが頼りない。ファナは肩越しに振り返り、日の光のもとで見る彼の様子に眼を見ひらいた。

「まあ、なんてこと!」

厚い雨雲のしたでは気がつかなかったが、シャルルの傷は思っていたよりずっと深いものだった。右のこめかみからはまだ鮮血がしたたりおち、割れた有機ガラスが顔や肩に深く突き刺さっている。朝方は薄青色をしていた飛行服の生地が、いまや右半分が真っ赤に染まっていた。それに操縦桿を握る手もガラスで傷がついたのかぬらぬらとした血にまみれ、呼吸の音も途切れ途切れ、見るからに重そうに操縦桿を操っている。

シャルルはこんな半死半生の状態であの雷雨のなか、幾千幾万の敵機の銃弾をかわしつづけていた。その事実がファナのこころを灼いた。

「あぁ、ごめんなさい、わたし、なにも気がつかなかった」

可憐な顔をひどく歪めて、ファナは周辺を見回し包帯になるものがないか探した。

座席のしたにクッション代わりに敷いてある落下傘に気づき、ガラスの破片で傘を引き裂き前席を振りむく。

「いまはこれで我慢して。あとできちんとした包帯を巻きましょう」

狭い操縦席内で、無理に身体をひねり、ファナはシャルルのこめかみに応急の包帯を巻きつけた。それから彼の身体に突き刺さったガラスの破片をひとつひとつ、素手で引き抜く。

それまでナイフとフォークよりも重いものを持ったことのないファナの手はすぐに傷つき、みずみずしい薔薇色の血が指先から伝った。

「ファナ、ぼくは大丈夫だから」

「お願い、このくらいはさせて」

ファナは割れた風防の外へ手を差し出して、シャルルの身体から引き抜いたガラス片を空へ撒く。ファナの指先からの鮮血と細かな破片が機体後方へ螺旋状に渦巻きながら流れ去ってゆく。

「ファナ」

「なに？」

「きみ、手に怪我してる」

「あなたも怪我してる」

「ぼくはいいけど、きみは駄目だ」

「どうして？」

「きみは皇子妃になる人だから」

「まあシャルル。空では身分など関係ないと言ったのはあなたよ？」

「それは、でも」

シャルルは言いかけた言葉を呑み込んだ。

一瞬、視界が暗転して気を失いそうになった。強烈な眠気が襲ってくる。高空を飛び続けたことによる酸素不足、傷による失血、それに極度の集中力を使い切った反動、さまざまな原因が折り重なっての睡魔だった。

眼をむりやりにこじあけ、翼下の海を見晴らす。

この海のどこかにあるシエラ・カディス群島を探す。蕭条《しょうじょう》とした海原にはしかし島影ひとつ見当たらない。

機体の北東か南西のいずれかに島があることは間違いないが、どちらに飛べばよいかはシャルルが判断するしかない。雲のかたち、海面の色、さざなみの様子、飛んでいる鳥の種類、遠くに点在する島影——さまざまな微細なものを眺めて機位の判断をつける。

やがて——日射しが傾き、天頂が鈍い藍色に染まりはじめたころ。

おぼろなシャルルの視界の端を、密集した碧色の島々がかすめた。

三日目の滞在地、シエラ・カディス群島だ。大小合わせて七十以上の島からなり、ここに逃げ込めばしばらくは安全に過ごせる。

乾ききった唇をなめて、残った気力を振り絞り、群れなす島々のあいだで銀色のかがやきをまとう狭い内海へむけて操縦桿をゆっくりと倒した。

サンタ・クルスの機首が、透んだ海緑色の裾礁を持つ美しい島へむかい突っ込んでゆく。

今日をしのぎきった。幾度ももう駄目だと諦めかけたが、こうしてまだ空を飛んでいる。ファナが生きている。偵察機サンタ・クルスはものの見事に敵機動艦隊輪形陣からも真電十四機からも逃げ切ってみせた。

動かない思考の隅っこでシャルルはそのことを確認し、満足そうに微笑んだ。足元からジュラルミンの機体越しに伝わる着水の感覚を確かめたのち、操縦桿から両手を放し、水素電池スタックを「蓄電」に移行させ、ほうっと息を抜いて、深い、深い眠りの奥へと落ち込んでいった。

七

真っ赤なぼろきれのようなシャルルを背負って、ファナは唇を噛みしめ、真っ白な砂浜へ足を一歩、また一歩と交互に送った。

見上げた空は薄紅色をしていた。

水平線の近くにある太陽は溶岩みたいにどろりとしていて、島の直上を行き過ぎる断雲たちを真紅に染めている。

砂浜の終わるところに椰子《やし》の林があった。ファナはそこまでシャルルの身体を運んでから、白い砂のうえに倒れ伏した。

肩で息をしながらシャルルの身体を仰向けにして、自分も砂まみれになってその傍らに無造作に寝ころぶ。この三日間、ずっと飛空機と海に揺られていたから、陸地の揺るぎなさが身に沁みてうれしい。

ねっとりした潮風がファナの傍らを行き過ぎていった。荒かった呼吸が徐々に落ち着き、やがて砂浜を洗う波の音だけが残った。

ファナは半身を起こし、血にまみれたシャルルの寝顔を哀しげに見下ろして、指先でそっと彼の髪に付着した朱色をぬぐった。機内で頭部へ巻いた応急のナイロン生地は既に鮮血に染まっていた。

腰を上げ、サンタ・クルスの胴体部からさまざまな物資を引っ張り出してきて砂のうえへ並べた。空中での激しい運動にも耐えられるように必需品は木箱に入れられ、機体に針金で固定されていた。箱のなかに応急手当用の医療用具を見つけて、ほっと胸を撫で下ろした。

しかしファナはこれまで、他人に包帯を巻いてあげたことなどない。

シャルルの傍らへ腰を下ろし、下手な巻き方をした傘のナイロン地を剝ぎ取った。布地の裏面には血液が凝固していた。おっかなびっくりな手つきで消毒液を含ませたガーゼを傷口に当て、新しい包帯を巻き付けて裁ちばさみで切った。何度かやり直ししてから、お世辞にも上手とはいいがたいが目的を果たすことはできた。

シャルルはこんこんと眠っている。額に手を当ててみたが熱くも冷たくもない。ここで一晩眠れば、明日にはまた元気になってくれる――と自分を励まし、ファナはブリキのバケツを片手に椰子林へと足を踏み入れた。

シャルルの身体の血をぬぐうために水が必要だった。

濃い緑色の下生えを踏み分け、いびつなかたちの大きな羊歯《しだ》や熱帯特有の妖しげな花などをかきわけていくと、真っ黒な水が溜まった沼が見つかった。不潔そうだったためこれには構わず、勇気を出してさらに奥へ歩をすすめた。

辺りはだんだん暗くなってくる。聞いたこともないような声で鳴く鳥がいた。誰かに見られているような気がして周囲へ目をこらすと、奇怪に折れ曲がった木の枝に座った大きな猿が黄色みがかった双眸をファナにむけていた。

ほとばしりかけた悲鳴を無理に呑み込み、猿に背をむけて歩きつづけた。いますぐにでも逃げ戻りたかったが、もう少し進めば水が汲める気がした。予感に背を押されて歩いてゆくと、ほどなくして椰子林が切れ、新たな砂浜が目の前に横たわっていた。

砂浜の背後を眺めると、遥か目線の先、太陽が緑色の山々のむこうに落ちていた。連なりあった峰と峰とが後光を帯びて、雲をつんざく幾筋もの光の束を天頂へむけて打ち上げていた。

そしてその山間から一筋の細い流れが、川底を透かす水をたたえ、ファナの眼前の砂浜を横切り海へと注いでいた。清澄な水面に空の残照がきらめいている。

「あぁ、神さま、ありがとうございます」

砂のうえへ両膝をつき、ファナは胸のまえで両手を組んで感謝の言葉を口にした。

何度も何度も途中で息をつきながら、ファナは水をたたえた重いバケツを両手で持って、辛そうな足取りで再び椰子林をくぐり抜けた。

シャルルのもとへ戻ったころには日が暮れていて、砂浜は満月の光にさらされていた。ぬるい空気が辺りを覆っていた。海上では夜間は冷え込んでいたが、この島では寒さの心配はいらなさそうだ。

蠟燭にマッチで火を点け、砂浜に直接立てて灯りにした。それから手ぬぐいをバケツの水にひたし、シャルルの顔の血を拭き取る。頰を赤らめながら飛行服のうえを脱がせ、ガラス片による上半身の傷口をブランデーで洗い、ガーゼを当てた。

シャルルの表情は穏やかだった。呼吸も落ち着いている。このまま安静にしていれば問題ないと思い、一通りの手当てを済ませてからファナは彼の体に毛布をかけた。

この島の夜は音という音が死に絶えていた。

波のさざめきも鳥の声も聞こえない。ただ海と空と星と月、それからシャルルがいるだけだ。

ファナはシャルルの隣に腰を下ろし、じっと砂浜を嚙む銀色の波を見ていた。

夏の夜風が一度吹いた。砂浜にはまだ昼の余熱があって、立ちこめている大気も日中と変わらず暖かい。

いまここには自分の自由にできる時間があった。リオ・デ・エステにいたならまず手に入らない、誰にも監視されずに使える時間だ。

月明かりが煌々と海面に反射して、夜を銀光りさせていた。波打ち際を視認できる。靴と靴下を脱ぎ、ズボンの裾をまくりあげて、ファナは波に素足を浸した。

海の水はぬるくて心地よかった。足下をさらう波の音を聞きながら星空を見上げた。冴えた月明かりがファナの全身へ降り注ぐ。

今日一日で何度も死を覚悟した。しかし生き延びた。いま自分は夜の海に素足を浸している。

夏の星座を見上げ、ファナはひとつの決心をした。

「生まれ変わろう」

一度は死んだはずの自分だから、あとの人生は思うままに生きてみてもいいのではないだろうか。神さまにもらったおまけとしてこれからの人生を捉えてみると、不思議なくらいさっぱりとした気持ちになれた。

「生まれ変わるんだ」

呟くたびに、意識の奥底に沈殿していた重い、苦しいものが溶け出していった。いてもたってもいられず、ファナは砂浜へ戻るとシャルルの傍らへ座った。

そしておもむろに頬を引き締めて、結い上げていた髪を下ろした。

それから裁ちばさみを持ち上げ、束ねた銀の絹糸みたいな髪へ無造作に刃をあてた。

海から吹きつける風のなかへ断ち切られたものが舞い散ってゆく。

黄金色の月光が髪の表面を滑り、ファナの顎のしたあたりで滴り落ちた。

切り終えてから、ファナはぞんざいに髪の毛を片手でかきあげた。下ろせば腰に届くほど長かった髪が、肩にかかる程度に短くなっていた。

鏡がないからいま自分がどんな容貌なのか確かめられないが、生まれ変わったことを確認する儀式としては充分だった。

「似合う？」

眠るシャルルへ悪戯っぽく微笑みかけた。返事はない。ファナはそろそろと指を差しだし、シャルルのほっぺたを軽くつまんだ。シャルルは無垢な表情のまま、黙って頬をつねられている。

「あなたのおかげで生きてる」

手を戻し、ファナはぽつりとそう言った。偽りのない気持ちだった。

言ってから、どうしようもなく切ないものがこころを刻んだ。

胸の奥が一方的に締め付けられて、たまらなく痛い。その痛みから正体のわからない感情のかたまりが絞り出されてきて、ファナの内側へ満ちてゆく。

それはファナが生まれてはじめて経験する、苦しいけれども甘く、苦さと心地よさを併せ持った感情だった。

これに対処するすべをファナは知らない。自分を持てあまし、毛布をはおると、シャルルのそばで横になった。

熱帯の夜に、シャルルの寝息だけが流れていた。

その寝息を聞きながら、ファナはじいっと眠りを待った。こころの奥底からさまざまな感情が波打ち、湧き上がってきて、なかなか眠れなかった。

「シャルル」

耐えきれなくなり、彼の名前を呼んだ。寝返りをうち、月明かりのしたの彼の横顔を眺めた。胸がますます苦しくなった。

「シャルル」

もう一度呼んだ。返事はなかった。手を伸ばして、彼の身体を抱きしめ、胸板に額を押しつけて、そのまま眠りに落ちたいと思った。

それから自分の思考に気がついて頬を染め、シャルルに背をむけて身体を丸め、毛布を頭からすっぽりとかぶった。

自分の胸の鼓動が聞こえていた。恥じらいを覚えながら、ファナはきつく眼を閉じて眠りを待った。


水平線のむこうから現れた朝日が、海上の濛気を貫き、まっすぐにシャルルとファナが眠る砂浜を照らし出した。

はじめに眼をひらいたのはシャルルだった。

網膜に直接飛び込んでくる光の強さに顔をしかめ、軽く首を振ってから上体を起こそうとして、鋭い痛みを全身に覚えた。

「うっ」

思わず呻き、片手で頭部の傷口へ手をやり、不器用に巻き付けられた包帯に気がついた。

傍らには、シャルルに背をむけて毛布にくるまり、穏やかな寝息をたてるファナがいた。シャルルは呆けた眼でファナと砂浜を交互に見やり、海原と椰子林へ眼を移してから、おぼろげな記憶を辿ってみた。

大瀑布を越えた直後、敵輪形陣のど真ん中に飛び込んでしまい、空雷に襲われて、真電に追われ——その途中で頭部を負傷した。

そこからの記憶があいまいだ。ただ必死にファナの言葉に耳を傾けながら、肉体が動くままに任せていたように思う。おおぶりな雨粒が操縦席内に吹き込み、操縦桿を握るのが辛くて、何度も生還を諦めかけた。

どうやって真電を振り切ったのかも覚えていない。睡魔と闘いながらシエラ・カディス群島を探したことをかすかに覚えている。しかしそれ以上のことはどれだけ頭のなかを探ってみても、なにも出てこない。

なんとか砂のうえに立ち上がり、ぎこちなく伸びをした。剝き出しの上半身にいくつもの裂傷があることにはじめて気づいた。割れた風防の有機ガラスが刺さったものだろう。この傷もきちんと消毒がしてあった。ファナが手当てをしてくれたのは間違いない。一介の傭兵に過ぎない自分を、次期皇妃自らが介抱してくれたのだ。毛布にくるまるファナへ、無言の感謝を捧げた。

ひどく空腹だった。身体に血が足りていない。

水筒の水を口に含み、砂のうえに並べられた必需品のなかから乾パンを取り上げてかじった。それから飛行服を身につけて波打ち際まで歩いた。

足首まで海水に浸し、呆けた顔で水平線のむこうの朝日を眺める。

「まだ生きてる」

声に出してそのことを確認し、湿気《しけ》った大気と、頬に当たる生ぬるい風を感じた。太陽は水平線から昇りきって、赤みがかっていた空の色はいつのまにか青のほうが勝っている。

と、後ろから声をかけられた。

「おはよう、シャルル」

振り返ると、飛行服を身につけたファナが波打ち際で微笑んでいた。

シャルルは眼を見ひらいた。ファナの髪が肩に届くところで切りそろえられている。

「お嬢様、その髪は」

「邪魔だから切ったの。似合う?」

問われてシャルルは息を呑んだ。結い上げているよりもよほどファナに似合っている。けれどうまくそれを表現する言葉が思い至らず、シャルルはただ黙って頷くだけだった。

「具合はどう?　もう歩いて平気?」

「は、はい。あの、この包帯はお嬢様が?」

「下手でごめんなさい。なにしろやったことがないから」

「いえ、とんでもありません。恐縮です」

ファナはシャルルの受け答えを怪訝そうな顔で聞いてから、おもむろに悪戯っぽく微笑んだ。

「ねえ、シャルル。あなた、昨日のこと覚えてる？」

「え？　あ、あの、なにか失礼がありましたか？」

「そうね。失礼といえば、もしもあのときあなたが言ったことが嘘なら、それはとても失礼ね」

「あの、わたし……なにを？」

「本当に覚えていないの？　『空のうえでは身分など関係ない』。敵機に追われているとき、あなたがわたしに言った言葉よ。あれが嘘だというのなら、わたしはあなたを軽蔑するわ」

シャルルは懸命に、昨日の空戦中の記憶を手探りした。

ファナが言うように、会話をしながら真電とやりあったことをおぼろげに覚えている。そうだ、ファナの言葉が魔法のように全身に沁みて、操縦桿を操る両手に力をくれた。そして――。

シャルルは赤面した。あわあわと口元を動かし、言い訳する。

「申し訳ありません、お嬢様。あのとき、わたしは混乱しておりまして、その、あの、つい、あたかも友人に接するような態度で――」

「別にいいのに」

「いいえ、よくありません。わたしの落ち度です。お嬢様を名前でお呼びするなど、分不相応もはなはだしい。深く、深くお詫びします」

頑ななシャルルに、ファナは不満そうに唇を尖らせた。

「あれは嘘なの？」

「嘘というよりは、一介の傭兵の考えです。お嬢様が真面目に取り合う必要はありません」

「真面目に受け取るかそうしないかはわたしが決めます。わたしはあなたの考えがとても気に入ったわ」

ファナは毅然とそう言った。昨日までとは打って変わって自分の意見をきっぱりと述べるファナだった。髪の毛を切ったせいもあり、まるっきり別人に見える。

「お褒めにあずかり光栄の至り。ですがこの話はここで終わりにしましょう。今日もやることはたくさんありますから」

強引に話を打ち切り、シャルルはファナの傍らを素通りして砂浜へと戻った。ファナは不服そうな表情でシャルルの背中を見送った。


シャルルは傷ついた身体をむち打ち、ファナとともにサンタ・クルスに乗り込んで空へ飛び立つと、空中から島の様子を観察し、離着陸できそうな平地を発見した。そこへ着陸してから椰子林のすれすれまで滑走し、ファナと一緒に木の枝や葉っぱをかき集めてきて機体を覆い、上空から発見されないような偽装を施した。

それから機体整備に取りかかった。ＤＣモーターのモーター出力軸とベアリング、慣性軌道機を掃除して油を差す。ファナは操縦席に飛び散ったガラス片を拾い集めてから、胴体部に収納してあった予備のガラスをはめこみ、シャルルが分解した器具の汚れを拭きとった。

ファナの機嫌は作業をこなすうちに直っていった。最初のうちはシャルルのかしこまった口調をからかったりしていたが、そのうちに諦め、ぎこちなく手を動かしながら、とりとめもないことを話しはじめた。

昨夜、ひとりで水を汲みにいったこと、夜の海で泳いだこと、生まれ変わりたくて髪を切ったこと――ファナは屈託なく言葉を紡ぎ、微笑んで、シャルルに相づちを求める。

シャルルも話を合わせながら、額の汗を飛行服の袖でぬぐいつつ、太陽が下りはじめたころに作業を終わらせた。

「お腹すきました?」

「実はぺこぺこ。昨日の夜からなにも食べてなくて」

「わたしも腹ぺこです。むこうの川で釣りをしましょう」

シャルルは胴体部から釣り竿をふたつ取り出し肩に担いだ。ファナはにこにこしながら、夏の野原を駆けてゆく。

「早く、シャルル」

一度シャルルを振りむいてそう言ってから、ファナは夏草のうえを駆ける。

色とりどりの蝶々が、野の花を巡りひらひらしていた。

周囲にはなだらかな稜線を持つ濃い緑の山々が連なっていて、ふたりのいる野原は峰に囲まれ盆地みたいに窪んでいた。そして野原の端に位置する椰子林をくぐり抜けると、山から下ってきた清らかな流れがあった。

ごつごつした岩が川岸や流れのなかに突き出ていた。歩いて渡れる浅い川だ。丸石の敷かれた川底と、青々とした川魚が水流をさかのぼるのが見えた。降り注ぐ夏の日射しは魚たちの影を川底にまで刻みつける。対岸は深い緑色の木々が鬱蒼と茂っていて、奇妙なくちばしを持つ薄桃色の鳥がおかしな声で鳴いていた。視界には強烈な陽光が充ち満ちて、そこかしこに刻みつけられた複雑な陰影が眼にも楽しい。

「すごい。きれいな川」

「魚もたくさんいますよ。空艇騎士団員が中央海を渡る際、休憩に使う秘密の場所です」

「飛空士さんたちのキャンプ場なのね」

「もう少し川を下ったところに団員が建てた山小屋があります。夜はそこでお休みください」

「すてき。わたし、キャンプってはじめて」

「喜んでいただけて良かった。まず食材を調達しないと」

差し出された釣り竿をファナはうれしそうに受け取ると、流れへむかって突き出した大きな岩に腰を下ろした。シャルルは疑似餌のついた釣り針を清流へ投げ落とし、さざれ石の川岸に竿を突き立て、そこへごろりと横になった。

眼のうえにはいっぱいの夏空があった。

澄みきった蒼穹と、にごりのない純白の雲が、原色の対比をシャルルの網膜に刻みつける。どこまでも真夏の景観だった。

自然に額ににじむ汗の玉、じりじりと音が聞こえてきそうなほどに焼け付く肌、鼻の奥の粘膜を刺激する濃い夏草の香り。

じっとしていると夏という季節の持つ魔術が脳髄まで沁みてきて、どちらかというと閉鎖的な性質のシャルルもなんとなく開放的な気分にさせられる。

シャルルは寝ころんだまま、岩肌に腰を下ろして釣り糸を垂れるファナへ眼を送った。ファナは柔らかな表情を浮かべ、一心に川面を見つめている。

幸せだな、とシャルルは思った。

曳痕弾や空雷が飛び交う空はもうたくさんだった。まっぷたつに折れた船体から中空に投げ出され海原めがけて落ちていく人の群れも見たくない。爆炎も対空砲火も射弾回避運動も正直もうこりごりだ。

シャルルはただ空が飛びたいだけだった。

後席にファナを乗せて、敵も味方もない空を羽ばたけたらどんなにいいだろう。

いくつもの雲の峰を越え、断雲の群れを切り裂き、風に乗ってどこまでも、いつまでもファナと一緒に飛べたら——。

シャルルはそこで自分の考えに気がつき、夢想を止めた。

いつのまにか自分の夢のなかにファナの存在が紛れ込んでいることに戸惑った。

どこまでも自由に飛ぶことを夢見ているが、そこにファナが一緒にいる必然性はない。彼女は皇子の婚約者であり、孤児あがりのベスタドとは本来全く関係のない存在だ。

思い上がってはいけない。

シャルルはそう自分に言い聞かせた。胸のうちのなにかがその戒めに抗議したが、無理矢理に反対意見を封じ込めて自分を律した。浅ましい自我に踊らされることをシャルルは恐れた。

と、突然ファナがシャルルへ眼を送った。ふたりの視線がぶつかる。どくん、とシャルルの胸が大きく脈打った。

「シャルル、引いてる」

「え」

「釣れてるわ。早く起きて」

見れば岸に突き立てていたシャルルの竿が大きくしなっていた。慌てて身体を起こして竿を引き上げる。きれいなイワナが二尾、釣り針にかかっていた。

「あ、わたしも釣れたっ」

岩のうえのファナが大きな声をあげた。その釣り竿も大きくしなっている。まもなく白い水飛沫とともに、きらきらしたファナの釣果が一尾、水面から顔をのぞかせた。あけっぴろげなファナの歓声が岩場に反響した。

川を下ったところに粗末な山小屋があり、宿泊用の毛布や敷物、調理器具や薪などもそろっていた。シャルルは小屋から薪と調理具を持ってくると、薪割りをして、河原で焚き火を熾《おこ》し、なかへ丸石を置いた。真っ赤に焼けた石のうえに塩をふったイワナを並べる。ほどなくして芳《こう》ばしい香りがファナの鼻孔をくすぐった。

「いただきます」

イワナの頭と尻尾をつまんで、そのままかぶりつく。芳ばしく焼けた表面の皮と、脂の乗ったほこほこの魚肉が、空っぽの胃のなかへまっすぐ落ち込む。清澄な水の流れに育まれた滋養が身体の芯へとじんわり沁みこみ、ファナの笑顔を呼び起こした。

「素晴らしいわ、シャルル。あなた飛空士辞めてコックになれば？」

「考えてみます」

「はしたないこと言ってもいい？　わたし、もっと食べたい」

「気が合いますね。実はわたしも」

ふたりは渓流へ釣り針を投げ入れ、岸に竿を突き刺して再び食事に戻った。人の手の入っていない川だけあり、疑似餌だけでも面白いように釣れた。

ファナとシャルルはこころゆくまで川魚を堪能した。シャルルはいつのまにか怪我のことを忘れ、失った血を取り戻すかのように獲物にがっついていた。ファナはそんなシャルルをうれしそうに横目で眺めながら、明るい日射しのもとでいただく食事に満足していた。

しかし、呑気なふたりだけの時間にもぶしつけな闖入者《ちんにゅうしゃ》があった。

おもむろにシャルルは高空を見上げた。真っ青な空から不吉なプロペラ音が舞い降りてくる。予め汲んでおいたバケツの水を焚き火にぶっかけ、シャルルはファナを促した。

「まずい。お嬢様、木陰へ隠れましょう」

ふたりは川沿いの椰子林へ飛び込んだ。

シャルルは音のするほうを睨みつける。その目線の先で、高度五百メートルほどのところを帝政天ツ上の哨戒機が航過していった。

敵機は島を舐めるように鳥瞰すると隣接する他の島へと渡っていった。ファナが眉根を寄せてシャルルに尋ねる。

「いまのは？」

「天ツ上の偵察機です。おそらく昨日やりあった機動艦隊が近海に停泊しているのでしょう。航法のしばりがあるため、我々がシエラ・カディス群島にいることはむこうも知っているはずですから」

「あまり安穏とはしていられないわけね」

「群島のどこかにいることはわかっていても、どの島にいるかはわからないはずです。いまは哨戒機を飛ばして幾十もの島々を空から観察している段階でしょう。そのうちいくつかの島に見当をつけて上陸してくるかもしれませんが、一日か二日はここにいても安全だと思います」

ファナは不安そうに空を見上げた。シャルルはしばらく思案してから言葉を継ぐ。

「敵は群島上空一帯に哨戒の網をかけている可能性が高いですね。地上にいる我々を発見する目的の他に、我々が飛び立った瞬間に発見する目的があると思われます。厄介なことになりました」

「ここにいるのも危険だし、出発するのも危険ということ？」

「はい。特に出発の日は充分に雲が多い日を選ばなくてはなりません。快晴のときに離陸したなら、その場で飛空母艦に無線連絡されて真電に追われることになります。やれやれです」

シャルルは短く吐き捨てた。傍らのファナの表情がいくばくか暗くなっていることに気づいた。昨日、空戦の恐ろしさを知ったばかりの彼女には重苦しい知らせだろう。

「機体はうまく隠してますし、よほど下手をうたない限り、一日二日はこの島にいても見つからないはずですよ。偵察機のプロペラ音が聞こえたら木陰に逃げればいいだけです。過度に恐れる必要はありません」

シャルルはファナを安心させるために無理に笑んだ。


ほどなくして、空が夕刻の色を帯びはじめたころ。

川辺に寝そべっていたファナが、思い出したようにひとつ提案をした。

「ねえシャルル、山登りしない？」

「え？」

「飛空機から見下ろしたとき、あの山のむこうが黄色に染まっているのが見えたの。あれはなにかしら」

ファナが指さす先にはお椀を伏せたようなかたちの小山があった。山肌は丈の短い若草に覆われていて、登るにはそれほど苦労はなさそうだ。

「ああ、野花の群生地ですよ。そんなに珍しいものでもありません」

「わたしには珍しいの。ねえ、行ってみましょうよ」

断る理由もなく、ふたりは連れだって飛び石づたいに川を渡り、鬱蒼とした樹林を抜けて山の傾斜に足を踏み入れた。

息を弾ませ、ファナはなだらかな斜面を登ってゆく。足を前へ送りながら幾度も背後を振り返り、先ほど釣りをした渓流が景観のなかで次第に縮んでいく様子と、後ろから律儀についてくるシャルルを見て頬を緩ませる。

日射しが横合いから照りつけてくる。ファナの真っ白な肌を清潔な汗が伝う。傾斜の最後のあたりでファナは駆け出し、登り詰めた山頂から眼下を見晴らした。

「すごい」

ファナの呟きは、海沿いの傾斜を駆け上がってくる風のなかへ呑まれた。

見下ろす山の裾野がすべて、菜の花の黄色い花弁と、みずみずしい濃緑色の若葉に埋もれていた。裾野の果ては断崖になっていて、そのむこうには群青色の海がきらめき、水平線には白い積乱雲の群れが輪郭も鮮やかに湧きたっていた。

むせかえるような菜種の匂いがした。幾千幾万の花弁のあいだを白い蝶たちが群れ飛んでいた。海風が吹くたびに黄色い海原がうねり、斜めに差し込んでくる夏の陽光が花弁と緑葉に弾かれ、きらきらした光の粒子を裾野一帯へ撒き散らした。

幸福な絵画さながらの情景のうちにいて、ファナはしばらく呆けたように佇んでいたが、ややあって菜の花の園へとつま先を踏み入れた。

シャルルが頂上にたどり着いたときには、ファナは既に一面の黄色のなかをひとり散策していた。

今度はシャルルが言葉を失う番だった。

澄み切った夏空、凪いだ海原、積乱雲の連なり、菜の花の園——それらすべてがファナ・デル・モラルを鮮やかにするための額縁と化していた。

柔らかな風になびく、顎のしたで切りそろえられた白銀色の髪、白銀の瞳、純白の肌、白を基調とした飛行服——あらゆる色素が抜け落ちたファナの容姿が、一面の原色のただなかにあって世界から切り出されたもののように浮き立っていた。

シャルルはその光景のなかへ踏み入っていけなかった。自分が入ってしまっては、目の前にある完璧な調和がひび割れ崩れてしまうと思った。

しかしファナはシャルルの気持ちなどには全く無頓着だった。佇んでいるシャルルに気づくと、半身で振り返って無垢な笑みを浮かべる。

「ほら、すてきなところでしょう?」

「想像以上です」

「こころが洗われるようだわ。お散歩しましょうよ」

風に乱される髪を片手で押さえ、ファナはシャルルを促した。

ふたりは並んで菜の花の咲き乱れるなかを歩いた。他愛ない言葉を交わしながら、野原の起伏を伝い、海に面した断崖の直前にたどり着いた。

断崖の縁に突っ立って、ファナはじっと真っ青な水平線を見つめた。

やや斜めに傾きはじめた太陽は、真鍮色の光を発しながらファナの視線の先にあった。このままずっと太陽を追って西へ飛べば、カルロ皇子の待つ皇都エスメラルダへ行き着く。

ファナの表情に翳りがさした。ファナはシャルルのほうを振り返った。忠実な従者のように背後に控えていたシャルルが怪訝そうな顔になる。

「どうしました？」

「なんでもない」

ファナは慌てて気丈な表情を取りつくろい、水平線に眼を戻した。

シャルルは黙ってファナのかぼそい背中を見ていた。

ファナはなにか言いたいに違いない。シャルルはなぜかそう思った。けれどそれを自分から尋ねることはしなかった。そうしてはいけないように思えた。

やがて太陽が落ちていき、西の空が赤みを帯びはじめた。ずっと無言だったファナがシャルルを振り返り、

「つまらない？」

「いえ、そんなことはありません」

「わたし、もう少しここにいたい」

「はい。お嬢様のお好きなように」

ファナはかすかに微笑んで若草のうえに足を流して座った。

真っ白な翼をぴんと張り、海鳥が西の空を横切っていった。いつのまにか、ふたりの頭の直上に浮かんでいた雲の下腹が焼けていた。

シャルルは黙って、ファナの後ろに突っ立っていた。暮れていく日の光を見つめながら、ファナは振り返らずに自分の傍らを指先で示した。

「ここに座らない?」

少しためらったのち、シャルルは言われるまま、ファナの隣に腰を下ろした。

「いつもわがままを聞いてくれてありがとう」

「もう慣れてしまいました」

冗談めかしたシャルルの言葉に、ファナはかすかな微笑みで応えた。

ふたりは歩幅一歩分ほどの距離を置いて草のうえに座り、淡紅色に染まりゆく積乱雲たちと、まだ青みを残した海の色を眺めた。

断崖のむこうから海鳴りが響いた。風のなかには夏の夜の匂いが混ざっていた。

「気持ちいい」

ぽつりとファナは呟いて、そのままころりと若草のうえに寝ころんでしまった。

「本当に、いい気持ち」

天頂を見上げながら同じことをもう一度呟く。空の雲たちはもはや一様に夕映えの色を孕んでいた。

「あのね、シャルル」

「はい」

「あなたと昔、会ったことがあるように思うの。わたしの気のせい？」

ファナは横たわったまま、まっすぐに空を見上げてそう言った。強い星がひとつ、東のほうにまたたいていた。

シャルルはその問いに答えることを躊躇した。

しかし隠す理由もないと思った。だから正直に答えることにした。

「実はずいぶん昔にお会いしました。お嬢様は覚えていないでしょうけれど、わたしは幼いころ、デル・モラル家の庭番だったのです」

「えっ」

「母親がお屋敷の召使いをしていて、わたしはお庭の番小屋で生活していました。お嬢様とは平常お目にかかれるはずもない身分でしたが、一度だけ、わたしが豚をいじめていたときに偶然お会いしました。弱いものいじめするな、と怒られましたよ」

苦笑いとともにシャルルは言った。

ファナは上半身を起こし、眼を見ひらいてシャルルの横顔を見た。懸命に幼少期の記憶を探ってみるが、思い出せない。

「そんな。あなたがわたしの家で働いていたなんて」

「はい、たった二年ほどですが。わたしが九歳のとき、母親がディエゴ公爵の言いつけを守らなかったために解雇されて屋敷を出たのです」

「待ってシャルル。もしかしてあなたのお母様、天ツ人のあの方？」

「覚えておられますか。そうです、痩せて、あばた顔の、面倒見だけいい母でした」

「あぁ、なんてこと」

ファナの震える声が驚愕《きょうがく》の度合いの大きさを伝えていた。シャルルは笑みとともに言葉をつづける。

「お屋敷を出てからも、母は自分のしたことを自慢してましたよ。お嬢様が夢中で天ツ上の物語を聞いてくださったことがうれしかったようです。ただ、きちんとお別れができなかったことを悔やんでいました」

「シャルル、そんな、こんなことって」

ファナの頰を水滴が滑り落ちた。ひとつ、ふたつ、こらえきれないものが顎へ伝ってゆく。

母親が公爵の指示に背き、夜な夜なファナに物語を聞かせていたことはシャルルも知っていた。

ふたりの絆《きずな》はシャルルが思っていたよりもずっと深いものだったことを、ファナの涙が伝えていた。

「本当によくしてくれたの。あの冷たい屋敷のなかで、あの方だけが温かかった。わたしのせいで辞めさせられて、わたし、なんと言って謝ればいいのかわからない」

「母が自分でしたことです。お嬢様がご自分を責める必要はありません」

「お母様はお変わりない？」

涙が流れるに任せ、ファナはかすれた声を絞り出した。

「五年前に病気で死にました。苦しみのない、安らかな終わり方でした」

シャルルは嘘をついた。本当は屋敷を出てほどなくしてから酔漢に刺されて死んだのだが、言う必要はないと思った。

「なんということでしょう。早すぎるわ。わたし、あなたのお母様のためにお祈りするわね」

「母もきっと喜びます。まさかお嬢様がこれほど母のことを覚えておられたとは、わたしのほうこそ存じておりませんでした」

「わたし、子どものころの幸せな思い出がないの。父母の意向に黙って従う自動人形になるための教育を受けた覚えしかない。でも、あなたのお母様が枕元で聞かせてくれたお話のことははっきりと覚えているわ。寝る前のあの時間だけは、とても満ち足りた気分で過ごすことができたの」

「そうですか。お嬢様にそれほど気に入っていただけて、母も天国で満足しているに違いありません。もしかするとわたしがここでこうしているのも、母の導きかもしれませんね」

「胸がいっぱいで、うまく言葉が出てこないわ。こんな不思議なことってあるのかしら。まさかシャルルがあの方の息子さんだなんて。真面目に詩作の勉強に取り組んでいればよかった。そうしたらきっと、もっと上手な言葉でわたしの気持ちを伝えられたのに」

「お気持ちは充分届いています。母にもわたしにも。涙を拭いてください。泣くのは無事に皇国に辿りついたときでいいではありませんか」

言われてファナは懸命に嗚咽をこらえた。しかし涙はまだ止まらなかった。もう一度ころりと草原に寝ころんで、両腕で目元を覆い、こみあげてくるものに耐えた。

シャルルは表情を緩め、真っ赤に染まりゆく空へと眼を移した。

ファナが泣きやむまで、シャルルは黙って傍らに座っていた。

サン・マルティリアを支配するデル・モラル家の長女からすれば、ひとりの召使いなど取るに足りない芥子粒のような存在のはず。それなのに母を想って泣いてくれるファナのこころの優しさが胸の奥深いところへ沁みていた。

この人が皇妃となった皇国を見てみたいと思った。この人の優しさが皇家へ入っていくことで、世界の在り方が変わるかもしれない。そのためにも明日の行程は絶対になにがあろうとも乗り越えなければならない。

——たとえ死んでも、ファナをカルロ皇子のもとへ送り届ける。

シャルルはその決意を胸に深く刻みつけた。

決意すると同時に得体の知れない鋭い痛みがシャルルの心臓を斬りつけた。

完全に隙を突かれ、シャルルは自分自身のこころの動きに驚き、戸惑った。その痛みの正体が皇子への嫉妬心であることもすぐに自覚した。

皇子に自分が嫉妬しているという事実は少なからずシャルルを傷つけた。流民あがりのベスタドが、やがてレヴァーム皇民二億一千万人の頂点に君臨する人物にやきもちをやくなど論外だ。身の程知らずもはなはだしい。

——ぼくは駄目だな。

声に出さずに、こころのなかでそう呟いた。自分に対して腹が立つ。思春期に入りたての子どものように、ファナの一挙一動に一喜一憂している自分がいる。

——ファナはカルロ皇子の許嫁だ。

わかりきっている事実を心中でもう一度呟き、自分自身に納得させた。

狩乃シャルルは、神聖レヴァーム皇国の未来を担う皇子と許嫁を再会させるためだけにこの任務に就いている。それ以上でも以下でもない。当たり前の話だ。

そんなことくらいわかっているのに——胸が痛む。

——ぼくは馬鹿だ。

無言のうちにそう自嘲した。シャルルはこの夜、ファナを山小屋に寝かせると、自分は河原に宿営し、自身を嘲りながら毛布にくるまった。

眠りはなかなか訪れなかった。

身体は疲れているはずなのに、シャルルの脳裡に浮かんでくるのはいつまでもファナのことばかりだった。ファナの言葉、ファナの仕種、ファナの笑顔。子どものころから育んできたファナへの愛おしさが、そのままいまの苦しさにつながった。

痛みは執拗にシャルルを内側から責め立てた。シャルルは起きあがってブランデーを口に含み、酔うことで眠りに落ちようとした。出発時にドミンゴ大佐が餞別にくれた、きついことで知られる高級銘柄だった。洗練された手段とは言いがたいが、そうしなければ朝方まで煩悶《はんもん》しながら過ごすことになりそうだった。

しかし半端な量の酒はかえって傷口をひろげてしまう。シャルルは自責の念に追い立てられるように、高級酒をボトルから直接胃の腑へと流し込んだ。

いつ眠りに落ちたのか、泥酔したシャルルに自覚はなかった。ボトルの中身は半分ほども空いていた。

八

天頂付近から照りつけてくる真夏の日射しが、ファナの二の腕に染みこみ、真っ白な肌を透かして見せた。

「あはは、冷たい。気持ちいい」

飛行服を脱ぎ捨て、上体はタンクトップ一枚だけになり、ズボンの裾をたくしあげてふくらはぎも露わなファナは、透明な川の水に足を浸して、川底に敷かれた丸石の感触を足の裏で確かめていた。

今日はきっと神さまがくれたおまけの日だ。感謝の祈りを空の彼方へ捧げてから、澄み切った水をばしゃばしゃと蹴って水飛沫をあげてみた。きらきらと乱反射する水の粒子たちが、自分に微笑みかけているように思えた。胸一杯に夏の大気を吸い込んで、肌を伝う清潔な汗を腕でぬぐった。濃い夏草の香りが肺に満ちて、身体のすべての細胞を洗い清めるかのよう。

と、足下に妙なくすぐったさが伝った。

「え？」

水面を見てみると、無警戒な小魚たちが、かわいらしい尾びれを動かしながらファナの足の親指をつんつんと突いている。

「くすぐったい、あはは、かわいい」

あけっぴろげに笑いながら、ファナは小魚の好きにさせて、清流の冷たさとくすぐったさを楽しんだ。


今朝方――ファナが目覚めて随分経っても、シャルルはいびきをかきながら轟然と眠っていた。彼の傍らには半分ほど空いたブランデーのボトルが転がっていて、すえたアルコールの匂いが周辺に濃く漂っていた。

ファナは無理に起こさなかった。連日の激務できっと疲れているだろうし、負傷もしている。こころゆくまで寝かせてあげようと思い、暑いので思い切って飛行服を脱ぎ捨て、昼食用にと釣りをはじめた。

猛烈な二日酔いとともにシャルルが目覚めたのは太陽が中空に差しかかったころだった。黄ばんだ眼をしょぼつかせ、強烈な日射しに顔をしかめて、怪我していないほうのこめかみを片手で押さえた。

「申し訳ありません、お嬢様。完全にわたしの落ち度です。体調が伴わないため、本日の飛行を中止します」

過度のアルコールは特に視力に影響する。通常であればシャルルは一万メートル離れた空域を飛行する敵機を視認できるが、いまの状態ではそれは不可能だと判断した。

シャルルの謝罪をファナは満面の笑みとともに受け入れ、飛行服の上着を脱ぎ捨てると、小躍りしながら渓流へ駆け込んでいった。もう一日、この楽園でシャルルと一緒に過ごせることが心底うれしかった。


シャルルがなんとか動き回れるまで回復したのは、正午をずいぶん過ぎたころだった。ファナが釣り上げた魚に竹の串を刺し、焚き火の周りに突き立てて遅い昼食にした。

まだ気分の悪いシャルルだったが、渓流魚の淡泊な白身は荒れた胃にも収まりがよく、食べるほど頭の痛みも収まっていった。

ファナもタンクトップのままで焼き魚を口に運ぶ。普段なら男性に鎖骨や肩口、胸元をあらわに見せることをためらうはずだが、この島に降り注ぐ強烈な日射しはそんな内向きな逡巡など灼きつくしてしまっていた。

「おいしいなあ。新鮮なお魚がこんなにおいしいなんて」

「申し訳ありません。本来、わたしがやるべき仕事を」

「このくらいさせて。とっても楽しかった。わたし、意外と釣りの才能があるのかも。時間が経つのも忘れちゃった」

ファナの笑顔が背後の緑に浮き立つ。降り注ぐ夏の日射しのなか、過ぎゆく時間と共にファナは生き生きとしてくる。

「島を探検したいなあ。あっちの山にも登ってみたい。見たことのないお花もありそう。夜は海岸でキャンプするのも楽しそうじゃない？」

昨晩、シャルルが使った野営テントにファナは興味津々だった。今夜はあのテントで自分が眠る気まんまんなのだ。

シャルルはごほんと咳払いしてから、あえて生真面目な表情をこしらえて、

「お嬢様のお好きなように。ただし、今日はのんびりして良いのですが、明日も厳しい旅路になりますから、早めの就寝をお願いします。最難関を越えたとはいえ、敵機動艦隊は近海にいるはずです。詰めを誤りたくありませんので」

「つまらないの」

頑なシャルルの態度に、ファナは呆れたように鼻息をひとつ抜いた。

「つまらなくて結構。明日の行程を翔破してはじめて、これまでの苦労が報われるのです」

「ねえシャルル。無事に明日を乗り切るための提案なのだけど」

突然、ファナは真顔で頼んだ。

「あの鉄砲の撃ち方を教えて」

シャルルは訝しげに首を傾げて、

「旋回機銃のことですか？」

「それが正しい名前？　一昨日、敵に後ろから追われたときに撃とうとしたけれど、引き金を引いても弾が出なかったの」

「それは……安全装置がかかってますから」

「それを外せば弾が出るの？」

「出ます。出ますが……」

シャルルは一瞬答えることをためらった。後席の乗務員が旋回機銃を扱うことは歓迎だが、それが皇子妃となると話は別であるようにも思う。

後部旋回機銃は追尾してくる敵機に弾丸を撃ち込むためのものだ。

敵戦闘機は、サンタ・クルスの首尾線の後ろ上方に占位して攻撃を加えるのが理想であるが、後部機銃の銃口をそこへむけることで敵に脅威を与えられる。

シャルルは眼を閉じ、しばらく黙考した。

シエラ・カディス群島近海には敵機動艦隊が停泊している。今日もこれまでに二度ほど哨戒機がシャルルたちの上空を航過していった。こちらがこの島を飛び立ったその瞬間に発見され、真電の追尾を受ける危険は多分にある。

ファナが引き金を握らなければ真電は機速の優位にものをいわせ、一昨日のように悠然と編隊を組んで追尾してくるだろう。あのときは積乱雲の助けもあって奇跡的に逃げ切ったが、次にまた積乱雲があるとは限らない。いま打つことのできる手は、打っておいて損はない。

瞼をひらき、シャルルは決断を下した。

「きゃ――っ」

甲高い悲鳴とともに、十三ミリ後部旋回機銃が火を噴いた。

着地したままのサンタ・クルス後部座席から放たれた機銃弾は幾十の射線を椰子林へむかって描き出す。突然の弾着に驚いた熱帯の鳥が一斉に葉ごもりから夏空へむけて飛び立った。

青紫の硝煙をあげる銃口部を一瞥してから、ファナは半泣きの表情で前席のシャルルを振り返る。

地上に降り立ったシャルルは操縦席を見上げて、ファナの射撃に評価を下した。

「悪くないですよ。ちゃんと撃ててます」

「本当に？」

「はい、大丈夫です。もう一回やってみてください」

細かい指摘ならいくらでもできたが、シャルルはとりあえず褒めておくことにした。どうせ限られた弾数での短い練習しかできないのだから、ファナに自信を持たせることを優先した。

ファナはおっかなびっくり指先から力を抜く。機銃支基はすでに固定されており、旋回銃ではなくなっている。ファナが尾翼を撃ち抜かないための措置だった。

唇を引き締めて照準を睨みつけ、ファナは引き金を引いた。銃身が咆吼をあげ、細かい駆動音を残して空の薬莢《やっきょう》が勢いよく吐き出される。

「きゃーっ」

ファナの悲鳴と一緒に、機銃弾たちが真っ青な夏空を駆け上がった。今度は椰子林の別の場所から鳥たちが慌ただしく飛び立っていく。

「問題ありません。それで充分です」

泣きべそをかく直前の表情で振りむいたファナに、シャルルは笑顔で頷いた。

「でも、本当に?」

「はい。射撃は練習してうまくなるものではないです。実際に飛行する敵機を撃ち落とすには、実戦を積み重ねて腕を磨くしかないですから。お嬢様はとりあえず撃って弾幕を張っていただければ充分です」

「とにかく撃てばいいのね」

「はい。撃つタイミングはわたしが伝声管で伝えますから、そのときに引き金を握り込んでください。敵機が簡単に近づけないなら問題はありません」

その言葉にファナは素直に頷いたが、やや釈然としない様子でシャルルに尋ねた。

「撃ち落としたいときには、どうすればいい?」

「ぎりぎりまで引きつけるんです。その照準から敵機がはみ出すくらいまで」

シャルルは機銃の照準を指で示した。ファナは片眼をつぶって、銃身のなかほどのところに取り付けられた照準機を覗き込んだ。鉄枠から敵機がはみだす様子は想像できなかったが、それが限りなく近い距離であろうことはわかった。

「ただ、敵機がそこまで接近してきたならわたしのほうで射弾回避運動を行いますので、お嬢様が撃つ必要はないと思います」

「そうなの？」

「はい。それに引きつけるなんて口で言うのは簡単ですが、実際にやろうとすると難しいですよ。初陣のときはたいがい怖じ気づいてしまって、敵機とのあいだにとんでもない距離があるのに撃ってしまうものです。ちなみにわたしもそうでした」

「そんなふうに決めつけられると悔しくなるわ。もう一回、撃ってみていい？」

「弾数のこともありますから、次で最後ということで」

「わかった」

ファナは機銃にむきなおって照準へ眼を当てた。そこからはみ出す真電をイメージし、引き金を握り込む。銃口が炎を噴き上げたが、三度目の悲鳴はかろうじてこらえた。

射撃訓練が終わるとやることもない。ふたりは海辺に移動して、そこで野営の支度を整えた。

砂浜の背後の椰子林には引き締まったももを持つ健康そうな鶏たちがうろうろしていた。砕いた乾パンを撒いてやると無警戒に寄ってくる。シャルルは慣れた手際で一羽捕らえ、快心の笑みをファナにむけた。

「今夜はごちそうですよ、お嬢様」

その言葉どおり、太陽が水平線の間際で真っ赤に燃え立ち、空が朱色と藍色の複雑な斑《まだら》模様に染まったころ、砂浜にしつらえた石の竈に火が入り、そのなかではつるつるに剝かれた鶏が立派なローストチキンに生まれ変わっていた。

「あなた絶対コックになれるわ。戦争のあいだは飛空士辞めて、コックさんしてればいいじゃない」

脂の滴るもも肉を口に運び、びっくりしたように空を見上げて感謝の言葉を口にしてから、ファナは真剣な面もちでそう言った。

「この作戦が無事に終わったら考えてみます」

考える気もないのに適当に調子を合わせ、シャルルは表面がぱりぱりに焼けた手羽元の肉にかぶりつき、舌にあふれ出る肉汁を味わって、思わず両眼をつぶった。

「本気で考えてみようかな」

嚙むと顎が痛くなるほど身の詰まった肉を胃へ送り込んだあと、シャルルはさっきより真面目な調子で呟いた。

「素晴らしいわ。わたし、こんなおいしいお料理食べるのはじめて。お世辞抜きで」

ファナはよく焼けたもも肉を片手に握って惜しみない称賛を送った。旅立ってからずっと魚しか食べていないうえ、昼間よく遊んで空腹だったことも重なって、ファナとシャルルはまたたくまに獲物を骨だけにした。

「あぁ、お腹いっぱい。とっても幸せ」

ファナは満足そうにそう言って両足を前へ投げ出し、水筒の水を口に含むと、砂のうえに後ろ手をついて星空を見上げた。ぬるい風がファナの髪を優しくかき上げていく。

「いい島ですね。鳥も魚もたくさんいるし、気候も景色も穏やかで」

「天国ってきっとこういうところだと思う。眼に映るなにもかも美しいわ」

「本当に。戦争のことを忘れてしまいます」

「わたし、皇子のところなんて行きたくない。ずっとこの島にいられたらいいのに」

ファナはなにげなくそう言ってから、次の言葉を呑み込んだ。

正直な気持ちが思わず出てしまった。

おそるおそる、シャルルの横顔を見た。

彼は黙って、木の枝で石の竈を突っついている。いまのファナの言葉は届いているが、聞かなかったことにしている様子だ。

かちん、とファナの頭の隅っこで音がした。

ずるい、と思った。

いつもは真摯な態度でこちらのわがままも聞いてくれるのに、こんなときはむきあってくれない。腹が立つと同時に、果敢な気持ちも湧いてくる。

もう一度同じことを言ったら、シャルルはどう返事するだろうか。

ふと漏れてしまった溜息のような言葉ではなく、自分の想いと決意をしっかりと込めた、真摯な言葉を彼へ告げたら。

もしかしたら、彼は受け入れてくれるかもしれない。そしてなにもかも投げ捨てて、ずっとふたりで――。

その考えに、ファナの胸の奥がぎゅっと締め付けられた。

「シャルル」

名前を呼んだ。彼の端正な顔がファナにむけられる。平静を装っているが、明らかに強ばりのある表情だ。

「はい」

その返事も常よりもどことなく硬くぎこちない。

ファナは言葉を探した。

この人にどうしても伝えたい気持ちがある。

胸が押し潰されるような切ないなにか。抑えつけようとしても、こころの奥底からこみあげてくる根源的ななにか。身体のなかを清くて激しい風が吹き荒れている。

風の言葉が、ファナにはわかる。

――シャルルとずっと一緒にいたい。

カルロ皇子も、デル・モラル家も、皇妃という未来も、なにもかも投げ捨ててサンタ・クルスの後席に乗り、シャルルと背中を合わせてずっと飛べたら――。

思いを自制できない。ファナは口をひらき、その考えを言葉にして、シャルルへむかい放とうとした。

けれどもシャルルは、ファナの機先を制するように裏返った声を出した。

「ひょっとして食い足りません？　もう一羽くらい食べますか？　いまならなんだか食べられそうな気がしますし、わたし、すぐ捕まえますよ」

ファナはぽかりと口をあけて、シャルルの硬い面もちをしばらく眺め、ごまかされたことに気づいた。

次の瞬間、ファナのなかにあったなにかが引き裂かれた。そしてその裂け目から圧縮された感情が噴き上がり、けばだった言葉に変換され、喉元から勢いよくほとばしった。

「勝手に食べなさいよ。好きなだけ食べればいいでしょう。わたしいらない」

「いえ、わたしはいいです。もしかしてお嬢様が食べるのではないかと思い」

「ふたりでにわとり一羽食べたのよ？　お腹いっぱいに決まってるでしょう？　わたしそんな馬鹿みたいにばくばくばくばく食べたりしません」

「いえ、あの、お嬢様、わたしの失言でした。どうかお許しください」

「許すもなにも、わたし怒ってません。あなたがなにをどうしようと知りません。わたしを皇子のもとへ連れていくのが仕事なのに、一晩中飲んだくれて仕事をサボるような人になにを言っても無駄でしょう？」

「はい、あの、それに関しては申し訳ありませんとしか言いようがないというか」

ファナの口調はいつのまにか涙声になっていた。時折鼻水をすすりながらも一方的にシャルルを責める。

「変な人。馬鹿みたい。あなたに比べたら皇子のほうがずっとマシよ。ハンサムだし、親が王様だし、それに……ハンサムだし」

「えぇ、あの、それはもちろんそうです。わたしと皇子を比べるほうがどうかしてるといいますか」

「どうかしてる？　どうかしてるですって？」

「あの、お嬢様、落ち着いてください」

「わたし、落ち着いてます。どうかしてるのはあなた。わたし、まともだもの」

「はい、えぇ、それはもちろん」

腹を立てながらも泣きそうな表情のファナは、散らばっていた鶏骨を掴むとぽいぽいとシャルルにむかって投げつけた。それから傍らにあったブランデーのボトルを鷲掴みにして眼をつぶり、白い喉をあらわにして一気にあおる。

「お、お嬢様っ」

シャルルの制止は間に合わなかった。リオ・デ・エステのスラム街、アマドラ地区を徘徊する酔っぱらい顔負けの見事なラッパ飲みだった。喉を鳴らして琥珀色の液体を胃の腑におさめ、片手でドンとボトルを砂上に突き立てる。

「うっぷ」

シャルルの耳朶を、未来のレヴァーム皇妃のげっぷが打った。ファナの父、ディエゴ公爵は生前相当な酒豪であったというが、その血はどうやらファナにも受け継がれているらしい。

怒りに燃えるファナの双眸が、怯えるシャルルに突き刺さる。

「なによ。わたしがお酒飲んじゃ駄目？　あなただってぐでんぐでんになるまで飲んだじゃない」

「いえ、あの、ですが」

「あなたも飲みなさいよ。馬鹿」

「いや、わたしはもう」

「あなたが飲まないならわたしが飲むわ」

ファナは再びソーダ水でも飲むようにボトルの中身をぐびぐびとあおる。もはやそこらの浮浪者の振る舞いと大して変わらない。

「もうおやめください。それ以上は明日の飛行に影響します」

「なによ馬鹿。知るもんですか。卑怯者《ひきょうもの》の言うことなんて聞きません」

「わたしのなにが卑怯ですか」

「卑怯よ。一昨日はわたしのことファナって呼んだくせに、身分なんて関係ないとか言ってたくせに、一晩あけたら知らん顔になっちゃって。お嬢様とか呼んじゃって。なによそれ。本当はこころのなかで、わたしのことファナって呼んでるんでしょう」

「それは、そのう」

「やっぱりそうなのね。あきれた。そう呼べばいいじゃない。わたしが許してるんだから。呼びなさいよ、ほら」

「それはできません」

ファナはごぼぼぼぼと音を立ててボトルの中身をラッパ飲みする。

「お嬢様っ」

「うっぷ」

「そのボトルをこちらへ渡してください。それ以上は危険です」

「ファナって呼んだら返してあげる」

とろりとした目つきで、ファナはシャルルを睨《ね》め付ける。もはや目の前にいるのはたちの悪い一介の酔っぱらいであることをシャルルは悟った。

「そのボトルをこちらに」

「んふふ。いやよ」

「聞きわけのないことを言わずに」

「欲しかったら取り上げることね」

ふらつく足取りでファナは立ち上がると、シャルルを小馬鹿にした鼻歌を口ずさみながらボトルを片手に火の周りをスキップしはじめた。

とてもカルロ皇子には見せられないすがただ。報道カメラマンがこの場に居合わせたなら後方三回宙返りを打ちながらフラッシュを焚《た》くだろう。シャルルは側頭部を片手で押さえてぎりぎりと歯がみした。よりによってあんな強烈な酒を餞別によこしたドミンゴ大佐を恨む。あの酒のおかげでいろいろな歯車が噛み合わなくなっている。

「ばーか、ばーか、シャルルのばーか」

憎たらしい節回しをつけた罵声を浴びせ、その合間にもブランデーを口に含む。このままでは昨晩のシャルルと同じ量の酒をファナが飲み干すことになってしまう。

シャルルは重い腰をあげ、あたかも獣に対するがごとく慎重な足取りで酩酊《めいてい》するファナへ歩み寄った。

ファナはぞっとするような凄艶《せいえん》な眼差しをシャルルへ送り、挑発するようにボトルを腰の後ろに回すと、口元に意地悪な笑みをたたえ、シャルルの歩調に合わせてゆっくりと後ずさる。ファナの背中のむこうは海だ。

「いつまでもふざけてないで」

「わたし、あなたと違ってふざけたりしないわ。いつも本気よ」

打ち寄せる波へくるぶしを浸し、ファナは後退する。

「酔っぱらったまま海に入ったら溺れますよ」

シャルルの言葉も意に介さず、ファナは夜空を見上げた。タンクトップを身につけただけの上半身を冴えた月光が青銅色に縁取っている。

「月がきれい。ねぇ、踊りましょうよ、シャルル」

「あいにくわたしは踊れません」

「踊ってくれたらお酒を返すから」

「わがままもほどほどに」

「わたしのわがままを聞いてくれるのはシャルルだけだもの。ねえ、いまだけわがまま言わせてよ。エスメラルダへ行ったら、また監視付きの自由のない生活に戻らなきゃいけないの。悪いことなにもしてないのに、囚人みたいに暮らさなきゃいけないの」

「……………」

「わたしの周りにいる人たち、わたしの全部を見張っているのよ。ごはんを食べるときも、庭を散歩するときも、読書しているときも。毎晩、毎晩、何人もいる家庭教師がその日一日のわたしの行動について十段階評価で点数をつけるの。彼らの気に入らないところは全部直さなきゃいけないの」

「これじゃあ、囚人のほうがマシじゃない？　彼らには一緒に罰を受ける仲間がいるでしょう？　わたし、一緒になって日常を監視されるお友達なんていないもの。ずっとずっとひとりぼっちで監視されてるの。なにも悪いことしてないのに」

「だからわたしは壁をつくって、ずっとそのなかに住んでいたの。そこから外を眺めていれば監視されて矯正されて指図されて生きていても平気だから。そこにずっといるはずだったのに。なのに、なのに、シャルルのせいで、こんな、こんなふうになったのに。ひどい、ひどいよ」

「お嬢様」

「お願い、踊ってよシャルル」

数瞬前の妖婦はどこへやら、ファナは泣きながら子どもみたいな駄々をこねた。

隙を見計らい、シャルルは大股で波をかき分け、ファナとの距離を一気に詰めた。ファナが後ろ手に持ったボトルを掴もうとしたが、身をよじるようにしてファナはその手をかわし、もつれあうふたりは波打ち際へ倒れ込んだ。

ファナの手からボトルが落ち、濡れた砂のうえへ琥珀色の中身が流れ出した。

寄せ返す波がシャルルとファナを洗っていた。

ファナは仰向けに横たわったまま、まっすぐにシャルルを見上げた。シャルルの肩のむこうに、幾千の星の彩りがあった。

シャルルは左手を砂のうえに着いて身体を支え、右手はファナの左手首を掴んでいた。蒼い月明かりをたたえた波がファナの髪を弄んでいた。

ふたりは静止していた。

言葉を発することもなく、ただお互いの瞳を見つめていた。

相手の瞳の奥に宿る感情が類似していることに、ふたりとも気がついていた。ふたりのこころの最も深いところが、お互いの名を呼びあっていた。

潮騒がかすかだった。さざ波は砂の表面を薄く撫でてから音もなく去っていき、また違う波がふたりのところへ打ち寄せてきた。

「立ちますよ」

体内に鳴り響く心音を押し隠し、シャルルはややもすると冷たい調子でそんな言葉を絞り出した。

ファナは背中を海水に浸したまま、なにも言わずにシャルルを見上げるだけだった。

シャルルは強引に手を引いてファナを立たせた。沖合からぬるい風が吹きつけてきて、ファナの濡れた髪を撫でていった。

波打ち際へ佇んだまま、ファナはうつむいて泣きはじめた。整いすぎた顔立ちをくしゃくしゃに歪め、肩を上下させて嗚咽する。

「シャルルが踊ってくれない」

「だから、踊れないのです。わたしは貴族の御曹司ではありません」

「ひどい人。こんなに頼んでるのに、踊ってくれない」

ファナのろれつは回っておらず、こちらの言うことも聞いていない。瞳を潤ませ、握りしめた拳をぽかぽかシャルルへ振り下ろす。かなりの酒癖の悪さだ。

一方的に打たれながら、駄々っ子をあやしつけるようにシャルルはファナの手を引いて砂浜まで連れ戻した。石の竈のそばへ座らせ、濡れた身体を火で温める。

ファナは泣きつづけた。シャルルはなにも言わずにファナの傍らにいた。

楽園の夜はそうして更けていった。ファナが泣きつかれて眠るまで、シャルルは黙ってそばにいた。

身体の右側をしたにして、背中を丸め、胎児のような姿勢でファナは寝息を立てていた。持ってきた毛布をかけてあげて、木の枝で竈をかき混ぜながら、シャルルは自分自身を持てあましていた。

油断すると鋭い痛みが肺腑を抉る。痛みのむこうから悪魔じみた囁きが聞こえる。

――ファナと一緒に逃げろ。

――彼女もそれを望んでいる。

――世界の果てまでふたりで逃げろ。

両眼をきつく閉じ、シャルルはその誘惑を脳裡から振り払った。

「この作戦、必ず成功させる」

出発時の誓いを改めて口にする。この状況で私情など優先できるわけがない。海猫作戦のために犠牲になったものたちへ、是が非でも単機敵中翔破成功の知らせを届けてやりたい。それに開戦以来これまで劣勢のなかで死んでいった兵士たちのためにも、無事にファナを皇子のもとへ送り届けて反撃の狼煙《のろし》をあげなければ。

明日三千キロを飛行し、サイオン島沖に着水して道行きは終了となる。その後はサイオン島のラ・ビスタ基地へ電信連絡を入れ、本国から飛空艇が迎えに来るのを洋上で待つ手はずだ。ファナとはそこでお別れとなる。

無事に別れの朝を迎えることができるよう、明日の行程を翔破しなければならない。

「ファナを皇子のもとへ連れていく」

旅に出てから幾度となく繰り返してきたその言葉を、シャルルはもう一度低く重く呟いた。

九

「わたし、昨日のこと、なにも覚えてません」

朝靄の立ちこめる砂浜で、頬を紅潮させたファナは決まり悪そうにそう言った。

「本当よ。なんにも、全然覚えてないわ」

ファナの表情は明らかにすべてを覚えていることを物語っていた。からかいたい気持ちを抑えつけ、シャルルも素知らぬ顔でそれに応える。

「わたしも敵機に追われていたとき、お嬢様になにを言ったか忘れてしまいました。だからこれでおあいこですね」

悔しそうにシャルルを睨むと、ファナはぷいと顔を背けた。

シャルルは起きあがってから手足を軽く慣らし、砂のうえで屈伸運動する。

一日休んだおかげで体調は万全、こめかみの傷の痛みもずいぶん和らいだ。

藍色に染まりつつある西の空へ眼を送った。澄み切った朝の大気から炙《あぶ》り出された雲たちが幾十となく湧き立っている。雲量七から八。絶好の飛行日和だ。

「いい雲が出ています。出発しましょう」

砂浜に腰を下ろしたままのファナへ、そう声をかけた。朝の空を映したファナの瞳が、ほのかに抗議の色を含んでシャルルを見上げる。

「いつまでもこの島にいることはできません。敵もこちらの動向を探って、上陸してくる危険があります。生き延びるために飛ばなければ」

「わかってる」

ファナの返事には元気がない。もうしばらくこの島に滞在したい気持ちがにじんでいる。しかし彼女の気持ちを汲むことはできない。

軽い体操で頭と身体を目覚めさせてから、シャルルはファナと連れだってサンタ・クルスを隠した野原へと戻った。

整備の甲斐もあってＤＣモーターは快調だった。電源を入れてやると軽快な震動とともにプロペラをなめらかに回転させる。

ファナが後部座席に座ったのを確認してから、風防を閉じた。

島についてからはめた予備のガラスのむこうに、油絵のような青空がひろがっている。

「いい島でしたね」

「えぇ」

「名残惜しいですが行きましょう。最後の飛行です」

「……ええ」

伝声管越しに短いやりとりを交わしてからスロットルをひらき、操縦桿を前へ押し込んだ。滑走速度が上がるにつれ翼に揚力が溜まる。

群青色の翼が日射しを弾き、サンタ・クルスは夏空を駆け上がっていく。プロペラのうなりは快調そのもの。ファナの目線の先で、楽園がぐんぐん小さくなっていき、島の周りを囲む透明な裾礁《きよしよう》も見えなくなって、やがて濃緑色の島影そのものが一面の群青の彼方へ溶けていった。ファナは名残惜しそうにいつまでも、楽園の消えていった方向を望遠していた。

機首のむく先は皇国領サイオン島ラ・ビスタ基地だ。シャルルは高度三千まで上昇してから機体を水平に戻し、巡航に入った。

無人島生活でどことなく緩んでいた気分を引き締め直し、前方の空域に意識を集中する。敵哨戒機らしきすがたはどこにも見えない。雲から雲へ飛び石づたいに渡るようにして万全の隠密飛行をこころがける。たとえ発見されたとしても、この雲量であれば逃げ切れる――とシャルルは油断していた。

飛空士としてのシャルルの本能が空域に存在する異物を嗅ぎあてたのは、島を飛び立ってから一時間後のことだった。

飛行眼鏡の奥の眼を抜かりなく四方八方へ送った。立ちこめた断雲の群れを貫き、そのむこうの空まで見通すような眼差しだ。周辺には多くの断雲が立ちこめ、高度四千と二千のところにも層雲が二層になってたなびいている。上下とも雲に挟まれた空間を、シャルルは黙々と飛行する。視界は空の青色よりも薄墨色をした雲のほうが目立つ。水平方向に立ちこめている断雲のために視程がよくない。彼方の空域へ送ろうとした目線が雲のついたてによって遮られ、見張りを難しいものにする。

見えないが——いる。必ずいる。おのれの脊椎《せきつい》からそんな声が届く。鼻の奥を金気じみたなにかが突き刺す。現在の空域に鋼鉄の塊が複数存在していることをその香りが伝えてくれる。

——敵はサンタ・クルスを捕捉している。

敵輪形陣のど真ん中に飛び込んだときと同じ感覚だ。敵空母が搭載している電波探知機はかなり優秀なのだろう。こちらが見つけるより早く、むこうがこちらを先に見つけて、喰らうための態勢作りを完了している。シャルルの勘と経験が、否応のないその現実を視認するより早く悟っていた。

——甘かったかな。

見張りさえ万全にこなしていれば逃げ切れると思っていた。だが敵方が優秀な電波探査機の実用化に成功しているならば話は違ってくる。飛空機の性能ばかりか、索敵能力に関しても天ツ上のほうが数段優れているとしたら——この戦争の結末は、皇国にとって不幸なものになるだろう。

「左斜め後方に艦影があります」

そのとき伝声管から強ばったファナの声が届いた。言われるまま左後方へ這わせたシャルルの眼の先に、細長い芋虫型の艦影があった。

敵艦は雲のむこう、ほぼ同位高度のところをサンタ・クルスに平行して飛行している。さきに大瀑布の直前で出会った燦雲型高速駆逐艦と見て間違いない。艦橋に据えられた信号灯がちかちかと明滅しているのは、付近を航行する艦艇へなんらかの合図を送っているのだろう。だが自機の周囲に立ちこめた断雲のために視程が悪く、敵の全容を見極めることができない。

飛行中の決断はおのれの生死を分ける。空戦中は毎秒ごとに生死にかかわる決断の連続といっていい。誰に相談することもできず、無数の選択肢のなかからひとつの行動を選び、それに自らの命を懸けなければならない。

このとき、シャルルの決断は「敵艦隊を見晴らせる位置まで上昇」だった。

スロットルをひらいて必要な機速を獲得してから操縦桿を手前へ引きつける。プロペラの低い唸りとともに、サンタ・クルスは断雲の群れを突き破って上昇していく。

「右斜め後ろ下方、別の艦影がふたつあります」

緊迫したファナの声がまた届いた。上昇しながら後ろ下方を振り返ると、雲海を切り裂いて飛ぶ燦雲型駆逐艦が二隻あった。さきほどの同型艦と同じく、サンタ・クルスの行き先に平行して雲海を航行している。既にサンタ・クルスを視程のうちに捉えているらしく、こちらを追って悠然と上昇してくる。

図体のわりに速い。機速では若干サンタ・クルスが勝るだろうが、完全に振り切るには五、六分かかるだろう。

眼と耳と両手両足、五感はもちろん第六感まで、おのれの肉体も精神も総動員して機体を操り、砲火をかわしつづけなければならない五、六分間は、飛空士にとって五、六時間にも匹敵する長い我慢の時間となる。

空を斜めに駆け上がり、高度四千に立ちこめていた層雲を突き破った。頭上にあるのは遮蔽物の一切ない青空だ。前回、敵正規空母はこのくらいの高度から戦場を眼下に見下ろしていたが、今回、サンタ・クルスより上方の空域には艦影ひとつ見あたらない。

高度八千まで昇ってから機体を水平に戻した。同時に、伝声管が叫びに近いファナの声で震えた。

「雲下から敵艦が……十隻！　上昇してきますっ」

唇を噛みしめ、シャルルは首を伸ばして機体の真下を覗き込む。

シャルルの目線の先で、白い海原さながらの下層雲が水蒸気の飛沫を噴き上げ、雲海を裂くようにして、二列縦陣を組んだ燦雲型駆逐艦十隻が純白の濛気をまとって浮上してきた。轟々とした大気の震えが、風防を越えてシャルルの肌まで伝わってくる。

「増えてる」

シャルルの眼が驚愕とともに見ひらかれた。前回出会った燦雲型は全部で八隻。そのうちの一隻を空雷で沈めたからいまは七隻のはずだったが、シャルルたちが無人島で休んでいるあいだに増援が来ていたらしい。

超重量の鉄塊たちから吐き出される揚力装置の余波を受け、眼下に立ちこめていた層雲が波打ち、けばだって、嵐の日の海原のごとくささくれだった水蒸気の飛沫が駆逐艦にまといついていた。既にして空の様相は戦場のそれに変わっている。

さらにシャルルは眼を凝らした。

真っ白な幔幕に覆われた駆逐艦の湾曲した舷側、そこから張り出した幾十もの砲台、そこに据えられた対空砲の幾百もの砲門が、すべてサンタ・クルスへむけられていた。砲手たちの舌なめずりが見えるかのよう。

二列縦陣はサンタ・クルスをあいだに挟み、互いに五キロほどの距離を置いて平行して飛行している。

水平方向に逃げては駄目だ。このまま直進して機速で振り切るか、もしくは垂直方向に逃げるしかない。サンタ・クルスの限界高度は九千五百メートル。その高さまで逃げると機速がおぼつかなくなり、やがて飛空艇の対空砲に喰われるのは眼に見えている。

——どうする？

自問した。

——直進して射弾を回避しつつ、敵の出方を見る。

そう決めた。

先の空戦もそうだったが、天ツ上海軍航空隊では、複数の戦闘単位が緊密に連繫を取り合って、確実に、組織的に狩るやり口が好まれるようだ。レヴァーム側でも個々の技術と度胸、腕力と精神力で敵を仕留めようとする前時代的な様式は衰退しはじめているが、天ツ上に比べると現代戦への適応が遅れている。

これからはじまるのは、騎士道精神のかけらもない、ただ相対する敵を幾何学的に空域から除外するための戦闘であることをシャルルは予め肝に銘じておいた。二手先、三手先はもちろん、五、六手先まで読み切らなければ敵の術中にはまる。

ここまで来て撃ち落とされるわけにはいかない。これまで磨き上げてきた肉体と精神と技量のすべてを尽くし、これからの数十分間を乗り切る。

決意を固めた次の瞬間、足のしたが轟いた。

見下ろせば駆逐艦の上部装甲が真っ赤に染まっていた。そしてそこから撃ちあげられた炸裂弾が、シャルルの周囲に火焔の花を咲かせる。

灼熱のただなか、炎の色を映した銀翼がひるがえり、サンタ・クルスは機首をやや下方へ突っ込み気味に傾けて機速を上げた。

ここは速力で振り切るしかない。スロットルをひらく。上体へぐっとプラスGが加わる。サンタ・クルスの尾部に、砲弾が追いすがってくる。ファナが悲鳴をあげるかと思ったが、声は聞こえてこない。気丈なファナはきゅっと眼をつぶって恐怖に耐えているのだろう。

左右への振りを小刻みに入れながら、針路の先読みを外しつつ、全身の神経を射弾回避のために注ぎ込む。機体表面のジュラルミンが炸裂弾の破片を受けてガンガンと不気味な音を立てる。水素電池スタックに当たらないことを祈る。

操縦桿を握る手が緊張で汗ばむ。一秒でも早くこの弾幕から逃れたい。手の届くところに死がある——その緊張から解き放たれたい。無意識的にスロットルを叩く。重い唸りとともに、サンタ・クルスは機速を上げながら徐々に高度を落としてゆく。

燦雲型十隻はサンタ・クルスを追いながら高度を上げている。艦の前面に据えた機銃座から光がほとばしり、赤い曳痕を中空に刻んで、シャルルたちを一方的に追い立てる。

風防のむこうに見えるのは炎と煤煙のみ。炎熱が有機ガラスを通して搭乗席のなかまで伝わる。額にじっとり汗がにじむがぬぐうこともできない。

暗灰色のとばりをくぐり抜け、駆逐艦と同位まで高度がさがったそのとき、サンタ・クルスの下方に立ちこめていた層雲が隆起した。

「!?」

シャルルは眼を見ひらいた。上方へ膨張する積乱雲のごとく、小山に似たふくらみが層雲の表面に発生している。ひとつではなく、こちらの行く手を遮るように、空の山脈さながら横一直線に層雲が隆起していく。同時に風防の外から、複数の巨大揚力装置が放つ鈍く重い低周波が伝わってきた。

「重巡！」

叫びとともに穹窿《きゅうりゅう》形の頂点が割れ、水蒸気の飛沫を噴き上げて、帝政天ッ上の誇る重巡洋艦四隻がサンタ・クルスの針路上へ不吉な唸りとともに上昇してきた。

芋虫型の艦影全体に水の粒子をまとい、漆黒の鋼鉄装甲が日射しに煌《きら》めく。全長はいずれも百五十メートル以上。超重量の船体が四つ、見事な単縦陣を組んで飛行している。

シャルルはぎりりと歯がみしてから事態を把握した。

どうやら駆逐艦群ははじめからここへ追い立てるために二列縦陣を組んで追尾していたらしい。

重巡はサンタ・クルスの針路を遮るように、こちらへ舷側をむけている。その砲門の数は後方から追い立ててくる駆逐艦とは比較にならない。上方から見下ろすとサンタ・クルスの針路に対してT字形を描いて立ち塞がるような、理想的な砲撃体勢だ。このまま直進すればシャルルとファナは数秒後には海の藻屑と化す。

転瞬、重巡四隻の舷側が真紅に染まり、砲撃音が天を震わせた。

咄嗟にシャルルは操縦桿を押し込み、眼下の層雲のなかへ逃げ込もうとした。

しかし。

——降りるな！

直感がそれを叫んだ。

シャルルとファナの命を繋ぎ止めたのは一瞬の操作だった。

まばたきするほどの刹那、シャルルは押し込もうとした操縦桿を逆に胸へ引き寄せると、右フットバーを蹴りつけた。

その操作に補助翼と方向舵が反応し、サンタ・クルスはプロペラの回転方向へ糸の切れた凧のように急横転する。

重巡から放たれた砲火が、サンタ・クルスの航跡を追って次々に炸裂する。機体は急速に回転しながら、横へ滑るように高度を落とす。この動きでは敵の砲手がサンタ・クルスの機動を読めない。

シャルルは横転をやめない。風防の外の焼け爛れた空がめまぐるしく回る。視界一面が灼熱と猛炎と煤煙のかすみだ。並の飛空士であれば間違いなく空間失調症に陥るであろう飛び方だが、シャルルの天性はしっかりと見えない水平線を認識している。

前方の一点を睨みつけ、意識を研ぎ澄まし、錐もみ状態へ陥るぎりぎりのところを見極めてから、シャルルは飛行姿勢を立て直した。

鍛え上げられたシャルルの三半規管は回転の余波をほとんど受けない。ぴたり、と微動だにしない映像が網膜に据えられる。後席は静かだ。新米の飛空士のほとんどが教練中に先任飛空士から急横転を体験させられて失神する例にもれず、おそらくファナも失神したものとシャルルは睨んだ。それでいいと思う。身体は座席にベルトで固定されているから失神していても風防をぶちやぶって機外へ飛び出すようなことはない。後席を確認することもなく素早く周囲へ眼を這わす。

前方からの重巡の第一斉射はかわしたが、後方からは駆逐艦が相変わらず追いすがってくる。もしも雲のしたに逃げていたなら、駆逐艦から投下された爆雷の雨に呑まれて空中爆発していたことだろう。

だがまだ安心できない。重巡の二度目の斉射がくる。

――かわしつづけるしかない。

雲のしたに潜るのは最後の最後だ。敵もはじめからこちらが雲下へ逃げると見越して、なんらかの仕掛けを用意しているはず。軽はずみな操縦は絶対に禁物だということを胸に刻んだ。

シャルルは三舵の操作で機速に緩急をつけ、左右の動きも小刻みに加えつつ、四隻の重巡の針路とは反対方向を目指して飛ぶ。

こちらの針路を横切るように航行している四隻の尾部をめがけて飛行して、重巡の横腹から放たれる弾幕を逃れる狙いだ。すさまじい砲火が前方の視界をけぶらせるなか、神経を研ぎ澄まし、繊細かつ大胆な操縦で雲の直上すれすれをミズスマシさながら這うように飛ぶ。

弾着に雲がかき乱される。霧散する。炎と炸裂弾の乱舞。針路の先読みを外すため、絶対に四秒以上同じ速さで飛ばないことをこころがけ、シャルルの渾身の操縦がつづく。

回避運動しながら後方を振り返った。燦雲型駆逐艦の艦影がさきほどよりも小さくなっている。徐々に機速の差が出てきて、相手が引き離されつつある。重巡もサンタ・クルスの機敏な機動にはついてこられず、いまようやく旋回運動をはじめたところだ。

――振り切れる！

希望を感じた次の瞬間、その光明は無惨に踏みにじられた。

空の王——真電。

彼らは重巡と同じように、下方の層雲を切り裂いて、サンタ・クルスの眼前へ躍り出てきた。全部で七機。正面から反航してくる。恐らくは雲の下でシャルルを待ち受けていたのだろう。いつまでも降りてこないのに業を煮やしてむこうから出てきた格好だ。

「後ろ下方から七機、ついてきます」

ややかすれたファナの声が伝声管から届き、シャルルは驚いた。ファナはサンタ・クルスの機動にも失神することなくついてこられているのか。声が少しひっくり返っているが、この激しい砲火のなかでも口調は落ち着いていて混乱していない。彼女は思った以上に肝の据わった性格のようだ。

後方を振り返ると、ファナの言うとおり新たな七機が追尾してくる。前方正面から反航してくる編隊と合わせて、全部で十四機。先日襲ってきたのと同じ、大してうまくない編隊であることを祈った。そうであれば逃げきる自信がシャルルにはある。

複数の後部プロペラ音を重々しく響かせながら、反航してくる真電の機首付近が真っ赤に染まり、糸で引いたような赤い航跡がこちらをめがけて伸びてくる。

ここでシャルルは遂に操縦桿を前へ倒した。

サンタ・クルスは俊敏な機動で、下方の層雲へ突っ込んでいく。

風防の外が一面の灰色のかすみとなり、高度計が七千五百を示したところで雲を抜けた。

上方の雲に日射しが遮られ、空は陰鬱な色をまとっていた。さらに下方にも相変わらず暗灰色の層雲が立ちこめていて視界が悪い。雨は降っていないものの、この暗さは追うほうにとっては都合が悪いはずだ。

「上方から十四機、降りてきました」

ファナの冷静な声が伝声管から届いた。シャルルは言われた方向を振り仰ぐこともせず、スロットルを叩いた。ファナの観察の確かさはこれまでの飛行で充分過ぎるほどわかった。いちいち肉眼で確認することなく、シャルルはファナを己の眼として認め、その報告を信頼して操縦に生かすことにした。

後方から真電の編隊が追いすがってくる。その気配が背中越しに伝わる。空間に存在する複数の殺気が、風防を通してシャルルの全身へ沁みてくる。

すぐに初弾が来た。

左フットバーを蹴りつけてかわす。射撃した真電はそのままサンタ・クルスを追い越すと、前方へまっしぐらに飛び去っていく。

「――?」

やり口が前回とは違う。編隊長が替わったのかもしれない。不吉なものを感じていると、後方からまた新たな敵機がサンタ・クルスの首尾線に機体を合わせ、曳痕弾を発射してきた。

この場合はもう、愚直に同じ回避運動を繰り返すしかない。フットバーを蹴りつけて機体を横滑りさせて射かけられたものをかわす。曳痕弾の真っ赤な束が、サンタ・クルスを追い越して暗い空を直進していった。

そして敵機はさきほどと同じように機速を生かしてシャルル機を追い越し、前方へ飛び出ていく。

なにか様子がおかしい。シャルルは遮風板のむこうに立ちこめた暗灰色の空へ眼を凝らした。

最初に射撃してきた敵機が垂直旋回をはじめ、こちらへむかい反航してくる。二機目も一機目と全く同じ機動で垂直旋回へ入ろうとしている。

後ろからも敵機、前からも敵機。シャルルは敵の狙いに気づいた。

「まずい」

十四機の真電が機速の優位を生かし、シャルル機を取り囲む一本の円環となって、間断なく銃撃を仕掛ける作戦だ。

前回みたいな、編隊長同士が互いに功名心を争って攻撃を仕掛けるような愚行を犯してくれない。非常に組織だった、理詰めのやり口だ。

機体の性能で負けているのに、そのうえ秩序だった編隊空戦まで仕掛けられてしまったなら——希望が限りなく小さくしぼむ。

しぼんだ希望を握りつぶすかのように、後方から真電が単縦陣となって追いすがってきて、シャルルたちを追い越すついでに銃撃を加えてくる。

シャルルは敵機と首尾線が合うたびに機体を横滑りさせて回避運動を行う。後部機銃の扱いを覚えたファナが発砲するかと思ったが、機銃はうんともすんとも言わない。普通の初心者であれば追われる恐怖に耐えかねて、とても当たらないような長距離から後部機銃を撃ってしまうものだが、ファナにはその様子がない。とんでもないほど剛胆で鈍い性格なのか、それとも人殺しの道具を扱う選択肢がすっぽり頭から抜け落ちているか、そのいずれかだ。おそらく後者が正解だろう。やはりファナは見張り役に徹してもらうことにする。

いつまで経っても敵の包囲は出口が見えない。敵もこちらを撃ち墜とそうと必死なのがわかる。

——絶対に避弾行動を変えるな。

決意した。

これからやることは、敵機と首尾線が合うと同時にフットバーを蹴りつけること、それのみ。その単調さに不安を感じ、それ以外の行動を選択したならその場で喰われる。これまで多くの同僚たちが、追尾されたときの回避運動を誤って空へ散っていった。基本の操縦の精度を高めることが、空で生き残る最善の道だとシャルルは知っている。

真電の攻撃はやまない。入れ替わり立ち替わりシャルルの後方に追いすがってきて三十ミリ機銃の照準を合わせてくる。

敵の射撃タイミングを推し量り、撃ったと同時に左フットバーを蹴る。機体が横へ滑って銃弾をかわす。敵はそのままシャルル機を追い越すと、大きく垂直旋回してこちらに反航してすれちがう。それから編隊の最後尾につき、前をいく十三機が銃撃を終えると再びシャルル機の後方にとりつき、首尾線を合わせて曳痕弾を撃ちかける。この円環には終わりがない。シャルルにできることは機体を滑らせて射弾を避けることだけだ。

出口のない蟻地獄だった。もがいてももがいても、いっこうに光明が見えてこない。このまま絶え間なく銃撃を仕掛けられたら、そのうちいつか――と弱音の虫が顔を出そうとする。

――これは我慢比べになる。

きついのはむこうも同じだ。十四機が呼吸をそろえて編隊運動をつづけるのは並大抵ではない。銃撃に機体を削られながら、シャルルは背中へ神経を張り巡らせ、一機一機の射撃タイミングを精妙に読みつつ回避運動を繰り返す。

長引けば長引くほど、真電の飛空士たちは焦る。空母から発信される電波航路帯からはみ出ることを恐れはじめる。粘るだけ粘って彼らの不安をかき立て、最終的に追尾を諦めさせる以外、シャルルたちの生き残るすべはない。そのためにも一瞬一瞬の避弾行動に全力を尽くさねばならない。体力と精神力と五感のすべてをつぎ込み、これまで培ってきた技術の限りを注ぎ込んで、放たれるすべての弾丸をかわすのみ。

操縦桿を握る手が、疲労のために震えはじめた。極限まで張りつめさせた神経も疲弊してくる。だが気を抜けばその場で喰われる。いま搭乗席には自分だけではなくファナが乗っていることを肝に銘じ、弱音を吐きそうになる自分に戒めを与える。

――絶対に諦めるな。

溶岩色をした曳痕弾の束が周囲を行き交う。そのただなかを愚直なまでにひたすら横滑りの回避運動で耐えしのぐ。この動きだけでいい。この動き以外を決して選択するな。

それは飛空士にとって最も勇気のいる決断だった。これだけの数の敵機に囲まれて間断なく追い立てられたなら、凡百の飛空士であれば単調な繰り返しに嫌気がさし、基本技以外の回避行動をとって逆に敵の術中にはまり、最後にあえなく被弾することだろう。この極限のただなかにあっても、基本に忠実でいられる強さがシャルルにはあった。

シャルルはかわす。かわしつづける。ひたすらに、一心に、ひとつひとつの挙動に細心の注意を払い、冷静さを保ったまま、幾千の弾丸をかいくぐって、燕のごとく俊敏に飛ぶ。

たとえ十四機の敵でも、首尾線が合わなければ射撃ができない以上、一度に攻撃できるのは一機だけだ。だから一機ずつ、細心の操作で対処していけば希望の光は見えてくる。シャルルは自分にそう言い聞かせ、ただひたすらに耐え忍んだ。


シャルルの技量に呆れかえったのは真電を操る飛空士たちだった。

無線電信の暗号解読により、サンタ・クルスの後席に座っているのが次期レヴァーム皇妃であることを天ツ上飛空士たちも知っている。敵側の希望の光を見事この海へ撃ち落としたなら昇進も叙勲も当然ありうる。だから事前の綿密な打ち合わせのうえでサンタ・クルスを追いかけているのだが、相手飛空士の腕が神がかり的にすごい。これだけの数の真電に取り囲まれながら、性能に劣る機体を操り後ろ上方からの射弾をかわしつづけるのは並大抵の技術ではない。

自分にはできない――真電編隊の飛空士たちは一名を除いて全員がそう思った。

そして、十三機の列機を率いる編隊長は、自分と同程度の技量を持つ敵飛空士「海猫」の出現にこころの底からわくわくしていた。これだけ腕の立つ飛空士がレヴァーム空軍にいるとは思ってもいなかった。皇子妃の命を委ねられるだけあって、レヴァームで最も腕の立つ飛空士と考えていいだろう。

編隊長の胸がさらに高鳴る。「海猫」を自分の手で撃墜したい。子どもじみたその思いがむくむくと首をもたげる。仲間内での厳密な規則に縛られた編隊空戦などではなく、この相手とは持てる技術のすべてを尽くした一対一の勝負がしたい。

帝政天ツ上には「サムライ」と呼ばれる誇り高い戦士がかつて存在した。この編隊長にはその血の残り香がまだあった。

感謝状も昇進も叙勲も興味ない。ただ腕のある敵と命のやりとりを行うためだけに生きている。やるか、やられるか、ふたつにひとつの正々堂々とした勝負ができればそれでいいし、それ以外になにもいらない。それに、どんな作戦を決行しようとも最終的にファナ・デル・モラルを仕留めさえすれば、多少の独断専行は許される。過程ではなく結果が重要なのだ。

編隊長、千々石武夫《ちぢわたけお》特務中尉はそういう言い訳を胸のうちで呟きながら、編隊全機へ無線電話を通じて命令を下した。

『おれひとりでやる。他は誰も手を出すな』

「——ん？」

　空域に存在する殺気が霧散していくのを感じ、シャルルは後方を振り返った。

「敵が——帰っていきます」

　ファナが前席へ直接声をかけた。言葉どおり、真電の円環の輪がゆっくりと解けていき、やがて完全に散開してしまった。いやというほど撃ちかけられていた曳痕弾の雨がぴたりと止んで、空域にサンタ・クルスのプロペラ音だけが響く。

「諦めた？」

「いえ、一機だけ残ってます。他は上方に」

　シャルルは後方へ眼を凝らした。ファナの言うとおり、編隊長機らしい一機が同位高度に残り、あとの十三機は空戦空域から各自逃れていって、あたかも戦果確認機のごとく一定の距離を置いて追従している。

　追尾してくる一機の機速が上がった。

　緊張とともにシャルルはフットバーに足を置くが、敵機はこちらに首尾線を合わせずに左斜め後方から接近してくると、サンタ・クルスの真横に並んで併走をはじめた。

　旋回機銃を持たない単座戦闘機は真横に並ぶ敵を射撃することはできない。サンタ・クルスの後部機銃はすでに固定してあるため、この体勢で飛ぶ限り、両者ともに安全である。

　シャルルは横目だけで敵機を睨みつけた。

　そして鋭く尖った真電の機首付近に、人をおちょくったようなビーグル犬のイラストが描かれていることに気づき、全身の肌が粟立った。

「あいつ――」

忘れもしない、いま併走しているのはかつてシャルルが一度だけ撃墜を喫した相手だった。落下傘降下するシャルルのまわりをゆっくりと旋回しながら、なぶるような眼でずっとこちらを見ていたあいつだ。

次に遭うときは絶対に負けない。シャルルはずっと自分にそう言い聞かせてきた。以後、空戦のたびに敵の群れのなかにビーグルを探しつづけた。地上では馬鹿にされようが踏まれようが意にも介さないが、空で負けることだけは絶対にいやだ。おのれの誇りにかけてビーグルを叩き墜とす――そのことをずっと胸に刻んできた。

しかし、なにもいまこんなときに現れなくても!

恨みがましい気持ちをこめて、敵機の搭乗席へ険しい視線を送った。

と、その風防がするりと後方へ滑り、敵飛空士の涼しい表情がこちらをむいた。

女性かと見紛うほど端正な顔立ちだが、そげ落ちた頬と尖った顎は男性のそれだ。首に巻いた空色のマフラーを風になびかせ、口元には挑発的な微嘲笑をたたえて、空域に存在するすべてを射抜くような鋭い眼光をシャルルへと迸らせている。

間違いない。ずっと探していたあの相手だった。

シャルルも睨み返す。ついでに相手を挑発するように唇の端を吊り上げてやった。

――お前にぼくが墜とせるか。

その気持ちを両眼にこめて相手へ叩き込む。気取った敵はいかにも楽しげに、シャルルの眼光を受けきっている。ファナが不安そうな声を投げた。

「これは……!」

「相手が一騎打ちを望んでいるということです。天ツ上の伝統的な決闘様式ですよ」

「サムライのやりかたね」

「こちらを仕留めるための最善の策でもあります。下手な飛空士が操縦する十四機より、うまい飛空士が操縦する一機のほうが怖い」

「そういうものなの?」

「残念ながら、そういうものです」

あのビーグルはうまい。甘く見積もってもこちらと同程度の技術がある。辛く見積もるのは精神衛生上よろしくないからやめておく。

一流の飛空士が引き出す、真電の本当の実力――それを思うと暗澹《あんたん》たるものがシャルルの胸の内をよぎった。

伝声管を手に取った。

これが最後の試練になる。

もしかするとここですべてが終わるかもしれない――だからファナと言葉を交わしておきたかった。

「正念場です、お嬢様。敵は非常に手強いですが、共に乗り越えましょう」

「はい。共に」

覚悟のこもったシャルルの言葉に、ファナは静かに応えた。

共に、という一語が、ファナの奥深くに心地よく響いていた。

生き残るのも共に。墜ちるのも共に。

どちらの結果になろうとも、旅の結末を静かに受け入れよう。とても自然な、開け放たれたファナのこころが、そう呟いていた。

敵機の風防が閉じて、機速が落ちてゆき、楽々とサンタ・クルスの後ろ上方に占位した。

戦いのはじまりだ。

シャルルは呼吸を整え、操縦桿を握り直した。

そしていきなり桿を前へ倒す。一面の薄墨色のただなかに銀翼が翻り、サンタ・クルスの機首が層雲の絨毯に突っ込んでいった。

間髪容れず、ビーグル機が追尾してくる。尾部プロペラの重い唸りとともに、蚊にも似た漆黒の機体が暗灰色の雲を蹴散らし、プロペラ後流の渦巻きを空の航跡に描き出す。

シャルルは背中に敵の気配を感じている。見えないが、ビーグルは後ろから正確にこちらに追従している。それがわかる。

見た目よりも厚い雲だった。緩降下しながら高度計の針へ眼を送った。現在高度二千五百。まだ雲を抜けない。風防の外は自機の翼端も見えないほどの暗い水の粒子が立ちこめている。この視程の悪さであれば、敵も当然こちらが見えないはず。

シャルルは意を決し、操縦桿を手前へ引いて機体を水平へ戻した。

雲中飛行はシャルルのおはこだ。凡百の飛空士であればほどなくして空間失調症に陥るが、シャルルの天性は無意識のところで見えない水平線を捉え、飛行姿勢を保っている。

サンタ・クルスは暗灰色の闇を切り裂いて飛ぶ。

前方の遮風板を雨粒が滑っていく。ただプロペラ音だけが暗闇の世界へ響く。なにも見えないが、シャルルの視界には不可視の水平線が決してぶれることなく映っている。その水平線を目指して飛ぶ。

予想以上にこの雲は厚く、また範囲が広い。紛れて逃げるには理想的だ。仮にシャルルが追う側だったとしても、この雲に逃げ込んだ敵はとても追えない。

——振り切った。

確信したと同時に、雲を抜けた。

眼下にいきなり、快晴の海原が広がる。

暗黒に慣れていた眼が、その眩さに数瞬戸惑う。

雲を抜けた前方空域は一転、上下左右どこを見回しても綿雲ひとつない、雲量ゼロの世界だった。

遥か眼下、銀箔を散らしたような凪いだ海原があった。まろい波頭が模型さながら静止している。群青色の海原と、海の色を少し薄めたような空へ、天頂から夏の太陽が遮るもののない強烈な日射しを放ちだしていた。日光はそのまま海原で照り返っている。

そしてシャルルは気づいた。幸福な絵画にも似た情景のただなかへ、不吉なプロペラ音が溶け込んでいた。聞かなかったことにしようと思ったが、小脇の伝声管が無情に鳴った。

「後ろ左斜め上方、敵が追尾してきます」

馬鹿な、と叫びだしたいのをこらえ、ファナの言う方向へ眼を送った。

まず網膜を射したのは強烈な日光だった。慌てて眼の焦点を太陽からずらし、蚊に似た漆黒の機体が眩い光のただなかにいることを視界の端で確認した。

ビーグルは遊覧飛行のごとく悠然と、太陽を背負う位置へ占位して、教科書どおりにこちらを追尾してくる。

雲中をあれだけ飛んで空間失調症に陥るどころか、サンタ・クルスの位置を正確に把握して追尾してきたというのか。それはいったい、どんな能力だ。

「まずい」

呟いた。身を隠すものがどこにもないこの空域で劣位空戦になり、機体性能どころか、飛空士の能力でも劣るとしたら——導き出される答えはひとつ。

「来ます!!」

ファナの声と一緒に、真電のプロペラ音が変化した。空を斜めにつんざいて、ビーグルが斜め上方から襲いかかってくる。優位高度からの俊敏極まりないその機動は、獲物へむかい一直線に降下する鷹そのものだ。

シャルルは慌ててフットバーを蹴りつけ、操縦桿を傾けて、突っ込んでくる相手の機体を急横転でかわした。

すれちがいざま、曳痕弾の束が降りおりてくる——と覚悟したが敵は一斉射も仕掛けてこない。手を伸ばせば届くような距離をかすめ飛んで急降下していくと、再び六百メートルほど下方からこちらへむかい機首を持ち上げる。

前回、撃ち落とされたときもこのビーグルはそうだった。必殺の間合いに入るまで決して無駄弾を撃とうとしない。居合いの剣士さながら、それこそ接触寸前にまで機体を寄せて、逃れようのない超至近距離から三十ミリ機銃の一撃を放ってくる。

危険すぎる敵だ。

いまのシャルルにとって、勝ち目は三つ——敵の電力が切れるか、弾丸が切れるか、機位を失するのを恐れて引き返すか——いずれかしかない。

このうち、弾切れは諦めるしかない。撃たれたと同時に墜とされると考えたほうがいい。電力はシャルルと同じく充分だろうから、やはり不安に負けて引き返してくれることを祈るしかない。

だが、少々引きずってやったくらいでこの敵が引き返すだろうか？

雲中を正確に追尾してくるような凄腕なら、洋上航法にも長けているのではないか？

航法に自信があるなら、電波航路帯からはみ出そうが意にも介さずこちらを追いかけてくるだろう。となるとこちらの勝ち目はどこに？

いつのまにかシャルルのほうが不安に負けそうになっていた。そのことに気づき、慌てていまのことに意識を集中する。不安など感じている暇はない。

考えているあいだに、真電の尾部プロペラが唸る。中空をまっしぐらに駆け上がってくる。いまだ咆吼しない三十ミリ機銃の黒光りが不気味すぎる。

どこへ逃げる？　シャルルはまたしても瞬時に決断しなければならない。そしてその決断は絶対に間違えてはならない。後部座席に乗っているのはレヴァームの未来だ。ひとつひとつの局面が、中央海戦争の戦局そのものを左右する。

横の機動でかわそうとしたなら格闘戦に持ち込まれる。そうなれば旋回性能に劣るサンタ・クルスはまたたくまに三十ミリ機銃の居合い抜きを喰らって海原めがけて墜ちていくだろう。格闘戦は真電の土俵だ、絶対にそこへ上がってはならない。

縦の機動しかない。それも緩降下ではない、空中分解ぎりぎりの急降下で真電を引き離す。真電相手にまだ試していないことがひとつあった。もしかしたら万が一、うまくいってくれるかもしれない。この状況では、たとえわずかでも可能性があるならそれに賭けるべきだ。

現在高度、四千三百。きっとやれる、いや、やらなければならない。

打ちつけた石から上がった火花が消えるほどの刹那、飛空士としての本能が、縦の運動を選択した。

こちらの下腹をえぐるように、左斜め下方から真電が突き上げてくる。サンタ・クルスは半横転してそれをかわすと、機体上部面を海原へむけてからまっしぐらに降下をはじめた。

真電も豹のごとく素早い機動で身を翻し、機首を真下へむけて追ってくる。

シャルルは振り返りもしない。風防の前面にあるのは静止した海原のみ。凪いだ海面の蒼へむかい、すさまじいプラスGを感じながら、いわゆる背面逆落としの体勢で急降下する。高度計の示度がみるみる下がっていく。翼に皺が寄る。機体に揚力が溜まり、跳ね上がろうとする機首を操縦桿で押さえつける。

落下するほど速度が上がる。空中分解ぎりぎりのところを見極める。

真電相手にまだ試していないこと——それは機体の頑丈さの勝負だ。

真電の強さは機速と旋回性能、それに長大な航続距離にある。

現在、どの単座戦闘機よりも真電は速く、小回りが利き、遠くまで飛べる。しかし両国のDCモーターに技術的な差がそれほどあるとは思えない。原動力がそれほど変わらないのにこれほどの性能差があるとしたら——飛空機にとって大切な機構が犠牲になっているはずだ。

ではどこを犠牲にするか？　真電の設計者は、どこを犠牲にしてその性能を手に入れたのか？

装甲、つまり機体の防御性能である可能性が高い。

飛空士の生命の安全を犠牲にして、機体を極限まで軽くすることで、他の追随を許さない格闘性能を獲得しているのだとしたら、つけこむ隙はいくらでもある。

——真電の機体は、ひどく脆弱《ぜいじゃく》なものではないか？

それがシャルルの推測だった。もしもその推測が当たっているなら、真電はとてもこの急降下にはついてこられないはずだ。格闘性能のために軽量化した機体は、降下の途中で空中分解を起こし海の藻屑と化すだろう。

　高度三千、二千五百、二千。

　増速しながら、二千メートル以上もダイブした。おそらく今度こそファナは気を失っただろう。これほど真電に追われながら一発も撃たないのがその証拠だ。この恐怖に耐えきれる初心者はいない。追尾する相手を振り払おうとして遮二無二機銃の引き金を絞るのが普通の人間の反応だ。空戦がはじまって以来ずっとつづく後部機銃の沈黙が、ファナの失神を示している。

　ファナの現状を頭の片隅において、それでもシャルルは急降下する。

　横目で翼の状態を確認すると、あとひと息でもげそうなほどしなり、前縁から後縁にむかっておびただしく皺が寄っていた。

　これ以上急降下したなら、サンタ・クルスが空中分解する。そう判断した刹那、シャルルは後方を振り返った。

「!!」

　真電は尾部のすぐ後ろにぴったりとくっついていた。

　二千メートル級のダイブなどものともせず、サンタ・クルスと同じように背面逆落としの体勢を取り余裕綽々で降下してくる。

「いい加減にしろ、バケモノっ!!」

叫んだ。真電の機体はサンタ・クルスと同格以上に頑丈だった。いったいどこをどうやってあの格闘性能を獲得しているのか、皆目見当がつかない。

空間把握能力で負け、機体性能でも防御性能でも負けている。そのうえこちらの後席には空戦中は重りでしかない、失神したファナがいる。

勝てない。勝てるわけがない。

絶望に打ちひしがれそうになる。だが、まだ墜ちたわけではない。なにもかも負けているにもかかわらず、奇跡的にまだ飛んでいる。

ならば最後の最後まで諦めるな。

必死に自分自身に言い聞かせ、シャルルは機首を引き起こした。

なんとしてでも追尾してくるビーグルを引き剝がさなければならない。それをしないと次の方策も見えてこない。

引き剝がすには——奥の手を使うしかない！

シャルルは勇気を振り絞った。またしても危険な賭に出ざるをえない。だがこうなったらもう、自分にできるすべての技量を振り絞って応戦するべきだ。

この敵は強い。なにもかも自分より上だ。それは認める。しかし、負けられない。うしろにファナがいる以上、このままむざむざ撃墜されるわけにはいかない！

スロットルを叩き、シャルルは宙返りの体勢へ入った。どうかこちらの誘いに乗ってくれと祈りながら後方を振りむく。

ビーグルはぴったりと追尾してきた。サンタ・クルスのやや斜め気味の宙返りの航跡をしっかりと辿りながら、なんの疑いもなく宙返りの頂点までそのまま追尾してきた。

――かかった！

さんざん打ちのめしてくれたが、ようやくこちらの罠にはまってくれた。ここで主導権を握り返せる。

シャルルが繰り出したのはレヴァーム空軍におけるS級空戦技術、通称「イスマエル・ターン」――洋の東西を問わず、現在の飛空士にとって最高難度といわれる技だった。

真電の搭乗席にて、千々石はぴくりとも表情を動かさずに操縦桿を倒していた。前方のサンタ・クルスは二千メートル級のダイブにも真電が崩れないことを知るやいなや、機体を引き起こして宙返りの体勢へ入った。

もちろん千々石もそれにつづく。「海猫」は非常に俊敏だ。勇気や根性はもちろん、神がかり的な空戦技術がある。そのことが千々石にとってひどくうれしい。真電に乗るようになってから久しく出会うことのなかった、戦い甲斐のある相手だった。

やや斜め気味の軌道を描いて空を駆け上がっていくサンタ・クルスが、宙返りの頂点に達して背面となった。

その時点で、千々石には「海猫」がやろうとしていることが見えた。安易に敵を侮ることなく、その技量を素直に認めて称賛するからこそ、千々石にはこの手強い「海猫」が次に繰り出す技がわかる。

帝政天ツ上海軍航空隊における特一級空戦技術、いわゆる「左捻り込み」——宙返りの頂点で半ロールを打ち、追尾してくる敵を自分の前方に押し出す技だ。

案の定、背面になったサンタ・クルスの機体が左に横滑りした。確かレヴァーム側では考案した飛空士の名を取って「イスマエル・ターン」とか呼ばれている技だ。

千々石にとって、実戦でお目にかかるのははじめてだった。自分が失速して墜ちる可能性が高いため、本番でこの技に挑む飛空士はほとんど存在しない。

きっといまごろ「海猫」は、してやったりの表情を浮かべていることだろう。かつて使えたものが三人もいない伝説的な技を繰り出し、こちらの度肝を抜いたつもりでいるに違いない。

「おれの勝ちだ」

千々石は短く呟くと、踏み込んでいた左フットバーを緩め、代わりに右フットバーを軽く蹴飛ばした。真電は千々石の繊細な舵さばきに敏感に反応し、背面になったところで機体を左に横滑りさせた。

それはシャルルと全く同じ軌道から繰り出す、全く同じ技だった。

千々石にとってこの空戦が終わることは寂しかったが、派手な技の応酬で締めくくることができることは満足だった。

してやったりの表情を浮かべながら、シャルルは左フットバーを緩め、代わりに右フットバーを軽く蹴飛ばした。存在だけは知られていながら、かつて使えたものは三人といない大技、イスマエル・ターン。追尾していたはずがいつのまにか前方に押し出され、度肝を抜かれた敵飛空士の間抜け面が脳裡にひらめく。前部機銃があったなら全弾叩き込むところだが、偵察機ではそれができない。ターンによって追尾を引き剝がしたのち、再び全力で逃げるしかない。

背面のまま横滑りしながら、操縦桿を横に倒して右翼を微妙に下げる。機体は背面飛行のまま、あたかも自動車のドリフトのように宙空を滑りつつ回転する。さらに補助翼を操作して機体をわずかに浮かせ、背面になったままで無重力状態のごとき不思議な浮揚運動を発生させる。

繊細極まりない操作にも、サンタ・クルスはよく反応した。

狙った動作がぴたりと決まり、機体は回転を終えて追尾してくる敵の脇腹へと機首をむける――はずだった。

「――え？」

機首の先にいるはずの敵がいない。度肝を抜かれた敵飛空士の間抜け面がそこにない。シャルルの眼前にはただ、見慣れた濃い色の夏空があるだけだ。

――まさか。

見ひらかれたシャルルの眼が、機体後方を振りむいた。

サンタ・クルスの後方では、真電が背面になったまま無重力状態のごとき不思議な浮揚運動を終了させ、黒光りする三十ミリ機銃の銃口をこちらへむけていた。

互いの距離は——避けようがないほどの超至近距離だった。かつてこの敵に墜とされたときと同じ、もうどんな操作も手遅れになる絶望的な距離だった。

シャルルは自分の甘さを知った。後悔が遅すぎることも悟った。

「ファナ」

詫びの気持ちを込めて、そう呟いた。


左捻り込みの操作を無事に終了させ、千々石は操縦桿を握り直し、機体前方へ猛禽のごとき両の眼をむけた。

サンタ・クルスの尻が、真電の三十ミリ機銃の真ん前に据え置かれていた。

度肝を抜かれた「海猫」の表情が透けて見えるようだ。

外すほうが難しい、必中の距離である。一斉射したなら爆砕した敵機の破片がこちらの風防を雹《ひょう》のように叩くだろう。

千々石は二挺の機銃の発射レバーに指をかけた。

そのとき千々石の網膜に、サンタ・クルスの後部座席に座っているファナ・デル・モラルの表情が映じた。

わずか一瞬、千々石の胸に哀れみが爆ぜた。

戦争とはいえ、なんの罪もない非戦闘員の少女を——。

それはまばたきひとつ分ほどのためらいだった。

だが千々石は、その可憐な皇子妃が、気丈そうに表情を引き締めて、後部機銃の銃口を真電へむけていることに気がついた。

よくできた陶磁人形のようなお姫様の細腕が、後部機銃の引き金を決然と握りしめていて、その眼差しは空の戦士のごとく凜々しく、まっすぐ千々石へと突き刺さっている。

「——え？」

千々石はそう呟いて我に返り、己の生命が危険にさらされていることを知ってから、三十ミリ機銃の引き金を引いた。


ファナは空戦がはじまってからずっと眼をひらいていた。

恐怖に対処する方法なら知っていた。

子どものころから、理不尽な目に遭うたびに使っていた避難方法——こころの奥に築いた玻璃の城壁の内側から、現実をオペラの観劇のように眺める、飛びきりの臆病者のやり方——ずっとそうやって敵機の動きを見ていた。

玻璃の奥へ引きこもったファナは、自身のことさえ他人事のごとく眺めることができる。

そのやり方で恐怖を感じることもないまま、後部座席からじっと、一部始終を観察していた。

現実から逃げるために作った玻璃の城壁を、現実に対抗する武器として利用できる強さとしたたかさがいまのファナには備わっていた。

失神しそうになるほど激しい縦の運動も、急横転も、出発前の二週間の訓練期間に何度も経験していたからなんとか持ちこたえることができた。

それに、あの島にいたときにシャルルから言い含められていたことをファナは律儀に守っていた。

『撃ち落としたいときには、どうすればいい？』

『ぎりぎりまで引きつけるんです。その照準から敵機がはみ出すくらいまで』

――いま、後部機銃の照準の枠からはみ出すほど大きく敵機が映っている。

ファナは玻璃の奥から足を踏み出し、現実へとこころを引き戻した。

音が還ってくる。風防の外から、風が切りつけるような強い音。目線の先には、真電の搭乗席で操縦桿を握りしめている敵飛空士の度肝を抜かれた顔があった。

両手の先に、鉄の冷たい感触があった。

それは後部機銃の引き金だった。

「ファナ」

背中越しに、シャルルの声が聞こえた。

いまの言葉はきっと「撃て」という合図だとファナは思った。

鈍く重い銃撃音が鳴り響き、サンタ・クルスと真電とのあいだの空間に、真っ赤に焼け爛れた曳痕弾の弾道が刻み込まれた。

あたかも剣豪同士がすれ違いざまにかわすような必殺の一撃――それがひらめき、空中を裂いた。

刹那――火薬の炸裂音が中空にとどろき、橙色の炎が音に遅れて芽吹いた。

砕けたジュラルミンが真っ青な空へ水飛沫のような微細な破片を撒いた。真夏の日射しがそこに反射し、きらきらとまたたいた。

弾丸の交錯は一瞬だった。

両者ほとんど同時の一斉射――決着はそれでついた。


シャルルの耳には銃撃音がまだ残っていた。

残響は、風防の外に鳴る風の音にかき消された。

遮風板のむこうには渺とした青空がある。

サンタ・クルスは飛行している。計器盤に眼を走らせても、どこにも異常はない。

シャルルは踏み込んでいた左フットバーから足を離した。ファナが後部機銃の引き金を握りしめているのを見た瞬間、本能的に機体を横滑りさせていた。もしこの操作が遅れていたなら間違いなくいまごろ、細切れの肉片になって海原へむけて墜ちていたことだろう。なぜか敵の射撃が一瞬遅れたのが幸いだった。

後ろを振り返った。

次期皇妃は呆けたように後部機銃に手を添えていた。操縦席内に火薬の匂いが濃く漂っていた。泣きべそをかきたいのをかろうじてこらえているような、ファナの顔がこちらをむいた。

「シャルル」

声がかすれている。目の前で起きたことの意味がわからない様子だ。

「ファナ」

「当たった。当たったよ」

「きみが撃ったの?」

「あの人、死んでしまったの?」

嚙み合わないやりとりのあと、シャルルは四方八方へと眼を送り、ファナへむかって首を左右に振ると、機体の右斜め後ろ下方を指先で示した。

「左翼の先端に当たったようです。あれではもう、空戦はできない」

シャルルの指の先では、片翼の三分の一をもぎとられた真電が、ふらつきながら飛行していた。

ファナの眼が大きく見ひらかれた。機体はひどく傾いていて、指でつついただけで均衡を失って墜ちそうだが、敵飛空士は必死の操縦で飛行状態を保っている。

「生きていたのね。よかった」

どこかほっとしたようなファナの言葉だった。

戦場で敵の安否を気遣ってどうする。思わず苦笑してしまったシャルルだが、その笑いは悟られないようにして眼下の真電を観察した。

「よくあれで飛べる。敵ながらいい腕してます」

サンタ・クルスの三百メートルほどの下方を、敵機は三舵を巧みに操りながら、慎重に重心を保っている。前部機銃があったなら赤子の手を捻るように撃墜できるが、いまのサンタ・クルスの武装では難しい。敵機下方へ回り込んで後部機銃の銃身をめいっぱい上げ、敵機の下腹を撃ち抜くやり方もあるだろうが、わざわざ危険を冒してまで撃ち落とす必要もない。いまのシャルルの任務はファナを安全な空域まで護送することだ。

戦いは終わった。

「挨拶していくか」

呟いて、シャルルはゆっくりと上方から真電へ近づいていき、戦いがはじまったときと同じように敵の真横に並んで飛んだ。

敵飛空士の顔が風防のむこうにあった。

シャルルは風防を下げて、相手飛空士へ眼を送った。

むこうも気づき、同じく風防を後ろへ下げて端正な顔をシャルルにむけた。

ふたりとも、これ以上無駄な争いを演じるほど無粋な者たちではなかった。

シャルルは黙って敬礼を送った。

敵飛空士も苦そうに笑み、口をへの字に曲げて敬礼を返した。

ファナは、敵対するふたりが挨拶を交わす光景を不思議そうに見ていた。奇妙ではあったが、胸のうちにはなにか温かいものを感じた。敵同士なのに、こうやってお互いを認めあえるのは素晴らしいことだと思った。

シャルルが風防を閉じ、機速を上げた。真電は後ろに置いてけぼりだ。

シャルルは翼を上下に振った。これは飛空機同士の挨拶だ。さすがにむこうは振り返すことはできなかったが、飛行そのものはなんとか無事にこなし、そのうち視界から消えていった。

もはやシャルルの視界前方にあるのは青空だけだった。

行く手を遮るものは一切なかった。このまま日没まで飛行すれば、サイオン島沖に辿りつける。サイオン島からさらに西は、レヴァーム空軍の制空圏内だ。

シャルルはひたすらに飛んだ。

飛ぶ以外のなにも考えることなく、最後まで抜かりなく空域すべてへと見張りの眼を送りつづけた。

ファナもそれにならった。余計な言葉を交わすことなく、サンタ・クルスの後方空域へ監視の眼を送った。

言葉はなかったが、搭乗席内は心地よい雰囲気だった。まるで数年前からペアを組んでいる飛空士同士のように、これからもずっとこうして空を飛びつづける戦友のように、シャルルとファナはお互いの背中をあずけていた。

やがて――旅の終着地が夕日を照り返す海面のただなかに浮かび上がった。

本国から出迎えに来る飛空艇との待ち合わせ場所は、サイオン島から百十キロほど沖合に浮かぶ名もない岩礁だった。

シャルルはふたつのフロートを翼から下ろした。サンタ・クルスは中空に優雅な仰角を描き、落ちていく夕日を追うように、機首を西へむけて着水した。

黄金色の航跡が水面に音もなくひろがって消えた。

プロペラの回転が落ちていき、一度逆回転するように見えてから、ゆっくりとDCモーターの唸りが小さくなって、やがて止まった。

水素電池スタックを「蓄電」に切り替えてから、シャルルは眼を閉じ、一度大きく息をついて、笑顔を浮かべて後席を振り返った。

「目的地に到着しました、お嬢様。飛行はこれで終わりです」

ファナはシャルルのほうを振り返り、ぎこちない笑みで言葉に応えた。

「でも、まだ仕事はあるのよね?」

「はい。ラ・ビスタ飛行場に電信連絡を入れて、本国から迎えを呼びます。そのあとはもう、飛空艇を待つだけですね」

「そう」

ファナは目を伏せ、寂しそうにぽつりと呟いた。

シャルルの胸の奥が疼いた。こころの奥深いところがざわめいている。それを悟られないよう、空元気を装って風防をあけた。

「これが最後の夜です。もう空戦する必要はありませんし、楽しくいきましょう」

そして翼のうえに降り立ち、ファナの手を取って搭乗席から出るのを助け、ゴムボートを膨らませた。もうすっかり手慣れた様子で、ファナも支度を手伝った。

夕暮れの色を映した海原を、ぬるい風が行き過ぎていった。塩辛い風のなかにはどこか、夏の終わりを思わせる匂いが含まれていた。

十

「最後の夜じゃないわ。シャルルも一緒に飛空艇に乗って、エスメラルダに行けばいいのよ。こんなに頑張ったのに勲章ももらえないなんて変でしょう、ね？　大丈夫、わたしがみんなに頼むから」

乾パンと保存食で簡単な夕食をとったあと、ファナは無理に明るいふうを装ってそんなことを言った。

ふたりの頭上には既に、夏の星座がまたたいていた。波間にあやされるゴムボートのうえ、シャルルは苦く笑み、首を左右に振って答えた。

「そんな簡単な話ではありませんよ。カルロ皇子の体面のためにも、お嬢様を助けたのは第八特務艦隊でなくてはならないのです。流民あがりの傭兵などではなく」

「わからないわ。どうしてそんな、体面なんかにこだわるのかしら」

「高貴な方のお考えは、わたしにはわかりません。きっと意味はあるのでしょうけど」

ファナはしばらく居心地悪そうにあっちを見たりこっちを見たりしてから、意を決したように言葉を継ぐ。

「でも、それとこれとは別に、シャルルが一緒に飛空艇に乗って、凱旋式を見るくらいのことは許してくれるのではなくて？」

「サンタ・クルスはどうするのですか」

「他の飛空士さんに乗って帰ってもらいましょうよ。うん、きっと大丈夫。わたしがお願いすれば聞いてくれるから。ね？　一緒にエスメラルダへ行きましょうよ。わたし、暇ができたら街を案内してあげる」

ファナはすがるように、夢みたいな話を持ちかけてくる。

そういうことができたら素敵だな、と思う。シャルルにとっても、このままファナと別れなければならないことは寂しい。

しかし——傭兵は夢など見ない。

シャルルは階層社会の最底辺に所属する人間であり、ファナは頂点の人間である。なんの運命の悪戯か、たまたまこうして一緒に旅をすることになったが、もともと地上と星ほどもかけ離れた世界に生きるふたりだ。時が来たなら、お互いの世界に戻らなければならない。

しかしいくらそう言ってもファナは聞く耳を持ってくれない。意地でもシャルルを皇都エスメラルダの凱旋式に引きずり出すこころづもりだ。なにをどう言おうとも、あの手この手で反論してきて譲歩しない。

シャルルは一計を案じた。たとえ嘘でもこんなことを言ってしまうのはファナを傷つけるのではないかと思ったが、明日のお別れを納得させるには仕方がないと思った。

「いいですか、わたしは一介の傭兵にすぎません。もうこれ以上お嬢様をお助けすることはできませんし、お嬢様の言うとおりにしたら報酬ももらえないことになってしまいます。それは困るのです」

シャルルの言葉に、ファナは大きな眼を見ひらいてぱちくりさせた。胸の痛みを感じながら、シャルルはつづける。

「傭兵を動かすのはお金です。この作戦を受けたのもお金が目当てですし。わたしはそういう男です」

「嘘よ。どうしていまごろ、そんな嘘をつくの?」

「嘘ではありません。わたしはここでお嬢様とお別れする条件で仕事を受けたのです。だからそうしないと、せっかくの報酬をもらえないかもしれません。人生三回分は遊んで暮らせる、正当な報酬です。わたしにそれを受け取るな、と仰るのですか」

「それは、でも」

「それだけお金があれば、もう飛空機に乗って殺し合いをしなくて済みますし。離れ島に家でも建てて、優雅に暮らしますよ。いけませんか?」

「いけなくはないけど……でも、それじゃあ、シャルルはこのままわたしと二度と会わなくても平気なの？」

その問いに、シャルルの胸の奥底が疼いた。疼きの正体に、シャルル自身も気がついてはいる。

しかし――この状況で個人の思いを優先させてはならない。

シャルルは自分自身を厳に戒めた。

デル・モラル空艇騎士団の飛空士たちは、いまこうしているあいだも戦いをつづけている。開戦からたった半年で団員の数は半分になってしまった。自分だけファナと一緒に皇都へ行ってしまっては、命がけで戦っているものや、死んでいったものに顔向けができない。それにこの作戦も、出発時の彼らの犠牲のうえに成り立っている。

矛盾する思いに挟まれて、シャルルはファナの問いに答えることができなかった。平気だ、と嘘をつこうとしたが、その言葉は喉につかえて出てこなかった。

ファナは身を乗り出すようにして、

「ね？　せっかくお友達になれたのに、明日でお別れだなんて悲しいじゃない。大丈夫よ、わたしが頼めば報酬もきちんともらえるし、パレードも一緒に出られるから。報酬をもらったら、騎士団やめてエスメラルダに住みましょうよ。そうしたら、また会うことだってできるでしょう？」

「ですがお嬢様、あのですね、夢を語ってもきりがない、といいますか」

「なによ、思い切りが悪いわね。誰にもできないことをやったんだから、もっと偉そうにしなさいよ。迎えの人たちが来たら、ふんぞり返って見下ろしてやればいいんだわ。あの人たちはなにもしていないのに、シャルルの手柄を横取りするつもりなんだから」

ファナはそう言って頬を膨らませる。なんだか彼女はこの旅で性格が大きく変わってしまったというか、少女のころのファナに戻ったというか。優柔不断なシャルルの態度を歯がゆそうに見つめ、強い語調で糾弾してくる。

何度かのやりとりのちも両者の主張に進展は見られず、シャルルは遂に白旗をあげることにした。夜も更けてきたし、これ以上、明日以降のことで押し問答しても意味がないと思った。

「わかりました、いえ、もう、降参です。わたしのことはなんなりと、お嬢様の好きにしてください」

「なによ、その投げやりな言い方。まるでわたしが聞く耳持たないわがまま娘みたいじゃない」

「それにしか見えませんが」

「まあ失敬ね。シャルルの言い分は聞くだけ聞いたじゃない。了承しなかっただけよ」

ファナはそう言って、至極当然な表情でシャルルを見つめる。シャルルの脳裡に一瞬、ファナの尻に敷かれるカルロ皇子のすがたが映じたが、気のせいだということにした。

「わかったわね。シャルルも一緒に飛空艇に乗って、エスメラルダへ行くのよ?」

「えぇ、はい、わかりました。どこまでもお供します」

「あのね、それからお願いがもうひとつあるの」

「な、なんですか」

警戒するシャルルだったが、ファナが口にしたのは他愛ない要望だった。

「お母様のお話のつづきを教えて」

「え？」

「あなたのお母様が、夜、ベッドの隣に腰掛けて、わたしに聞かせてくれていたあの物語。わたしのせいで解雇されてしまったから、途中で終わってしまっているの。シャルルも同じ話を聞いているわよね？」

ファナが言っているのは天ツ上の歴史物語のことだ。もちろんシャルルも幼いころ、ファナと同じように眠るときに母から聞いて、内容を覚えている。

「途切れたのはどの箇所ですか？」

「牢獄に囚われたお姫様が、夏至の日に石壁の裂け目から入ってきた陽光を浴びるところ」

「あ、水姫の話ですね。母が好きな箇所でした」

「日差しを浴びたところで終わってしまって、つづきが気になって文献を探したのだけど、ほら、うちの蔵書室には天ツ上の書物なんて一冊もないから、結局わからなくて」

ファナはつらそうに眉を下げて、上目遣いにシャルルを見やる。

シャルルはにこりと笑んだ。こういうお願いなら素直な気持ちで応えられる。それに、次期皇妃が天ツ上の歴史に興味を持つのはいいことだと思った。

「つづきをかいつまんでお話ししましょう」

弁士じみた咳払いをひとつしてから、シャルルは水姫の話を記憶の棚から引っ張り出した。

「一年に一度、石牢の裂け目から陽光を浴びられることがわかった水姫は、もう一度その光を見るために生き延びることを決めるのです。日射しを与えられぬまま、枯れ木のようになって、以前の美しさも失われ、それでも次の夏至を待ちます」

ファナは息を呑んで聞き入った。ずっと知りたかったあの姫の運命が、ようやくわかる。

「……けれど水姫は夏至の前に亡くなってしまいました。冷たく暗い牢獄で生き延びられるほど強い身体ではなかったのです」

「…………」

「亡くなる直前、水姫を哀れに思った牢番が、痩せこけた姫を抱き上げて日射しの下へ出してあげました。水姫は微笑んで、幸福な人生だった、とひとこと告げて、事切れました。それで終わりです」

ファナはしばらくぽかんとした顔でシャルルを見つめた。話のつづきが本当にないことを知ると、うつむいて悲しそうに言葉を落とす。

「よく……わからないわ。そんな終わり方で、なぜ幸せなの？」

シャルルは微笑んで、思い出を振り返った。優しかった母が、いまここに一緒にいるような気がした。

「子どものころのわたしも、母に同じことを尋ねました。夏至の日の光を浴びたとき、姫は永遠のひとときを見つけたのだ、と母は言っていました」

「………」

「長く生きることが幸せなのではなく、たとえ短くて辛いことばかりの人生でも、一生涯のすべての歓喜を圧縮したような、かけがえのない瞬間に巡り合えたなら、その人の人生は幸せなものではないか……。水姫の物語は、そういうお話なのだと思います」

ファナは物語の意味を考え込んだ。

意味がわかるような、わからないような。悩みながらボートの上で足を組み直して星空を見上げた。悠久の星彩は、ひとつひとつの光ごとに、生まれた時間が異なる。あの星明かりは三十年前、あれは千年前、むこうのは二万年前……。異なる時間にさまざまな場所で生まれた光をこうしていま一度に見上げていると、時間というものの不思議さはわかる気がした。

「何億年も生きている星の時間に比べたら、九十年の人生も、十年足らずの人生も、まばたきひとつくらいの違いしかないのでしょうね」

「そう思います。夏至の光はたとえ一瞬でも、水姫にとって永遠に等しかったのでしょう。そんなひとときを見つけただけで、人生は幸福なものになるのだと思います」

「永遠の、ひととき……」

ファナはその言葉を口にしてみた。自分に見つけられるとは思えない、どこかとても遠い場所に存在する観念的なものに思えた。けれど不思議な魅力をたたえた言葉でもある。水姫の運命はかわいそうだが、少しだけ、そんな瞬間を持てた姫を羨ましいとも思った。

ややまえ前のめりになって、

「やっぱりわたし、天ツ上の物語が好き。もっと知りたい。他にも素敵なお話はない？」

シャルルはにこりと笑んだ。

「母ほどうまく話せませんが」

「ありがとう、シャルル。わたし、眠くなるまであなたとお話ししていたいの」

ファナは毛布を肩まで引っ張り上げると、にこにこ顔で背中をボートの縁に預けた。

シャルルは思い出すまま、幼いころに母のしてくれた話をつづった。

深い静穏をたたえた星空のした、ふたりだけの時間があった。内容についてのファナの質問にシャルルも考え込み、ふたりで話の意味について考えたりした。ファナはお話の内容に憤ったり、笑ったり、悲しんだり、ころころと表情を変えた。ひとつが終わると次を急かされ、シャルルは思い出すまま天ツ上の物語をレヴァーム皇国次期皇妃へ紡いだ。

とても満ち足りた思いが、ファナの身体の内側を春の水流みたいに巡っていた。意識の内側に凝り固まって、縮こまっていたものが、柔らかく解きほぐされ、溶けて、流れ去っていくように感じた。その代わりに無垢で純粋で、清らかなものが芽吹いてくる。

ずっとこうしていられたらいいな。シャルルと一緒に、こんなふうに夜遅くまでおしゃべりをして、波に揺られて眠りに落ち、朝日が昇ったなら銀の翼を翻し、遥かな空の高みへ、ずっと、ずっと飛んでいけたら、どんなにいいだろう。

シャルルの語る、遠い古の物語にこころを這わせながら、ファナはそんな楽しい夢想を胸に抱いた。まだお別れではない、明日、飛空艇が迎えに来たら、シャルルと一緒に乗り込んで、皇都エスメラルダの凱旋式へ赴くのだ。自分にそう言い聞かせてから、ファナはまどろみのなかへ落ちていった。

ファナの口元からかすかな呼吸音が洩れるのを聞いて、シャルルは物語を終えた。

ボートの縁に背中を預け、ファナの幸福そうな寝顔がカンテラの灯りのなかに浮かび上がるのを見た。

毛布がずり落ちそうなので彼女の肩まで引っ張り上げた。ついでに背中を支え、ファナを起こさないよう、慎重な手つきで横に寝かせた。ファナはくすぐったそうに頬を少し緩めたが、すぐに身体の左側をしたにして背を丸め、すうすうと寝息を立てた。

華奢な背中だった。彼女はこれから、こんな小さな背中に神聖レヴァーム皇国を背負って歩いていくのか。地上の欲得に骨の髄まで絡め取られた魑魅魍魎《ちみもうりょう》が集う宮廷社会の中枢へ、こんな小さな背中で入っていくのか。

カンテラの灯りを消すと、星の光だけが海原に残った。シャルルはボートを降りてサンタ・クルスの翼へ足をかけた。

愛おしさがきりりとこみあげてくる。シャルルが下手くそな語調でつづる物語をファナは本当に幸福そうに聞き、他愛ない会話に夢中になっていた。そのすがたがひどく切ないものとしてシャルルのこころを切り刻んでいた。自分の役目は本当は、このままファナを抱きかかえ、レヴァームでも天ツ上でもない方向へサンタ・クルスの機首をむけることではないか、とさえ思える。

同じ煩悶を抱えるのはこれで何度目だろうか。結論は既に決まっていて揺るがないというのに。自分が滑稽にさえ思える。

喜んで囮になってくれた仲間たちが誇ることのできるよう、この作戦は是が非でも成功で終わらせなければならない。それが自分の軍人としての、いや、人間としての使命だ。

明日、ファナはシャルルと一緒に飛空艇に乗り込む気でいるが、現実的に考えてそれは無理だろう。海猫作戦は第八特務艦隊によって完遂されなければ意味がない。シャルルもはじめから手柄を横取りされるのを承知でこの任務を受けた。この作戦は、シャルルの存在が表に出てはその意義を失ってしまうのだ。

ふたりの別れは明日の朝、否応なくやってくる。自分にできるのは、ファナがこれからも明るく元気に生きていけるよう、気持ちよく笑ってお別れすることだけだ。

自らにそう言い聞かせながら、シャルルは狭い搭乗席へ身体をもぐりこませ、きららかな星空を見上げた。

毛布をはおり、幾千の星の彩りへこころを預けて眠りを待った。風がなく、夏の夜の空気はぬるく身体にまとわりついて、かなり寝苦しかった。

音もなく、空の裾に色が差した。

幾重にも折り重なった雲の間隙が薔薇色《ばらいろ》に染まった。さまざまなかたちに湧き立ち、もつれあう雲たちの輪郭が黄金色に縁取られた。

やがて空は、水平線のむこうが野火のごとく燃えひろがっていき、下方から焚かれるように真紅に焼け爛れていった。

ほどなくして水平線の直上に赤鉛色の朝日が顔を出した。東雲の下腹が、打ち上げられる光線を浴びて黄金色の照り返しを見せる。立ちこめている雲は暗灰色や真鍮色、赤銅色や青銅色が入り交じり、言葉では形容しがたい、この世ならざる陰翳を孕んでいた。

シャルルは薄く眼をひらき、風防の外に立ちこめる空の色を見て朝が来たことを知った。毛布をはねのけ、顔をしかめて伸びをする。狭いところで眠ったから身体の節々がぽきぽき鳴った。

ファナを起こそうと風防から顔だけ出して、その必要はないことがわかった。

「おはようございます、お嬢様」

声をかけると、サンタ・クルスの翼の縁に腰を下ろしたファナが、両足をぶらぶらさせながらシャルルを見上げた。

「おはよう、シャルル。見て、すごい朝焼け」

空のなかで燃え立つ赤が、真っ白なファナの肌を淡紅色に染めていた。髪の先で散った光が海上の濛気へ溶けていく。

ファナが寝ていたはずのゴムボートが尾部にないことに気がついた。

「ボートは？」

「しまっておいたわ」

当然といわんばかりにファナは返事した。そのくらい自分でもできる、といいたげだ。シャルルのやり方を見て覚えたのだろう。

シャルルは搭乗席を出て翼のうえに両足を下ろし、そこに直立したままファナの目線の先を追った。東から昇る太陽が水平線を完全に離れ、雲間を縫い、幾十にも切り分けられた陽光が放射状に空を駆け抜けている。

「きれいですね」

「本当に」

ファナは背筋をぴんと伸ばし、両手を翼の前縁に置いて、すらりとした足を中空へ投げ出し、シャルルへ微笑みかけた。

「サンタ・クルスもエスメラルダに連れていってあげたいな。旅のあいだ、ずっと頑張ってくれたし。こうしていると、なんだかお友達のように思えるの」

「飛空士としては当たり前の感覚ですね。飛空機は命を共にする戦友ですから。お嬢様が飛空士の仲間入りをしたということですよ」

「まあ、本当？　わたし、飛空士なの？」

「敵機をあそこまで引きつけて大破させたのですから、一人前の飛空士です。よく一発も撃たずに、機会が来るまで我慢できましたね」

「ねえシャルル、それお世辞じゃないわよね？　わたし、とってもうれしいんだけど」

「大げさに聞こえるかもしれませんが、すごいのは本当です。わたしはおろか敵まで完全に騙されていましたから。あれがなかったら、いま我々はここにはいません」

　ファナはうれしそうに微笑んだ。

「わたし、役に立てたのね」

　ファナはそっと、手のしたの翼を撫でた。機体にはいくつも破孔がひらいていて、何度も爆風を受けたから、そこかしこが焼けこげ、黒ずんでいた。

　出発前は日の光を浴びて燦々と輝く若々しい機体だったが、いまは見る影もなく傷み、汚れ、塗装も剝げ落ちている。そしてそんな傷だらけのサンタ・クルスのすがたがファナの胸を締め付け、自然な愛情を呼び起こしていた。

　飛空士たちが自分の乗る飛空機を愛機と呼ぶ心情がファナにも理解できた。いま目の前にある薄汚れた機体がたまらなく愛おしかった。

「戦争が終わって平和になったら、また空を飛びたい。わたしとシャルルとサンタ・クルスの三人で」

「そうですね。そうなるといいですね」

　その語尾に、遠い爆音が重なった。

　シャルルは機体後方、ほのかに青みがかった西の空を振り返った。

東から昇る朝日の光を受けて、西の水平線のぎりぎりのところに薄桃色の満月が輪郭もくっきりと浮かんでいた。そしてその満月から送り出されたもののように、漆黒の艦影がおぼろな光芒をまとって揺らいでいた。

その影はこちらへむかって近づいてくる。おんおんと、海鳴りに似た揚力装置の唸り声が遥か彼方からここまで伝わる。

ファナも気がつき、翼に腰を下ろしたまま半身をくねらせて西の空を見た。その瞳が悲しげに翳る。すぐに眼を東の空へ戻し、いま見たものを忘れたかのように両足をぱたぱたと動かし朝焼けを眺めた。

シャルルは眼を凝らした。水平距離およそ一万メートル、高度五百メートル。その艦影を眺め、艦種を判別する。

驚いたことに、出迎えに来たのは飛空戦艦だった。目測で全長三百メートル以上、全幅約四十メートル。排水量六万トンを超えるクラス、レヴァーム有数の大型戦艦だ。

芋虫型の胴体の下部に、下駄に似た揚力装置を取り付ける艦型。正面から見ると釣鐘《つりがね》のような輪郭をしている。釣鐘の側面から半月状の砲台がいくつも突き出て、そこに据えられた主砲塔の影がぼんやりと視認できる。艦の上部後方には鷹の首にも似た筒型艦橋がいかめしく鎮座し、巨大な電波照射装置が艦橋の頂上で回転していた。

空の要塞にふさわしい威容である。恐らくは第八特務艦隊に徴用されて轟沈した戦艦の同型艦だろう。あれを特務艦隊生き残りの一隻ということにしてファナとともに皇都エスメラルダへ帰還させるつもりだ。

「すごいのがお迎えにきましたよ」

ファナの背中に声をかけたが、彼女は振り返りもしない。ただ確認を取るように、かぼそい言葉を投げてくる。

「シャルルも一緒にあれに乗るのよ。ね？」

答えようとして、言葉が喉につかえて出てこなかった。どう言えばいいのかわからなかった。だからシャルルは沈黙で答えた。

「ね？」

ファナはもう一度、問いかけた。シャルルは答えなかった。

ファナは投げ出していた両足を翼面へ戻すと、立ち上がり、強ばった顔でシャルルのもとへ歩み寄った。

「シャルル」

呼びかけを受けて、静かな言葉がシャルルの口から洩れた。

「わたしは恐らく、あの船には乗れません。彼らは拒絶するでしょう」

「大丈夫よ。わたしが頼むから」

ファナは確信的な口調でそう言いきる。昨日と同じやりとりだ。シャルルはそれ以上、ファナを諭すようなことは言わなかった。結果はもうすぐ突きつけられる。シャルルが恐れるのは、ファナのこころに傷として残るような悲しい別れ方をすることだった。

飛空戦艦の艦影が徐々に大きくなってくる。揚力装置の唸り声も、それに伴い威圧的な響きを増す。大気が不吉そうに震えている。

ふたりはなにも言わずに、近づいてくる艦影を見ていた。おぼろだったその輪郭が徐々にはっきりとしてきて、ごつごつと突き出た艦橋付近の稜角や舷側全面に取り付けられた砲塔のかたちが細部まで明らかになってきた。

水平距離が三千メートルを切ったところで、飛空戦艦は高度五百ほどのところから緩降下をはじめた。ずんぐりした艦首が持ち上がり、飛空機が着陸するように、尾部を水面につけ、仰角を描いて直進しつつゆっくりと艦首を水平に戻していく。

排水量六万トンを超える超重量の鉄塊が着水した衝撃が、遠雷にも似た禍々しい響きとともにシャルルのところまで伝わった。海が割れたかと思うような水飛沫が艦橋よりうえの高さまで吹き上がり、どうん、という轟きがあがって、もうもうと立ちこめた水蒸気が戦艦のすがたを一時覆い隠してしまう。

艦橋にいる高級将校たちは既にサンタ・クルスを視認しているようだ。ゆっくりと慣性航行しながら取り舵を取り、水平距離一千メートルほどのところで左舷をこちらへむけて静止した。

かき立てられた大きな波が、ふたりのところまで打ち寄せてきた。サンタ・クルスは不安定に揺れ、差し伸べたシャルルの手がファナの手と絡み合った。

ふたりの眼が合った。

どちらからともなく、絡んだ指にぎゅっと力を込めた。

ファナは一瞬、泣き出しそうな顔をしてから、それを打ち消すように笑んだ。

「おめでとう、シャルル。あなたはこれまで誰もできなかったことをやり遂げたのよ」

「やり遂げたのは我々です。お嬢様とサンタ・クルスに助けられなかったら、いまごろわたしは魚の餌になってます」

「謙遜ばっかりしてないで、たまには胸を張りなさいよ。みんなが知らなくても、わたしはずっとシャルルがしてくれたことを覚えているから」

戦艦の舷側から小型艦艇がクレーンで吊り下ろされたのが視認できた。その船は着水すると同時に発動機を動かし、白波を蹴立ててこちらへむかってくる。

無骨に思えるほどの高速で、まっしぐらに直進してくる小型艦艇をちらりと見て、ファナはシャルルを見上げた。

朝焼けの光のなか、ふたりはそっと寄り添い、お互いの背に両手を回した。

ファナはシャルルの薄い胸に片方の耳を当てた。火薬と硝煙と金属臭の染み付いた飛行服のむこうから、シャルルの心音が伝わってきた。

鼓動はファナと同じ律動を奏でていた。階級がどれほど隔たろうとも、鼓動はファナと同じ、人間が刻むリズムだった。

ファナの背を柔らかく抱きしめたまま、シャルルはいままで言いたかった感謝の言葉を口にした。

「子どものころ、お嬢様がわたしを人間として扱ってくださったことが、とてもうれしかった。わたしは他人から人として扱われたことが、それまでなかったのです」

「…………」

「その後、ひねくれてしまいそうなときもありましたが、お嬢様との思い出を支えにしてやってこれました。あれだけ尊い身分の人が自分などに構ってくれたのだから、それに見合うよう、立派に生きようと」

「やめて。なんだかお別れの言葉みたい」

ファナはぎゅっとシャルルにしがみついた。

「シャルルも一緒にあの船に乗るのよ。わたしと一緒にエスメラルダへ行くの。戦争のあいだは飛空士やめて、コックさんになりましょうよ。報酬でお店をひらけばいいんだわ」

ファナの嘆願に、シャルルは言葉を絞り出した。真実な気持ちが、魂の底から奔流のように突き上げてきて、シャルルの口を動かしていた。

「戦争が終わったらそうするかもしれません。ですが戦いがつづくうちは、わたしは飛空士でありつづけます。同僚たちを戦わせて、わたしだけ逃げるわけにはいきません。彼らはいまこうしているあいだも、憎くもない敵と戦い、死んでいるのです。誰にも看取られることなく、たったひとり、空で死んでいるのです」

血のにじむようなシャルルの言葉尻に、無粋な怒声が重なった。

「離れろっ」

見ればサンタ・クルスの傍らに小型艦艇が横付けされていた。乗り込んでいるのは八の字髭をたくわえた恰幅のよい壮年の将校と、高級士官とおぼしい七名の青年たちだった。

怒声は壮年将校があげたものだ。奥まった双眸に怒りの色を溜め込み、髭の下の唇を震わせてまた怒鳴る。

「なにをしている、身の程をわきまえろ、離れろ、離れるんだ馬鹿者っ」

怒りはどうやらシャルルにむけられているらしい。シャルルはファナの背に回していた両手を引くと、武器を持っていないことを示すかのように両手を頭上へ掲げた。

どやどやと七名の士官たちがサンタ・クルスに駆け上がってくる。そしてあたかも誘拐犯から被害者を引き剝がすかのごとく、ファナの周りを固めて、彼女だけを小型艦艇へ引きずり下ろそうとする。

「ちょっと、待って、待って！」

ファナの声は悲鳴に近い。だが士官たちはファナの抵抗もお構いなしに、その身体を抱きかかえるようにして翼から下ろすと小型艦艇の甲板へ持ち運ぶ。

「やめて、わたしの話を聞いて！」

力ずくで押さえつけられながら、ファナは必死に身をよじらせて叫んだ。だが彼女の言うことを聞くものは誰もいない。

シャルルは八の字髭を睨みつけ、

「皇子妃殿下への扱いにしては、随分乱暴ですね」

八の字髭の将校はそんな言葉に構うことなく、まだ肩を怒らせながら、

「いいか、儂はなにも見ておらんぞ。皇子妃と貴様が儂らを待っているあいだどうしていたかなど、なにもな」

かすれた言葉を放つと、もじゃもじゃの顎髭に片手を突っ込み、苛立たしげにぼりぼりと掻く。きっとファナとシャルルが翼上で抱き合っているのを見て、怒声をあげながらここまで渡ってきたのだろう。あまりに乱暴な連れ去り方が、八の字髭の怒りをそのまま示している。

青年士官のひとりが報酬の入った布袋を肩に担ぎ、サンタ・クルスの翼へ足をかけた。八の字髭が顎をしゃくると、シャルルの足元へ重そうな音とともに布袋が投げよこされた。犬に餌を与えるやり方だった。

シャルルはこうした階級差別的な仕打ちにはもう慣れていた。こころは痛むが、それを表情に出すようなことはしない。

「確認せんでいいのか」

袋の口をひらこうともしないシャルルへ、八の字髭がそう声をかけた。シャルルは無言で肩をすくめてそれに答えた。

「変わった奴だ。どれ、儂が代わりに確かめてやろう」

八の字髭は窮屈そうに身を屈め、袋の口をひらいた。なかは文字どおりの金色一色だった。

今回の作戦の報酬、質の高さで知られるマルティリア産砂金である。彼の白い髭までもがそ

の黄金の輝きに染められた。

ふむ、と喉の奥深くで唸ると、この壮年の将校は野太い手を布袋のなかに突っ込んでシャルルに見せつけるようにすくいあげてみせる。

「これだけ金があれば、もう傭兵稼業をつづける必要もないだろう。豪邸に美女をはべらせ放蕩三昧、まったく、うまくやりおったわい」

八の字髭の手のひらには砂金がこぼれるほど乗っかっていた。その粒はカカオ豆ほどの大きさがあり、指先でつまむと澄んだ音を立てて砕け、美しい金色の粒子を周辺に撒いた。

八の字髭はシャルルをいやらしく見上げながら、いますくった砂金を自分のポケットへ突っ込んだ。それから立ち上がり、シャルルの肩をぽんと叩く。

「儂がついさっき見たものは、皇子には黙っておいてやる。感謝しろよ。もし儂が真実を告げれば、貴様など翌日には銃殺刑だからな」

それがポケットいっぱいの砂金との交換条件のようだ。シャルルはもはや言葉を失い、強ばった顔を左右に振るだけだった。

戦局に大きな影響を与えるであろう作戦を完遂したというのに、称賛も感謝も送られない。ただ口止め料を投げよこされ、些細な行動を盾に取られて脅しつけられる。

これがシャルルが幼いころから苦しめられた皇国における階級差別の実態だ。この国ではベスタドなど人間として扱われるわけがないのだ。わかってはいたものの、その事実は改めてシャルルの胸を大きく裂いた。

八の字髭たちはシャルルをサンタ・クルスの翼面に置き去りにして、自分たちだけ小型艦艇へ乗り移った。青年士官たちに押さえつけられながら、ファナが絶叫する。

「いや！　シャルルも、シャルルも一緒に行く！」

八の字髭がファナの様子に口をぽかりとひらく。やがて皇子妃になる少女が、なぜ流民あがりのベスタドをここまで気にかけるのか、全く意味がわからない様子だ。

「出せっ」

苛立たしげな号令のあと、小型艦艇の発動機が唸りをあげた。船の尾部が白く泡立ち、凪いでいた海面がかき乱される。

「シャルル、シャルルっ」

ファナの叫びが水中スクリューの鼓動にかぶさった。表情を歪ませ、ファナはサンタ・クルスへ駆け戻ろうとしている。だが士官たちは艦艇の後部に居並んでそれを押しとどめ、シャルルの目線から彼女を覆い隠す。

シャルルは身動きできなかった。なんらかの声をかけるべきかと思ったが、なにしろ自分は傭兵で、相手は未来の皇妃なのだ。身分が違いすぎる。本来、声をかけてよい相手ではない。

これまでずっとファナとふたりだったから、階級に対する感覚が麻痺していたかもしれない。こうして八の字髭や士官たちがふたりのあいだに割り込んでくると、改めてベスタドという事実が胸に突き刺さる。意識に打ち込まれた流民階級というくさびが、弱々しい引け目じみた気持ちを呼び起こし、シャルルの両足を翼面に縫い止める。

「シャルルっ！」

逡巡するうちに届いた、その絶叫が最後だった。

船の尾部が一瞬ぐっと下がり、そこから荒い波があがった。

来たときと同じように、小型艦艇は無骨なほどの高速で海上を裂いていった。

シャルルは動けない。

白い航跡を残し、狭い甲板上のファナのすがたがみるみる小さくなっていく。翼のうえに棒立ちになり、ただそれを見送ることしかできない。胸のうちのなにかがファナと同じように叫んでいる。けれどシャルルは動けない。


いつのまにか風が戻っていた。

けばだった白波が銀のそびらを見せている。

シャルルはぽつりと、ひとりでサンタ・クルスの翼面に取り残されていた。

眼を上げた。朝焼けは既に青色のほうが勝りつつある。光はもう空の天蓋に満ちて、純白の雲たちがシャルルの頭上をゆったり流れていた。

眼を前へ戻すと、一千メートルほど彼方に停泊している飛空戦艦の舷側からワイヤーが降りて、ファナの乗った小型艦艇にフックを引っかけ、船体ごと吊り上げる様子が豆粒ほどに見て取れた。

足元には口がひらいたままの布袋があった。シャルルは一度屈んで袋のなかへ手を突っ込み、さきほど八の字髭がしたように手のひらにすくった。金色の豆粒たちは海の群青色を背景にするとますますその色が際だって見えた。

袋の口を縛り直し、ずっしり重いそれを肩にかついで搭乗席へ足を踏み入れた。座席に腰を下ろし、後席へ報酬を投げ入れると、計器類を点検する。

これから百十キロほど離れたサイオン島のラ・ビスタ飛行場へ行かなければならない。そこでレヴァーム空軍と合流し、単座戦闘機を借り受けて空戦に参加する予定だ。飛行場は連日のように天ツ上海軍の空襲を受け、邀撃もままならない状況だという。生きてサン・マルティリアへ戻ることができるのか、はなはだ心もとない。いや、そもそも戻るべきサン・マルティリアが存在しているのか、それすらわからない。前途に待ち受けているのは絶望の戦いだった。

わざわざそんなものに参加しなくても、八の字髭が言ったように、この金があればシャルルは軍籍を離れて優雅に生きていけるだろう。だが、それができるほど器用ではなかった。同僚の飛空士たちが命がけで戦っているのだから自分も一緒に戦う。それがシャルルにとって当たり前だった。

後席を振り返った。そこにもうファナはいない。

戦いへの決意とはうらはらに、気持ちの真ん中にはひんやりした空洞がひらいていた。

いまごろファナは泣いているだろうか。結局、彼女を悲しませるような別れ方になってしまった。大切なときになにもできなかった不甲斐なさがいまさらながら身に沁みて、重い痛みが肺腑に満ちてくる。

しかし自分になにができたというのだろう。今日ここでお別れをすることは予め決まっていたことだし、高級士官たちのやることに意見できる権限もない。地上ではいつも、されるがまま、踏まれるがままだ。出自が流民階級であるシャルルは、そうやって生きていくしかないのだ。

サンタ・クルスのプロペラが回転をはじめた。群青色の機体が波飛沫を立て、ゆっくりと前進をはじめる。

視界の端に、飛空戦艦のあげる盛大な波飛沫が映った。揚力装置が轟いて波間をかき乱し、戦艦の周囲には滝壺さながら密度の濃い水蒸気が立ちこめている。

サンタ・クルスのフロートが海面を蹴ってから、やや遅れて飛空戦艦が垂直方向へ上昇をはじめた。乳白色の濛気のなか、戦艦を中心にした同心円状の波頭がいくつもいくつも、一面の群青色へ広がっていく。飛空戦艦の真下はまるっきり嵐の海の様相だ。

それから中空へと昇った大小ふたつの機体は、それぞれ真逆の方向へと首をむける。シャルルは敵機が待ち受けるラ・ビスタ飛行場へ、戦艦は凱旋式の準備を整えた皇都エスメラルダへ。飛空戦艦は高度一千メートルほどのところで浮揚したまま、胴長の船体が軋むような右旋回を終わらせた。

翼を振ることもなく、サンタ・クルスは戦艦に自機の尻をむけて上昇していく。

高度三千でシャルルは後方を振り返った。

彼方にある戦艦はもはや海鳥ほどの大きさにしか見えない。立ちこめている雲がそのすがたを隠そうとする。

——もうファナに会えない。

そのとき不意に、シャルルの脳裡にそんな言葉がひらめいた。

——ファナはきっと泣いている。

シャルルの意志にはかかわりなく、言葉が勝手に浮かんでくる。

いや、もしかするとこれはサンタ・クルスの言葉かもしれない。操縦桿を握りしめている両手から、なにかが伝わってくるように感じた。

——ちゃんとお別れをしないと駄目だ。

言葉がシャルルの意識の最も深い場所へ沁みわたっていく。誰の声なのかはわからない。自分なのかもしれないし、サンタ・クルスかもしれないし、自分の知らない自分の声かもしれない。声の主が誰かはわからないが、その言葉がシャルルの魂の底に響き渡っていることだけは確かだった。

——戻ろう。

声が響くたびに、強い力が胃の腑の底から突き上げてくる。川面に浮いた微少な粟粒を清冽な奔流が洗い流すかのごとく、シャルルの意識の表面に縫い止められていた引け目や劣等感が、その声の前に引き出されただけで力を失い、砂上の楼閣さながらひび割れ崩れ去っていく。

「ファナのところへ」

いつのまにかその声とシャルルの声が重なっていた。操縦桿は自然に横へ倒れていた。サンタ・クルスのプロペラ音が方向舵の動きに呼応し、おぉーんと高く唸った。シャルルの耳にその音は、サンタ・クルスが喜んでいるように聞こえた。

十一

黄色みを帯びた日射しが、戦艦艦橋の四方に張り巡らされた防弾ガラスを通して冷たい暗灰色の床へ落ちていた。

エル・バステル。それがファナを皇都まで護送するこの飛空戦艦に急遽付けられた艦名だ。もちろん本名は別にあるのだが、皇家の都合により、轟沈した第八特務艦隊旗艦の艦名を、同型であるこの艦が極秘裡に襲名することとなった。この戦艦は、本物のエル・バステルの影武者として皇都へ凱旋することになる。

無茶苦茶だ。エル・バステル艦長マルコス・ゲレロは両手を腰の後ろへ回し、直立したまガラスのむこうに広がる真っ青な空を見渡して、心中でそんな溜息をついた。

深い皺の刻まれたまなじりと、落ちくぼんだ眼窩の底に沈む双眸、瞳の色は光を吸い込むような褐紅色をしていて、麗々しく装飾された将校帽から洩れる小鬢《こびん》には白いものが交じる。

その佇まいは長い歳月を戦場で過ごし円熟した老将のそれだ。

マルコス艦長は深い色をしたその眼を未来の皇妃ファナ・デル・モラルへむけた。

「あの飛空士も連れていきます！　わたしが無事なのは彼の功績です！」

さきほどまでの狂態に近いものは収まったが、泣きはらした眼に怒りの色を溜め込み、枯れた声を無理矢理に絞って、マルコスへ一方的な要求を突きつけてくる。

マルコスはもう一度、顔にも出さず、音も立てずに溜息をついた。

現在、この艦橋最頂部に位置する司令所にはマルコスとファナ、それに八の字髭の将校と、ファナがここから逃げ出さないよう、出入り口の前に直立するふたりの青年士官がいるだけだ。操船に関するあれこれは副艦長に委ね、ファナの憤りがのちのちへ響かぬよう懐柔を試みている。マルコスは悲しげに表情を歪めながら、皇子の許嫁へ苦しい言い訳をした。

「カルロ皇子はお嬢様だけをこの戦艦に乗せて帰還させるよう下命されました。わたしの一存では如何ともしがたい」

「あまりにひどい、ひどすぎます！　これが誇り高いレヴァーム皇家のすることですか!?　命がけで作戦を成し遂げたあの飛空士を犬猫のように扱い、餌だけ与えて放り投げる、これが人間の所業ですか！」

「お嬢様、どうか冷静に」

マルコスは苦い表情を、ファナの背後に佇む八の字髭の将校へむけた。かなり強引な連れ去り方をして、ファナの不興を買った人物だ。

その無言の叱責を受け、八の字髭は一度こほんと咳払いをすると、事態の収拾を自ら買って出るように言葉を切りだした。

「お嬢様はどうも、あの飛空士にたぶらかされておるようですな」

ファナの鋭い眼が、錐のごとく八の字髭に突き立った。しかし彼は意に介するふうもなく、しゃあしゃあと言を継ぐ。

「あの男、砂金を見せただけで涎を垂らさんばかりに飛びついてきました。お嬢様のほうなど目もくれず、大事そうに布袋を抱えて搭乗席へ乗り込みましたとも」

「嘘よ、彼はそんな人じゃないわ」

「ひとつ言っておきますぞ。傭兵は金でしか動きません。逆に言えば金さえ与えればなんでもやる連中なのです。お嬢様がどのような幻想をあの飛空士に抱いているのか存じませんが、あれははじめから金目当てにこの作戦に参加した卑賤《ひせん》の輩です。お嬢様の前では高潔な騎士を気取っていたかもしれませんが、金を目の当たりにすれば傭兵の本性が丸出しになります。お嬢様にあの飛空士が砂金を抱いたときの卑しい表情を見せてあげたかった。百年の恋も瞬時に覚めるほどの浅ましい顔でしたとも」

八の字髭はそう断言すると、賢しげにひとつ頷いた。

反論しようとしたファナの脳裡に、昨晩、ゴムボートで話していたときのシャルルの言葉がよぎった。

『傭兵を動かすのはお金です。この作戦を受けたのもお金が目当てですし。わたしはそういう男です』

一瞬、ファナは揺らいだ。そんなわけがないと思い、思い出した言葉を振り払おうとする。だが再び、八の字髭の言うことに符合するシャルルの言葉が蘇る。

『それだけお金があれば、もう飛空機に乗って殺し合いをしなくて済みますし。離れ島に家でも建てて、優雅に暮らしますよ』

ファナのまなじりにまた塩辛いものがにじんだ。先ほど、小型艦艇であれだけ泣き叫んで暴れたにもかかわらず、涙はまだ乾ききっていなかった。

「嘘よ、嘘。シャルルはそんな人じゃないわ」

否定するその言葉にも、前のような力がこもらない。

マルコスはファナの様子を痛ましげに見やり、畳みかけようとした八の字髭を眼光だけで黙らせると、無言のまま空へと眼を移した。

もうサンタ・クルスは彼方へ飛び去ってしまった。中央海単独敵中翔破を成し遂げながら誰にも顧みられることのない飛空士を、マルコスは哀れにも思った。

そのとき——ガラスのむこうに異物を見つけた。

「うん？」

戦艦エル・バステルへ追いすがろうとするかのように、戦闘機らしきものが雲間を縫って接近してくる。敵機かと思い眼を細めたが、翼をさかんに振っている。その機影がサンタ・クルスのものであることをマルコスは視認した。

「シャルル」

ファナの声が司令所へ響いた。サンタ・クルスはゆったりと両翼をひろげ、プロペラの響きも軽やかに飛空戦艦の周囲を緩旋回しながら翼を振る。

八の字髭が苛立たしげに、

「なんのつもりだ。傭兵の分際で、皇家直属艦と対等のつもりか」

ファナはそんな言葉など構うことなく、ガラスにくっつくほど顔を寄せ、シャルルへむかい懸命に手を振った。言葉を振り絞る。

「シャルル、ごめんなさい、シャルルっ」

シャルルも一緒にエスメラルダへ行こうなどと、自分の浅はかな考えのせいであんな別れ方になってしまったことをファナは後悔していた。シャルルがまともなお別れをするために戻ってきたことが、ファナにはわかっていた。

しかしここからではシャルルの顔も見えない。シャルルからもこちらが見えないだろう。どうやらシャルルはファナのすがたを捜しながら戦艦の周囲を緩旋回しているようだ。いまのままでは、あまりにふたりの距離が遠すぎる。

ファナはエル・バステルの舷側へ眼を這わせ、そこから突き出た半月形の砲台を見つけた。対空砲を積載するための台座は船体の外に張り出していて、そこからなら空を広く見晴らすことができる。

ファナはマルコスのほうを振りむいた。ガラス窓から見える砲台を片手で指さし、眉間に皺を寄せて嘆願する。

「お願い、あそこへ行きたいの。わたしをここから出して」

その要望へは、マルコスではなく八の字髭が答えた。

「これ以上、どのような醜態をさらすおつもりですか。お嬢様は皇子の許嫁でありましょう。余計な行動を許すわけには参りません」

「まともなお別れをするだけです。わたしの命を何度も救ってくれた恩人とお別れをすることがなぜいけないのです」

「なりません。ここには二千名の船員の眼もあります。誤解を招くような行いは控えていただかなくては」

ファナは苛立たしげに肩を怒らせ、八の字髭の返事を言外に退けると司令所唯一の出入り口へと歩み寄り、分厚そうな鋼鉄のドアの前へ立ち塞がったふたりの士官を睨みつけた。

「道をあけて!」

士官は腰の後ろへ両手を回したまま、彫像のごとく動かない。ファナの背中へ、八の字髭の声が投げつけられる。

「お嬢様はまだ皇家に入籍されてはおりませんからな。彼らへの命令は、無事に皇子妃殿下になられてから下すべきです。そのあたりはわきまえていただかないと」

その言葉は、ぱんぱんに膨らんでいまにも弾け飛ぼうとしているファナのこころの表面へ、針のごとく突き立った。

ファナはゆっくりと八の字髭のほうを振りむいた。

胃の腑の底から、すさまじい勢いを持ったなにかが湧き上がってくる。

ファナ自身も知らない、根源的な感情が身体の芯を突き上げ、みずみずしく透きとおった力が身体の末端まで駆けめぐっていた。

これは長らくファナの身のうちで眠っていたなにかだ。ファナでありながらファナではなく、しかし間違いなく彼女自身とともに在ったなにか——それが思考へ、精神へ、肉体へ、尽きせぬ水脈のごとく迸る。

ファナのなかへその奔流が充分に満ちたとき、魂の最奥から放たれた一言が司令所へ響いた。


「さがれ」


刹那、八の字髭の脊椎を稲光が貫いた。言葉にこもった高圧電力のごときものが、彼の全身を痺れさせる。

呑み込まれるような深い色合いを宿した白銀の瞳が、真正面から八の字髭を捉える。

「身の程を知るべきはどちらか、わきまえよ」

容赦なく、天空を引き裂くようなファナの言葉が八の字髭へ突き立てられる。

語調はこれまでとは打ってかわって静謐だ。しかし抑制が利いているからこそ、内在する感情を伝える力は大きくなる。ファナの体内に秘められた大きな感情が、八の字髭の内面にくさびのごとくに打ち込まれ、そこから全身を震わせていた。

八の字髭は言葉を継ぐことができない。明らかに彼は三回りほど年下のファナに気圧されている。怯えて震える小動物を、三歩ほど離れたところから見下ろす静かな情緒がファナの瞳にあった。

巨大ななにかを宿した白銀色の双眸が、今度はふたりの士官へ突き刺さる。その途端、士官たちもまた高圧電流を帯びたかのごとく背筋を伸ばしきり、怯えたようにファナから目線を外す。

水気を含んだ桜色の唇がかすかにひらき、雷光さながら、ファナの命令が下された。

「道をあけなさい」

言葉の意味は先ほどと同じでも、そこに宿っている威厳の桁が違いすぎる。この世ならざる権威を孕んだ、無条件に他人を服従させる性質の声音だった。

できるなら扉をあけてしまいたい。この威厳に耐えられない。進退窮まった士官ふたりが、助けを求めるようにマルコスを見る。

マルコスは低く重く、士官たちに頷いた。

「お通ししなさい」

ファナが振り返る。マルコスは艦長命令を部下へ下した。

「ファナ様の行きたいところへ案内せよ。失礼のないようにな」

拝受して、士官二名は心底からの安堵とともに右手の指先をこめかみに当てて踵を鳴らし、ファナへ微笑みかけ、鋼鉄のドアを仰々しくひらいた。

ファナは見てくれているだろうか。

操縦桿を握りしめ、エル・バステルの周囲を幾度も旋回しながら、シャルルの気がかりはそれだけだった。

風防の外には、飛行する六万トンの鉄塊がある。

鋼鉄の要塞は群雲をひきちぎり、下層の雲を揚力装置の余波でこなごなに霧散させ、沸き立つ雲の峰をものともせず、鳴動とともに高度三千メートルを轟然と飛翔する。

あまりに飛空戦艦に近づきすぎると、揚力装置から発生した乱気流に呑まれて錐もみに陥る危険がある。だからシャルルはエル・バステルを中心にした半径五百メートルほどの円を描きながら、幾度も戦艦の周囲を旋回していた。

ファナがいるとしたら、芋虫型胴体の尾部からビーバーの尻尾のように突き出た艦橋部だろう。最上階にガラス張りの司令所があり、そこからこちらを見ている可能性が高い。

せめて手を振りたい。気持ちよく別れられたらそれでいい。最後に悲しい思い出を残すのではなく、笑って振り返ることができるような、そんな締めくくりにしたい。

と――右舷から張り出した半月形砲台に、見慣れた白い飛行服を身につけた少女がぽつりとひとり立っているのが見えた。

ほかの砲台には現在、砲手はついていない。その少女だけが、五メートルほどの砲身を持つ八十八ミリ対空砲の傍らに直立してサンタ・クルスへ眼を送っている。

「ファナ」

見間違えるはずもない。高空を吹きすさぶ風に髪をかき乱されながら、ファナは片手をあげ、翼を振るシャルルの動きに合わせるように、二度、三度、ゆっくりと手を振っていた。彼女が大きな声でなにか言っているのが、口の動きで見て取れる。言葉は聞こえるはずもないが、それが別れの挨拶であることは容易に理解できた。

シャルルは風防を後方へ滑らせ、片手を振ってその声へ応えた。

きっと無茶なことをして、砲台から挨拶を送る許可を高級士官たちからもらったのだろう。なにをしたのか知るすべもないが、彼女がひとりで砲台に立っているという事実がシャルルの胸を灼いた。

『踊ってよ、シャルル』

シャルルの脳裡を、あの夜の海でファナが言った言葉がよぎった。あのときは応えられなかったが、ここは高度三千メートルの空中、シャルルとサンタ・クルスの独壇場だ。

これから過酷な宮廷社会を生きていくファナへ、せめて餞《はなむけ》を送ろう。スロットルをひらき、機首を上空へ持ち上げた。サンタ・クルスは飛空戦艦の遥か上方まで、夏空を一直線に駆け上がっていく。

冷たく細く透きとおった水蒸気の帯が、対空砲を据えた砲台に佇むファナの直前を幾度となく通りすぎていく。

腕を伸ばせばそこが空だ。腰くらいの高さしかない手すりの遥か下方に、白波を判別することのできない、濃い群青の海原が凪いでいる。

この高度へ剝き出しの身体を晒しているにもかかわらず、恐ろしさは感じない。いまのファナの意識に、そんなものが入り込む余地はない。

ファナの胸を隙間なく充たしているのは、夏空を舞踏会場にして繰り広げられるサンタ・クルスの舞いだった。

見上げれば、空の天蓋を埋め尽くした青のただなかを銀の翼が遊弋《ゆうよく》している。

プロペラの推進力と重力の働きを巧みに利用し、空中にステップを刻むように細かい左右の機動、直進しつつ、首尾線を軸にして両翼端が柔らかい円周を描く緩横転、横転しながらも秩序正しく、精密機械のような動きで両翼をぴたり、ぴたりと一定の角度で止め、さらに今度は横転しながら宙返りをうつ。宙返りが終わったところで突然背面になり、そのまま海原をめがけ錐もみしながら落ちる。思わず悲鳴をあげかけたファナだったが、サンタ・クルスは飛空戦艦の遥か下方で何事もなかったように体勢を立て直すと、今度は蝶と戯れる子犬みたいに小気味よい左右の動きを見せてから、壮大な交響曲のように伸びやかで幾何学的な航跡を夏空に描いた。

ファナは息を呑んで、シャルルとサンタ・クルスの舞いに見惚れていた。もしもファナが後席に乗っていたなら目を回して失神しているだろう。それほどに自由自在、優雅で流麗な飛翔だった。空の鳥でも、こんなふうに舞えない。

飛空機というものはこれほど複雑な航跡を描くことができるのか。サンタ・クルスはこれほど柔らかく、激しく、しなやかに空を舞うことができるのか。時を忘れ、ファナは曲線と直線の絡み合う航跡へこころをあずけた。

気づいたら、戦艦の舷側に張り出した他の砲台にも船員たちが詰めていて、シャルルの曲芸飛行を見上げ、やんやの拍手喝采を送っていた。居合わせたみなも、突然の空からの贈り物を喜んでいる。

空中で大技が決まるたびに船員から指笛や歓声が送られる。いつしか舷側にはたくさんの笑顔が並んでいた。そのうち遂に戦艦は航行を止め、その場に浮揚したままでシャルルの舞いを鑑賞しはじめてしまった。あの艦長の差配だろう。ファナは粋な心遣いを恩に感じ、船員たちと一緒に歓声をあげ、手を打ち鳴らし、一生懸命に手を振った。

一瞬だけ、ファナの同高度をサンタ・クルスが後ろから追い抜いていったとき、シャルルの表情が見えた。彼も朗らかに笑っていた。それから、なにか悪巧みを思いついたように機首を下げ、充分に機速を獲得してから急上昇にうつった。

サンタ・クルスは空を駆け上がっていく。

どこまでも高く、高く昇り、ファナの頭上で真っ黒な点のようになったとき、その機影からぱっと金色の光が舞った。

ファナはまっすぐ天頂を見上げたまま、横合いからの眩い日射しに眼を細め、空の中心から降りおりてくる黄金色の粒子を認めた。

あれは、まさか――。

そんなわけはない。しかし、シャルルならやりかねない。

風防から撒き散らされた黄金色の粒子たちがファナの頭上へ舞い降りてきた。ファナはそれを手のひらに受け止め、自分の予想が正しかったことを悟った。

「馬鹿」

報酬の砂金だった。眼を上げれば、シャルルは戦艦の直上をゆるやかに旋回しながら、風防から片手を突きだし、布袋の中身を空へぶちまけている。洩れだしたそれは中空のただなか、粒であったものが粉々に砕けて、朝霧のように飛空戦艦の周囲を覆った。

砲台にいた見物の船員たちも、砂金が降っていることに気づいた。その瞬間、さらなる歓声が湧き上がり、我先にと砲台から身を乗り出して手のひらで金色の粒子を受け止めようとする。全員が歓喜の表情を上空へむけ、両手を宙へ差し伸べて、舞い散る粒子をひとかけらでも多く手に入れようと狭い足場のうえで跳ね飛ぶ。

ファナは背伸びするようにして、頭上を舞うサンタ・クルスと、その銀灰色の機影が曳く金色の航跡を眺めた。プロペラ後流に巻き込まれ、黄金の微粒子たちは渦巻きながら空中で砕け、もつれあい、波打って、やがて風に乗って拡散していく。時とともに、飛空戦艦の周囲が黄金色に染め上げられてゆく。

「馬鹿」

また同じことを呟いた。だが、今度の言葉には明るい諦めが含まれていた。空で生きるシャルルは地上の価値観に興味がない。彼にとって砂金など、空を彩る装身具にすぎないのだろう。

黄金色をした霧は、いまやファナを取り囲んでいた。濃い色の夏空を背景にして、濃密なところや希薄なところを孕んだ黄金の幔幕が垂れおり、風に吹かれ、薄いベールがめくれるようにふわりと浮いて、粒子と粒子が孕んだ日の光が水飛沫さながらきらきらと弾けた。それら光の粒子たちはなかなか落下していかない。重力の導きと横合いから吹きすさぶ風、それに揚力装置から発生した上昇気流に弄ばれて、空を駆け巡る水脈のごとく、幾千万の火の粉のごとく、天頂を目指し思い思いの文様を描き駆け上がっていく。

この風景そのものがシャルルからの餞だ。シャルルが砂金を使って演出している舞台の演目を、ファナは知っている。

これは石牢の隙間から差し込む夏至の光。水姫が見つけた永遠のひととき。サンタ・クルスの航跡からあふれ出る刹那の光がいま、夏空を黄金へ変える。

「シャルル」

ファナは傍らの対空砲の砲身へのぼった。そのほうが空に近いと思った。そうして背筋を反らし、背伸びするようにして、この光景を胸の奥深くへと刻み込む。

機体の航跡を彩っていた光の粒子は次第に途切れ途切れになっていく。別れのときがすぐそこにあることをそれで知った。

不意に涙がこぼれそうになる。意志の力でそれを止めた。代わりに微笑む。それが彼への返礼だと思った。

いっぱいの笑顔と一緒に、ファナは両腕を高く差し伸べ、それから翼みたいに左右へひらいて、シャルルがくれた黄金の空を抱きとめた。

——永遠は、ここにある。

ファナのこころが、そんなふうに囁いた。舞い踊る水と風と光の粒子が、終わらない歌を歌っていた。

決して忘れない。これから幾度辛くて悲しくてくじけそうなことがあったとしても、いつでもこの黄金の空が共にある。地上の摂理や論理を飛び越えたところで、ファナはそう理解していた。

だから微笑む。両手を振る。はじめて恋した飛空士へむかい、傷だらけの愛機へむかい、ファナは全身で惜別を伝えた。


空っぽの布袋を風防の外に投げ捨て、身軽になったシャルルは機体を若干傾け、眼下を飛行する戦艦を見下ろした。

砲台の船員たちが喜びの表情で撒き散らされた砂金を空中からすくいあげようとし、船内からも次々に新たな船員が出てきて大騒動になっている。落ちなければいいが、と心配してから、旋回しつつファナのいる対空砲台を探した。

舞い散る黄金の飛沫のなか、対空砲の砲身に直立したファナの微笑みが小さく見えた。

空域へ飛び散った黄金の微粒子を額縁にして、ファナはまっすぐ直上を見上げ、ひまわりみたいな笑顔で左右の手をひろげていた。子どものころと同じ、いや、あのとき以上に透明で眩い笑顔だった。

シャルルはこの旅の報酬をしっかりと受け取り、こころのなかで大切に抱きしめた。少年時代からファナとの思い出に救われてきたように、これからはいつもこの笑顔が自分と一緒にあり、苦しいときや打ちひしがれそうなときに希望と勇気をくれるだろう。

これからずっとこの笑顔と一緒に飛ぼう。憎くもない敵を撃ち墜とすときも、墜ちていく友人をただ見送るときも、そしていつかぼく自身が炎に包まれ海原目がけて墜ちるときも、いつまでもずっと、きみの笑みと共に。

それからシャルルは遮風板のむこうに立ちこめる雲の峰へ眼を移した。

眩い蒼色を背景に、鉛直方向へ膨張していく純白の積雲たちが幾重にも連なり、夏の日射しを燦々と跳ね返していた。

あの光の峰のむこうにサイオン島がある。

アマドラ地区をさまよっていた子どものころ、生きる意味を見いだすことができず、野垂れ死にを決め込んで路上へ仰向けに横たわり、透きとおった空を仰いだ。そして、きれいな空で生きていけるなら他になにもいらないと思った。いま、あの願いどおりにぼくはこうして自由に空を飛んでいる。まるで誰かが祈りを聞き入れ、ここへ導いてくれたかのように。

だから、行こう。

ぼくの生きるべき場所へ。

「さよなら、ファナ」

スロットルをひらいた。サンタ・クルスが加速する。一際高いプロペラの唸りが、ひそやかな哀感を孕んで空域を震わせた。


五メートルほどの長さのある砲身に直立したまま、ファナは幾度も幾度も手を振った。足場は不安定だが恐ろしさはなかった。サンタ・クルスはファナの頭上を旋回したのち、サイオン島の方向へと機首をむけた。

空中を漂う黄金の粒子が、去っていくサンタ・クルスの機影に重なった。その金色もやがて風にかき乱されて霧散していく。すべてが淡やかな夢であったかのように、光の幔幕は空の色のなかへ溶けていく。

声を枯らしながら何度目かの、同じ言葉を空へ投げた。

「ありがとう、シャルル、ありがとう」

プロペラ音が一際高く鳴った。ファナにはその音が、サンタ・クルスの別れの挨拶のように聞こえた。

「さよなら、シャルル。さよなら、サンタ・クルス」

絞り出した声が空のなかへ消えてゆく。吹きすさぶ風がさっきまで空中を彩っていたものを押し流し、なにもなかったかのような青空が視界を占める。

片手を下ろし、彼方へ去っていく機影を見つめた。

太陽光を浴びて銀灰色に輝いていたそれは、遠ざかるにつれて色が失われていき、小さな黒点へと変じて、雲のなかへ紛れていった。左右にぴんと張られた両翼が手を振るように幾度も傾斜したが、やがてそれも判別がつかなくなった。


ファナは砲身上に佇んだまま、シャルルが消えていった空域を見ていた。幾筋もの雲が後方で重なりあい、空の蒼を覆い隠してしまう。

こらえていたものがぽろぽろ、頬を伝って風に流され、船体の後方へ吹き飛んでいった。

その透明な水滴はなかなか止まらなかった。幾度も飛行服の袖でぬぐったが、すぐにまた新しい水滴があふれ出てきた。

胸のなかを風が吹き抜けていた。痛みはまだ残っていたが、ファナはその清らかな風に励まされるようにして、胸を張り、唇を引き締め、空を見上げた。

二度ほど目元をぬぐってから、無理矢理に笑んだ。

上手に微笑むことができているか、自分ではわからなかった。いつかまたシャルルに会うときは、もっと大人の笑顔で会いたいと思った。

エル・バステルの艦首のむく先には純白の積乱雲が折り重なって立ちこめていた。

それらの雲たちは上層へむかって成長をつづけていた。どこまでも高く、高く膨らんでいきそうな入道雲の群れだった。

ファナのこれからの道行きを祝福するような永続無限の蒼が彼方まで澄み渡っていた。行く先を見つめるファナの横顔から、旅立ちの日の凍てついたものは溶け落ちていた。生まれ持ったなにもかもを受け入れて、しっかりと胸を張り、毅然と前へ歩いていこうとする凜とした女性がひとりいるだけだ。

やがて天ツ上帝をして「西海の聖母」と言わしめることとなる偉大な皇妃ファナ・レヴァームの片鱗が、その白い横顔ににじんでいた——。

終章

ひとりの女性の意志が戦争を終わらせ、悪しき慣例を撤廃し、豊穣の未来を切りひらく。

そんな夢物語のような出来事が、神聖レヴァーム皇国の歴史教科書には記載されている。

「西海の聖母」ファナ・レヴァーム。

自らの理想を実現するため、驚嘆するほどの知性と勇気としたたかさ、それにいかなる苦境も耐えしのぐ粘り強さをもって、閉塞《へいそく》した宮廷社会を打破し、より進歩した社会体制を構築した人物として、皇国史の授業では最も長い時間がファナの生涯にあてられている。

その功績は、丸暗記せねばならない学生が気の毒になるほど多岐に及ぶ。

なぜ皇王カルロを差し置いて、皇妃ファナが一国の統治を任されたのか。

教科書ははじめにこの問題の解説から入る。

「皇王カルロは悪人ではなく、高い理想を抱いていたが、あまりに無能だった」

その治政は国を滅ぼしかねないほどのもので、理想と現実をはき違えた幼稚な政策を乱発、たまりかねた重臣たちは共謀してカルロから実権を剝ぎ取ると、代わりに民衆から絶大な人気のあった皇妃ファナへ治政を託した。世間の応援に後押しを受けて、ファナは執政長官と皇民議会第一人者を兼任し、皇民間にはびこっていた厭戦気分に乗じて中央海戦争を休戦へと導くと、さらに返す刀で宮廷内に跳梁跋扈《ちょうりょうばっこ》していた奸臣《かんしん》のたぐいを一掃し、有能な側近を次々に採用して建国以来の悪習を撤廃もしくは改革していった。

賄賂なしでは動かなかった腐敗官僚たちが次々と更迭され、代わって民間から採用された優秀な人材が法に基づく清廉な統治を推し進め、経済は活発化し福祉は向上し街の治安までが改善された。民衆はファナの治政を熱狂的に歓迎し、皇王の存在を忘れ果てた。

ファナはまた天ツ上の歴史にもひとかたならぬ関心を示し、ついには多忙の合間に勉強して天ツ上中世史の博士号まで取得してしまった。ファナと晩餐を共にした天ツ上帝は、自分以上に天ツ上史に精通している異国の執政長官に驚嘆し、親しみと尊敬を込めて「西海の聖母」と呼んだ。ファナの生涯に子どもはなかったが、その誰にも分け隔てのない慈愛は聖母と呼ぶにふさわしく、ファナと天ツ上帝の友情は確固たるものとなり、両国の講和条約は休戦成立から四年後に取りまとめられ、以降、大瀑布を挟んだふたつの大国は争うことなく、互いに協力しあって恒久和平を実現している。

講和条約締結後は、戦争のために建造していた艦艇を、世界のすがたを解き明かすための探索行に転用し偉大すぎるほどの成果をあげた。海原の噴水「聖泉」の発見、「空の果て」への到達……。皇妃ファナの理解と貢献がなければ、広大で謎と危険に満ちたこの世界の真実が半世紀以上も前に解き明かされることはなかっただろう、と歴史家たちは断言する。

なかでも最も偉大なファナの功績とされるのが国民平等宣言である。

皇家からも貴族諸侯からも反対されながら、粘り強くファナは長い時間をかけて皇家の人々に説得を重ね、ついに建国以来七百年以上もつづいた階級制度の撤廃に成功した。

『わたくしは、人間を生まれや身分や職業で区別する悪しき制度を否定します。貴賤とは、階級ではなく、人間のこころの在り方を差してのみ使われる言葉でありましょう。身分が異なろうと、人種が異なろうと、生まれた国が異なろうと、すべての人間は平等であり、その命は等しく尊いと、ファナ・レヴァームはここに宣言いたします』

ファナによる国民平等宣言の一節である。この宣言はレヴァームと天ツ上両国で全文が新聞紙一面に掲載され、世界の在り方を大きく変えた。

しかし、それほど偉大な存在でありながら、ファナにまつわる記述に「海猫作戦」が登場するには長い時間を経なければならなかった。

レヴァーム皇家最大の秘密が暴き立てられたのは、中央海戦争を戦った人々はほとんどいなくなり、彼らの孫たちが社会の中枢となって活躍する時代だった。

ひとりのノンフィクション作家が秘められた記録を偶然発見したことが発端だった。わずかな手がかりを頼りに、彼は五年の歳月をかけてすべての事物を丹念に調査したのち、一冊の本を書き上げ、海猫作戦の全容を世間へ告げ知らせた。


偉大な「西海の聖母」の秘密がついに明かされる。

若き日の敵中突破行「海猫作戦」に関する真実の記録。

そんな広告文と共に発売されたこのノンフィクションは、長期にわたってレヴァームと天ツ上、ふたつの大国の書店平積み台を賑わせることとなった。


内容はデル・モラル屋敷空襲事件から第八特務艦隊の東方派遣、海猫作戦の立案・実施へと実に緻密に語られる。当時、大瀑布を航過した直後にサンタ・クルスを追い回した真電編隊長、波佐見真一《はさみしんいち》が幸いにも生存しており、老いた彼の口から語られる生々しくも臨場感のある空戦の模様は大勢の男性読者を熱狂せしめ、皇妃ファナの元召使いが語ったシエラ・カディス群島におけるファナとシャルルの様子は両国の女性たちの胸に切ないなにかを送り届けた。晩年のファナについて元召使いはこう回想する。「ファナさまはこの話をされるとき、いつも本当に幸せそうでした。話しているだけであのときの自分に戻れるのだと」。

千々石中尉との一騎打ちを経て、エル・バステルにおけるふたりの別れを淡々と綴り終えたあと、作家は次のような、いささかとぼけた文章をもって自著を締めている。

『狩乃シャルルがその後どうなったのか、記録はなにも伝えていない。

海猫作戦を達成したのち、彼の存在そのものがデル・モラル空艇騎士団からもレヴァーム空軍からも抹消されているのである。おそらくは海猫作戦を立案したラモン・タスク中佐の仕業と思われるが、それにしても見事な痕跡の消し方で、どれほどの文献をあたろうが、関係者たちの遺族に聞き込みを行おうが、それ以降の彼の人生を追うことが全くもって不可能なのだ。

つまるところ、情けない話だが、狩乃シャルルが戦死したのか、それとも無事に生き残って終戦を迎えたのか――確信をもって言えることはなにもない。

ふたりはその後、再会できたのだろうか？

やはり身分の違いは超えられないまま、別れたきりだった？

わたしは読者の疑問に答えるすべを持っていない。

だからふたりが辿った結末は、あなたが決めるしかない。

作家としてまことに遺憾な締めくくりだが、願わくばふたりの物語に最良の結末を与えてくださるよう、見知らぬあなたへ祈るばかりである――』

本の題名は「とある飛空士への追憶」。

歴史にその名を刻んだ偉大な皇妃と、歴史の闇に消えた名もない飛空士。
ふたりが織りなす、ひと夏の恋と空戦の物語である。

（了）

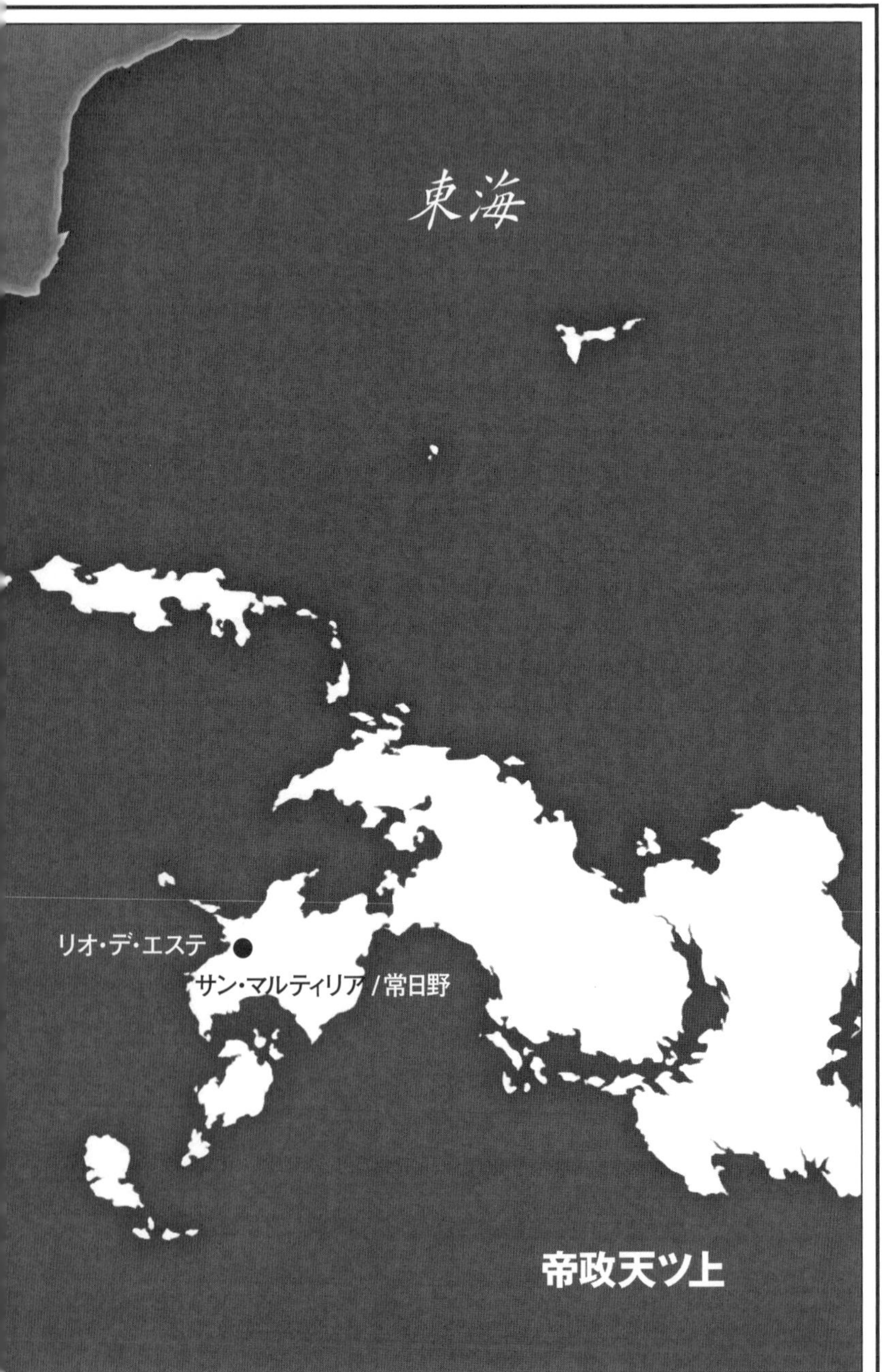
東海
リオ・デ・エステ
サン・マルティリア / 常日野
帝政天ツ上

神聖レヴァーム皇国
皇都エスメラルダ
サイオン島
シエラ・カディス群島
西海
大瀑布

参考資料

『ベルリン飛行指令』佐々木譲／新潮文庫
『大空のサムライ』坂井三郎／光人社NF文庫
『続・大空のサムライ』坂井三郎／光人社NF文庫
『雷撃のつばさ』世古孜／光人社NF文庫
『奇蹟の中攻隊』東秋夫／光人社NF文庫
『ラバウル航空隊の最後』渡辺紀三夫／光人社NF文庫
『零戦の運命』坂井三郎／講談社
『零戦の秘術』加藤寛一郎／講談社
『夜間飛行』サン・テグジュペリ／新潮文庫
『人間の土地』サン・テグジュペリ／新潮文庫

＊学恩に心より感謝いたします。

本編においては精密さより面白さを優先している箇所が複数存在しますが、文責は全て筆者にあります。

ブックデザイン　鈴木成一デザイン室
カバー写真　©SHIGEYUKI UENISHI/SEBUN PHOTO/amanaimages
©BLUESTONE/SCIENCE PHOTO LIBRARY/amanaimages

宣伝　備前島幹人
販売　小松　慎
制作　柳川結衣
編集　野村敦司

犬村小六　いぬむら・ころく
一九七一年、宮崎市生まれ。
主な著作に「レヴィアタンの恋人」「とある飛空士への追憶」「とある飛空士への恋歌」(小学館ガガガ文庫)「サクラコ・アトミカ」(星海社FICTIONS)など。
Twitter/@inumura569

＊本書は二〇〇八年二月に発行されました、ガガガ文庫刊『とある飛空士への追憶』に加筆・訂正を施したものです。

とある飛空士への追憶
二〇一一年八月十四日　初版第一刷発行

著者　犬村小六
発行者　横田 清
発行所　株式会社小学館
〒一〇一－八〇〇一 東京都千代田区一ツ橋二－三－一
電話 編集〇三－三二三〇－九三四三
販売〇三－五二八一－三五五五
印刷所　図書印刷株式会社
製本所　株式会社若林製本工場

造本には十分注意しておりますが、印刷、製本など製造上の不備がございましたら「制作局コールセンター」(フリーダイヤル〇一二〇－三三六－三四〇)にご連絡ください。

(電話受付は、土・日・祝日を除く九時三〇分～十七時三〇分)

 ISBN978-4-09-386309-4